माइंड मैनेजमेंट

ज्ञान व करुणा का मूर्त रूप, एक विलक्षण व्यक्तित्व
समकालीन संबुद्ध सद्गुरु आनन्दमूर्ति गुरुमाँ

आनन्दमूर्ति गुरुमाँ संपूर्णता की परिभाषा हैं। स्वयं प्रेम, करुणा, आनंद और दयालुता का प्रत्यक्षीकरण होने के साथ-साथ आधुनिक दृष्टिकोण से सुसज्जित आपके ज्ञानपूर्ण प्रवचन हर जिज्ञासु के लिए अध्यात्म के नवीन मार्ग खोल देते हैं। आपकी ओजपूर्ण आभा के परिणामस्वरूप सहज ही आंतरिक शांति व आत्मानुभूति का वातावरण तैयार हो जाता है। आपका प्रेमभरा व्यक्तित्व व आपके द्वारा दिए गए जीवन को सुंदरतम ढंग से जीने के सूत्र, हर मानव को प्रेम व अध्यात्म की ज्ञान ऊर्जा से आपूरित कर देते हैं।

प्रज्ञापूर्ण प्रवचन प्रवाह

गुरुमाँ एक ऐसी हृदयस्पर्शी सद्गुरु हैं, जिन्होंने अपने समकालिक ज्ञानसूत्रों से समस्त मानव-जाति व संपूर्ण जगत् का अध्यात्म की नवीन परिभाषा से परिचय कराया है। आपने आध्यात्मिक अंतर्जगत् को सांसारिक बाह्य जगत् से इस प्रकार जोड़ा है, जिससे आधुनिक मानव आपके द्वारा बताए गए सूत्रों को आसानी से ग्रहण कर पाता है। आपके द्वारा प्रदत्त जीवनोपयोगी, सहज व आंदोलनकारी आध्यात्मिक सूत्र एक नई चेतना व जागरूकता की नींव रखते हैं, जिसमें जीवन का हर पहलू समाहित है। अपने प्रवचनों द्वारा आपने विविध संतों के रहस्यमयी जीवन और उनके संदेशों को उजागर किया है। हिंदू, बौद्ध, सिक्ख और सूफी दर्शनशास्त्रों पर आपके गहन और ज्ञानपूर्ण प्रवचन, अतीव सुंदर और समझने में आसान हैं। स्वयं एक श्रेष्ठतम कवि होने के साथ-साथ आपने मेवलाना जलालुद्दीन रूमी, बाबा बुल्लेशाह, बाबा फ़रीद, कबीर, श्रीगुरु नानकदेव आदि विभिन्न संतों के रहस्यमयी काव्यों को बेहद खूबसूरती से लिखित व संगीतमयी रूप में प्रस्तुत किया है।

आनंददायक ध्यान-विधियों के सृजनकर्ता

ध्यान के गुह्यतम रहस्यों को जनसाधारण हेतु प्रकट करने के लिए आनन्दमूर्ति गुरुमाँ ने अनेक शक्तिशाली ध्यान-विधियों की संरचना की है, जो अपनाने में सरल व सुबोध हैं। ध्यान एक ऐसा मार्ग है, जो सभी मानसिक क्लेशों से दूर आंतरिक परमानंद और परम विश्रांति का अनुभव कराता है। गुरुमाँ सभी धर्मों और मान्यताओं की परिधि व भेदभावों से परे हैं। इसलिए उनके द्वारा रचित ध्यान-विधियों में, पूर्वी देशों के प्राचीनतम गूढ़ ज्ञान व पश्चिमी देशों के वैज्ञानिक दृष्टिकोण का अद्भुत समन्वय, हर जिज्ञासु को अद्वितीय अनुभूति देता है और यदि इन विधियों का अभ्यास एक संबुद्ध सद्गुरु के दिव्य सान्निध्य में किया जाए तो उसका प्रभाव कई गुना बढ़ जाता है। इसलिए देश-विदेश में उनके द्वारा ध्यान-साधना शिविरों का आयोजन उनकी अपार करुणा का ही सूचक है।

सामाजिक कुरीतियों का खंडन

गहनतम प्रज्ञा, परोपकारिता और सर्वजन कल्याणकारिता से ओतप्रोत आनन्दमूर्ति गुरुमाँ, संपूर्ण मनुष्य जाति के लिए एक प्रेरणा स्रोत हैं। 1999 में आपके मार्गदर्शन में प्रारंभ किए गए 'मिशन शक्ति' द्वारा आप नारी जाति को अपनी सुप्त शक्तियों को जाग्रत कर आत्मसम्मान से जीवन जीने के लिए निरंतर अभिप्रेरित कर रही हैं। 'मिशन शक्ति' का ध्येय ही है अल्प सुविधा प्राप्त कन्याओं को शिक्षा के शस्त्रों से सशक्त बनाना, जिससे वे स्वावलंबी और आत्मविश्वासी बनें। इसके साथ-साथ 'मिशन शक्ति' इस पुरुष-प्रधान समाज में कन्या भ्रूण हत्या, महिला उत्पीड़न, दहेज-प्रथा एवं नारी जाति पर हो रहे अन्य अत्याचारों के विरुद्ध, समाज में जागरूकता का प्रसार भी कर रहा है। अधिक जानकारी के लिए लॉग ऑन करें—www.gurumaa.com पर।

www.facebook.com/GurumaaAshram • www.twitter.com/GurumaaAshram

माइंड मैनेजमेंट

आनन्दमूर्ति गुरुमाँ

प्र
प्रभात प्रकाशन

प्रकाशक

प्रभात प्रकाशन प्रा. लि.

4/19 आसफ अली रोड, नई दिल्ली–110002

फोन : 23289777 • हेल्पलाइन नं. : 7827007777

इ–मेल : prabhatbooks@gmail.com ❖ वेब ठिकाना : www.prabhatbooks.com

संस्करण

2025

मूल्य

तीन सौ पचास रुपए

मुद्रक

नरुला प्रिंटर्स, दिल्ली

MIND MANAGEMENT

by Anandmurti Gurumaa

Published by **PRABHAT PRAKASHAN PVT. LTD.**

4/19 Asaf Ali Road, New Delhi-110002

ISBN 978-93-86231-66-6

₹ 350.00

अनुक्रम

मन कहाँ है?

जब आपका मन विश्राम में होता है, जब आपका मन चैन में होता है, तब न केवल आप आंतरिक सुख और आनंद का अनुभव करते हैं, बल्कि आपके शरीर को भी विश्राम मिलता है। जब शरीर विश्राम में रहता है तो शरीर स्वस्थ रहता है। और जब शरीर स्वस्थ रहे, मन विश्राम में रहे तो जीवन जीने का आनंद होता है।

जीवन के कीमती पलों को हम या तो फ़िक्रों में, चिंताओं में बरबाद कर सकते हैं या इस प्रकार से जी सकते हैं कि हम अंतर में बेफ़िक्र हैं और जीवन में जो भी परिस्थितियाँ हमारे सामने आती हैं, उन परिस्थितियों से निपटते हैं, उन परिस्थितियों का सामना करते हैं। लेकिन जब आप परिस्थिति का सामना न करके सिर्फ़ परिस्थिति के बारे में सोचते रहते हैं, तो इस व्यर्थ की सोच में आपकी ऊर्जा नष्ट होती है। आपका सुख-चैन तो जाता ही है, पर सबसे बड़ा नुक़सान होता है आपके स्वास्थ्य का। काश! आप समझ पाते कि आपका स्वास्थ्य आपके हाथ में है।

मैं जानती हूँ कि आजकल चिकित्सा विज्ञान आनुवंशिक (genetic) बीमारियाँ, जो तुम्हें अपने पूर्वज या माता-पिता से मिली हैं, उसके बारे में बात कर रहा है, लेकिन मेरा यह मानना है कि मन से शरीर हुआ है। आपके शरीर की उत्पत्ति और आपके शरीर का आकार एवं रूप आपके मन की वजह से बना है। ऐसा नहीं है कि शरीर पहले बना और फिर मन उसमें आया। जैसे, पहले मिट्टी का एक बरतन बनाया, फिर उसमें हमने पानी भर

दिया, ऐसा नहीं है। तो कई बार बहुत लोग ऐसा सोचते हैं, समझते हैं कि शरीर को ईश्वर ने, प्रकृति ने बनाया, फिर उसमें मन आया। नहीं, ऐसा नहीं है। कई लोगों का ऐसा मानना है कि शरीर में से मन निकला है, पर ऐसा संभव नहीं।

बात थोड़ी सी टेक्निकल हो रही है, पर कोई बात नहीं; क्योंकि आपको इसे भी समझना चाहिए कि आपका शरीर क्या है? आपका मन क्या है?

आप कार ख़रीदने जाते हैं तो दस शो-रूम में जाते हैं, इंटरनेट पर सर्फिंग करते हैं, दस लोगों से राय लेते हैं कि कौन सी गाड़ी अच्छी है? किस का इंजन अच्छा है? किसकी एयरकंडिशनिंग अच्छी है? अगर आप युवा हैं तो आपको सबसे ज़्यादा इस बात की फ़िक्र होगी कि गाड़ी दिखने में कैसी है और अगर आप थोड़ा पौरुष दिखाना चाहते हैं तो फिर आपका दूसरा सवाल होगा कि इंजन का पावर कितना है? आप कहेंगे कि गाड़ी के आकार को मारो गोली, इंजन का पावर बताइए कि हाई-वे पर यह कितना तेज़ दौड़ेगी?

देखिए, यह भी उम्र का तकाज़ा होता है और आपकी रुचि बदलती रहती है। जवानी में पूछता रहता है कि 'इंजन की स्पीड कितनी है?' और यही जब बूढ़ा हो जाएगा तब पूछेगा, 'सीट-बेल्ट ठीक से बंद होती है न? कहीं ज़ोर से ब्रेक लगे और मैं गिर न जाऊँ!' शरीर की चिंता हो जाती है। बूढ़ी हड्डियाँ हैं, टूटनेवाले जोड़ हो जाते हैं और अब उसकी फ़िक्र तेज़ दौड़नेवाली गाड़ी की नहीं होती। अब उसकी फ़िक्र होती है कि सस्ती और मज़बूत गाड़ी होनी चाहिए। ख़ुदा न खास्ता, अगर कोई दुर्घटना हो तो मैं अंदर बैठा सलामत रहूँ। आप कार ख़रीदते हैं तो इतना सोचते हैं।

मुझे आप लोगों को शॉपिंग करते हुए देखने में बड़ा मज़ा आता है, खासकर जब आप कपड़े की ख़रीददारी करते हैं। घंटों तक लगे रहते हैं। आप घर में भी इसी चीज़ पर कई घंटे लगाकर आए होते हैं, फैशन संबंधित पत्रिकाएँ और सब तरह के अन्य माध्यमों से आप जानकारी लेते हैं। यह अच्छा है, यह कट अच्छा है, यह स्टाइल अच्छा है। अभी क्या फैशन चल

रहा है? कौन सा रंग अच्छा है? ये सब चीज़ें आपको पता होती हैं। फिर भी जब ख़रीदने जाते हैं, तब भी वहाँ से एक ड्रेस पहनकर देखते हैं। दूसरी उठाते हैं, फिर पहनकर देखते हैं, फिर तीसरी उठाते हैं। एक ड्रेस, जिसकी उम्र कुछ साल होगी; कुछ साल तो मैंने ज़्यादा कह दिया, क्योंकि आपके लिए तो हर मौसम में एक नया फैशन आता है और आप उसके अनुसार नए कपड़े ख़रीदते हैं। फिर भी छः महीने से लेकर छः साल तक या किसी-किसी के लिए शायद बीस साल तक उसकी एक ड्रेस चलने वाली है, उसे ख़रीदने में इतना दिमाग लगाते हैं। पर जिस शरीर को आपने वह ड्रेस पहनाई है, उस शरीर के बारे में आपकी जानकारी कितनी है?

आप अपने शरीर के बारे में, उसकी कार्यप्रणाली के बारे में, सृजन की प्रक्रिया के बारे में, शरीर में काम कर रही सारी कार्यविधियों के बारे में कितना जानते हैं? लोग कहते हैं कि इतनी फ़िक्र करने की क्या ज़रूरत है? अभी सबकुछ ठीक चल रहा है, बहुत बढ़िया चल रहा है। खराब होगा तो डॉक्टर के पास चले जाएँगे; पर मेरे भाई! बहुत महँगी है आजकल चिकित्सा।

आपको अपने इस शरीर रूपी वाहन, इस शरीर रूपी कार के बारे में ज्ञान होना चाहिए। जिसके ज़रिए आप चल रहे हैं और जीवन की डगर पर अपनी इस गाड़ी को दौड़ा रहे हैं, इस गाड़ी के बारे में तो ज्ञान होना चाहिए।

इस शरीर के अंदर जो इंजन है, उसे मैं मन कहती हूँ। कोई कार अपने इंजन के बग़ैर नहीं चल सकती। आज हमने एक प्रश्न उठाया है कि शरीर पहले बना, फिर उसमें से मन बना या मन पहले था और फिर शरीर बना? आप सोचें, विचार करें। आपको क्या लगता है, शरीर में से मन निकला है कि मन में से शरीर निकला?

इसका उत्तर है कि मन में से शरीर हुआ है, शरीर में से मन नहीं हुआ है। अच्छा, अब यह मन शरीर के अंदर है या शरीर के बाहर है? मन उँगली में है या खोपड़ी में है? मन पाँव में है या घुटने में? इसे कहाँ पर ढूँढें?

एक महिला एक संत के पास गई। उनसे कहती है, "महाराज! मेरा मन टूट गया।" महाराज कहते हैं, "ला, मेरे पास एक ट्यूब है, मैं टूटी

चीज़ों को उससे जोड़ देता हूँ। अपना मन दे, मैं उसे भी जोड़ देता हूँ।''

दूसरी एक महिला ने कहा, ''आज मेरा मन बहुत खट्टा हो गया है।''

संत ने उसे एक टॉफी दी और कहा, ''खाओ, यह चॉकलेट टॉफी खाओ, तुम्हारा मन अभी मीठा हो जाएगा।''

महिला बोली, ''मैं चॉकलेट खाऊँगी तो मुँह मीठा होगा, उससे मेरा मन मीठा नहीं होगा।''

संत ने कहा, ''जिस तरीके से मन खट्टा हुआ, उसी तरीके से अब मीठा भी कर ले। किसी ने कुछ बुरी बात बोली तो उसे सुनकर तेरा मन खट्टा हुआ। अब मैं तुझे अच्छी बात सुना रहा हूँ, इस अच्छी बात को सुनकर मन को मीठा कर ले।''

महिला बोली, ''ऐसे थोड़े ही होता है!''

अभी देखो, अच्छी चीज़ सीखने में आप प्रश्न करते हैं कि 'ऐसे थोड़े ही होता है,' पर मन को खराब करने में तो ज़रा भी देर नहीं लगती।

मन कहाँ है, इस देह में है या बाहर है? अगर आपका उत्तर है कि अंदर है, तो मैं यह पूछना चाहती हूँ कि अंदर कहाँ है? और अगर बाहर है तो कहाँ है? भाई! किसी मॉल या बड़े पार्किंग स्थान पर आप कार पार्क करते हैं तो देखते हैं कि एफ-26 में पार्क की है। आप उसे याद रख लेते हैं, नहीं तो कहाँ भटकते फिरेंगे! जब वापस लौटोगे तो फिर ढूँढने में आसानी होती है। क्या आपको पता है कि आपने अपने मन को कहाँ पार्क किया हुआ है?

अगर मन शरीर में है तो किस भाग में है? इसका स्थान कहाँ है? यह कहाँ से काम कर रहा है? यह देखते हैं।

किसी ने जवाब दिया कि मन शरीर में है। किसी और ने कहा कि मन घूमता रहता है। आप ही मुझे बताइए कि अभी आपका मन कहाँ घूमने गया है? क्या आपने जेब-खर्च के लिए उसे पैसे भी दिए हैं?

मज़ाक की बात परे करके अगर गंभीरता से कहें, तो मन शरीर के अंदर है या बाहर, यह बाद में ढूँढेंगे, पर पहले यह समझाती हूँ कि मन है

क्या? पहले पता तो चले कि वह है क्या, तब ही उसे ढूँढ पाएँगे।

मन है, विचारों का समूह। अब विचार का कोई शरीर नहीं होता। जैसे, फूल में खुशबू है। फूल का शरीर है, पर खुशबू का कोई शरीर नहीं है। हम ऐसा कह सकते हैं कि फूल की खुशबू फूल के शरीर में है, फिर भी फूल और खुशबू दोनों अलग-अलग चीज़ें हैं। अगर हम एक गहरी साँस भरें और फूल की खुशबू लें, तब भी बाकी की खुशबू फूल में ही रहती है। उस फूल को 20 लोग भी सूँघ लें तो भी फूल की खुशबू ख़त्म नहीं होती। एक फूल के अंदर कितनी खुशबू है, उसे कैसे नापेंगे? किस तरह तोलेंगे या वज़न करेंगे कि कितने माइक्रोग्राम खुशबू है?

चंपा का एक फूल या रजनीगंधा का एक फूल कमरे में रख देने से पूरा कमरा खुशबू से भर जाता है। अब उस कमरे में पचास लोग आ जाएँ, तब भी हमें यह नहीं कहना पड़ेगा कि क्योंकि पचास लोगों ने खुशबू ली, इसलिए खुशबू ख़त्म हो गई। खुशबू अभी भी वहीं पर है और पाँच सौ लोग भी आकर चले जाएँ, तब भी वह अपनी जगह पर बनी रहेगी। इस खुशबू का जो स्रोत है, वह यह छोटा सा फूल है।

अब इसको यूँ समझें, आपका मन खुशबू भी है और फूल भी है। मन अदृश्य है, यानी आप सुगंध को अपनी आँखों से देख नहीं सकते, हाथ से छू नहीं सकते, सिर्फ़ सूँघ सकते हैं, लेकिन फूल आँखों से दिखता है। हम यूँ कह सकते हैं कि आपका शरीर तो दिखता है, पर इस शरीर में मौजूद मन दिखता नहीं है। जैसे, खुशबू बहुत बड़े विस्तार को घेर सकती है, बहुत लंबे विस्तार तक फैल जाती है, इसी प्रकार आपका मन भी फैला हुआ है। इसी फैले हुए मन में यह तुम्हारा तन भी उगा हुआ है। मन तन में भी है और मन तन के बाहर भी है। मन एक विचार भी है, लेकिन मन सिर्फ़ विचार नहीं है। मन विचार के अलावा भी है। मन आपकी भावनाएँ, आपका एहसास, आपकी इच्छा भी है।

अच्छा! अगर मैं आपसे पूछूँ कि 'आपके मन में जो इच्छा जगी, उसका वज़न कितना है या उस इच्छा ने आपके मन में कितनी जगह ली?' भक्त

लोग ऐसा भजन गाते हैं कि मेरे मन के एक कोने में भगवान तुम्हारी मूरत है और आप वहाँ बैठे रहते हो। जब मैं ऐसा भजन सुनती हूँ तो मैं कहती हूँ कि 'कोने में क्यों बिठाया है? बाकी सारी दुनिया को तो इतनी सारी जगह दी और भगवान को कोने में बिठा रखा है!'

मन भावना भी है, इच्छा भी है, मन एहसास भी है, संस्कार भी है। संस्कार यानी आपके दिमाग में इंद्रियों के अनुभव से प्राप्त अंकित हुई छाप।

मनुष्य का मस्तिष्क अपने आप में एक जटिल रचना है। आपके दिमाग के एक कोष में, एक न्यूरॉन में इतनी सूचनाएँ हैं कि एक पूरा पुस्तकालय आपके एक न्यूरॉन में मौजूद है। हम चाहें तो दुनिया की तमाम जानकारी अपने मस्तिष्क में रख सकते हैं! कैसे रख सकते हैं? कहाँ रख सकते हैं? इसका उत्तर है कि ये सारी सूचनाएँ एक न्यूरॉन में समा सकती हैं। करोड़ों किस्म की सूचनाएँ आपके दिमाग में न्यूरॉन में हैं और ऐसे करोड़ों न्यूरॉन आपके दिमाग में हैं। मतलब हम यह कह सकते हैं कि पूरा ब्रह्मांड आपके दिमाग में है। और यह बहुत विशिष्ट संसार है, जो आपके दिमाग में है।

जैसे, मैं आपसे पूछूँ कि 'आपका नाम क्या है?' मान लें, आपने कहा कि 'कमलेश'। कमलेश कहाँ पैदा हुआ, कमलेश का घर, कमलेश के माता-पिता, दादा-दादी, चाचा, ताऊ, पड़ोसी, जिस स्कूल में कमलेश ने पढ़ाई की, जिनके साथ खेला, जिनके साथ शरारतें कीं, बड़े होकर लफ़ंगागिरी की और किन शरीफ़ों के घर में गया, कितनी बार पिताजी से मार पड़ी या नहीं पड़ी। ऐसी अनगिनत सूचनाएँ आपके उस एक न्यूरॉन में संग्रहीत हुई हैं। आपकी अपनी एक दुनिया आपके दिमाग में है। दिमाग क्या है? आपकी चेतना का आसन। आपकी चेतना, आपके मन और आपके मस्तिष्क के साथ मिलकर काम कर रही है।

मन क्या है? मन बहुत कुछ है। हमने कमलेश का उदाहरण लिया था। कमलेश के मन में जितनी यादें हैं, जितनी बातें हैं, जितने दुःख-सुख के अनुभव, जितने अच्छे-बुरे खयाल हैं, वे कमलेश के मन के किसी एक हिस्से में हैं। इस धरती पर अमेरिका, ब्राजील इत्यादि कितने देश हैं, इस

धरती पर कितने नक्षत्र, ग्रह, किस-किस देश के कौन-कौन से प्रधानमंत्री, राष्ट्रपति हैं, स्कूल से लेकर कॉलेज तक, कॉलेज से लेकर शादी तक और भारत-पाक युद्ध, भारत-चीन युद्ध, विश्वयुद्ध, ये सब सूचनाएँ आपके मन में मौजूद हैं। ये सूचनाएँ विशेष रूप से आपकी हैं, क्योंकि आपकी भावनाओं की छाप उसमें आ जाती है।

जैसे, इस वक़्त इस हॉल में जितने लोग बैठे हैं या इस किताब को पढ़ रहे हैं, क्या उन सबको एक जैसा अनुभव हो रहा होगा? क्या सब एक ही तरीके से मुझे देख रहे होंगे? क्या सब एक ही तरीके से मुझे याद करेंगे? नहीं, सबका अनुभव अलग-अलग होगा।

मुझे याद है, एक बार सत्संग की एक बैठक के बाद मैं बाहर निकली तो एक महिला पीछे से बहुत ज़ोर से आवाज़ दे रही थी, "गुरुमाँ! गुरुमाँ! मुझे आपसे बात करनी है।"

मैंने कहा, "अच्छा, आ जाएँ। कहो, क्या बात करनी है?"

उसने कहा, "मुझे यह पूछना है कि आपके गले में जो यह रुद्राक्ष की माला है, वह आपने कहाँ से ख़रीदी थी? मुझे बहुत अच्छी लगी।"

अब आप देखिए, पूरे सत्संग में उसकी नज़र, उसका ध्यान विशिष्ट रूप से कहाँ अटका था? उस माला पर टिका था। उसे लगा होगा कि यह माला मैं ख़रीद लूँगी। यह कितने की होगी? किस साड़ी के साथ पहनूँगी? इसे मैं किस-किस को दिखाऊँगी? यह सब सोच उसके दिमाग में चल रही होगी। लेकिन दुनिया की दृष्टि से और मैं ख़ुद भी उसे सामने बैठकर सुनते हुए देख रही थी, पर सुनते हुए भी क्या वह सुन रही थी?

एक बार एक सज्जन मुझसे कहने लगे, "आपने जो समझाया, वह मुझे ठीक से समझ में नहीं आया। क्या आप दुबारा समझाएँगी?"

मैंने कहा, "आप तो ठीक मेरे सामने बैठे थे, फिर भी आपकी समझ में क्यों नहीं आया? क्या दिक़्क़त हुई?"

उन्होंने कहा, "दरअसल हुआ यह कि सत्संग में आने से पहले मैंने बहुत सारा पानी पी लिया था और मुझे बाथरूम जाना था। पर मैं सबसे आगे

बैठा था, तो बीच में उठकर नहीं जा सकता था, इसलिए बैठा रहा। पर उस वजह से समझना थोड़ा मुश्किल हो गया। आप एक बार मुझे फिर से समझा दीजिए।''

शरीर में जो संवेदनाएँ, इच्छाएँ, उत्तेजनाएँ या दबाव आते हैं, हमारा मन उसे महसूस करता है। हमारी ज्ञानेंद्रियों द्वारा जो संदेश पहुँचते हैं, उन्हें मन समझता है। आपके जीवन में आपको जितने भी अनुभव हो चुके हैं, उनका मैमरी कार्ड भी आपका मन ही है। भविष्य में आप जो कुछ करना चाहते हैं, वे आपके सारे सपने भी आपका मन ही है। सपने, विचार, एहसास, संस्कार, अपेक्षाएँ, इच्छाएँ—ये सब मन है।

आप जो कुछ सोच रहे हैं, आपका मन इतना ही नहीं है। मन का एक हिस्सा है, जिसे आप थोड़ा-बहुत समझते हैं, पर मन का एक बहुत बड़ा हिस्सा वह है, जिसके बारे में आप कुछ भी नहीं समझते हैं। अभी आपको लग रहा है कि आपका मन अलग है और दूसरों का मन अलग है। अगर यहाँ दो सौ लोग बैठे हैं तो आप कह सकते हैं कि दो सौ मन बैठे हुए हैं, लेकिन मन दौ सौ नहीं हैं, मन वास्तव में एक ही है।

देखिए, मैं आपको इस तरह समझाती हूँ। आप एक जंगल देखते हो तो जंगल क्या है? जंगल एक ऐसी जगह है, जहाँ बहुत सारे पेड़ हैं या पेड़ों के एक बड़े समूह को जंगल कहते हैं। अब उसमें से मैं एक पेड़ को निकाल दूँ, तो भी जंगल तो वही रहेगा। अब मैं एक और पेड़ निकाल दूँ, तो भी जंगल वही है। पर मान लें कि दस हज़ार लोग आएँ और कहें कि 'हम एक-एक पेड़ ले लेते हैं,' और धीरे-धीरे सारे पेड़ काट दिए जाएँ। जब एक भी पेड़ बाकी न बचे, तो क्या जंगल रहेगा? जंगल यानी पेड़ों का समूह और एक-एक पेड़ जंगल के व्यक्तित्व में, आकार में कुछ जोड़ देता है। फिर भी जंगल के एक कोने में आग लग जाए तो जंगल के सारे पेड़ जलकर ख़ाक हो जाते हैं।

हम कह सकते हैं कि एक मन, एक पेड़ जैसा होता है और बहुत सारे मन, यानी मन का एक समूह। इस हॉल के बाहर कितने मन हैं? इस पृथ्वी

पर कितने मन जी रहे हैं? और इन सभी मन को अगर हम जोड़ते हैं तो जो बनता है, उसे संसार कहते हैं। संसार यानी पूरा विश्व। विश्व पंचतत्त्वों अग्नि, पृथ्वी, जल, आकाश, वायु का नहीं बना। हक़ीक़त में विश्व मन से बना है। जब हम समग्र मन कहते हैं, तब हम अलग-अलग मन कह रहे होते हैं; पर हक़ीक़त में मन अलग-अलग नहीं हैं, एक वैश्विक मन ही है। इस वैश्विक मन को संस्कृत में 'माया' कहते हैं।

माया किसे कहते हैं? यह भी एक व्यापक मन है। इसी को हम 'माया' बोलते हैं। जैसे, एक-एक पेड़ के जुड़ने से जंगल बन गया, वैसे ही एक-एक मन के जुड़ने से यह संसार हो गया। हम यह भी कह सकते हैं कि मन है संसार।

आप बाहर जो संसार देख रहे हैं, वह कितना बड़ा है? बहुत बड़ा है। यहाँ धरती से सूर्य कितनी दूर होगा, यहाँ से चंद्रमा कितनी दूर है, यहाँ से शनि, गुरु, शुक्र, ये सारे ग्रह, जो भी आकाशगंगा में हैं, ये सब आपके मन यानी व्यापक मन में मौजूद हैं। पर आपको इस वैश्विक मन के बारे में पता नहीं है। आपको मन की एक इकाई के बारे में पता है, जिसे आप कमलेश का मन कहते हैं। लेकिन मन सिर्फ़ उतना ही नहीं है, जितना आप इसे समझते हैं। मन पूरे संसार को पैदा करनेवाला मूल कारण है। मन से संसार हुआ है। मन से सिर्फ़ शरीर ही नहीं, मन से संसार भी हुआ है।

अब मज़ेदार बात! जिस मन ने इस संसार को बनाया है, यह ख़ुद उसी संसार में फँस जाता है। चलो, मैं आपको आसान शब्दों में, व्यक्तिगत स्तर पर समझाती हूँ। आपने अपनी मरज़ी से शादी की, खुशी-खुशी शादी की, ढोल-नगाड़े के साथ की, घोड़ी पर चढ़कर, दूल्हा राजा बनकर, सज-धजकर की। अगर कोई औरत है तो सुंदर दुलहन बनकर, शृंगार करके, जो वर पसंद आया था या जो माँ-बाप ने पसंद किया था, उसके साथ सात फेरे लिये और सात जन्मों का संकल्प लिया कि सात जन्मों तक साथ रहेंगे। हिंदू शादी बहुत लंबी दूरी तक चलती है, मेरे भाई! लेकिन बाद में पति का स्वभाव पसंद नहीं आ रहा है, क्योंकि थोड़ा अक्खड़ है, बहुत ज़ोर से बोलता है। खाते समय पर

नाक में उँगली डाल देता है, दूसरों के काम में दख़ल देता है। बहुत चिढ़ आती है, पर चुना है, इसलिए उसके साथ रह रहे हैं।

चुना किसने था? तुमने, तुम्हारे मन ने। अब उससे जो सुख होगा, वह भी तुम्हीं भोगोगे और उससे जो दुःख होगा, क्या वह कोई दूसरा भोगेगा? वह भी तुम्हीं भोगोगे। फिर आप पति-पत्नी से बच्चे पैदा हुए। शादी पैकेज है। इस पैकेज में जब आपको सुख मिलता है तो दुःख भी निश्चित ही मिलेगा। आप कहें कि मुझे दुःख नहीं चाहिए, पर वह तो सौदे का एक हिस्सा था। अब आप उस हिस्से से इनकार नहीं कर सकते।

एक पति-पत्नी की शादी की पचासवीं सालगिरह थी। उन्होंने एक पार्टी का आयोजन किया था। पार्टी में सबकुछ गोल्डन था, क्योंकि पचासवीं सालगिरह थी, इसलिए पत्नी ने गोल्डन साड़ी, पति के लिए गोल्डन अचकन, गोल्डन जूते ख़रीदे थे और सब को गोल्डन निमंत्रण-पत्र भेजे थे।

किसी ने पूछा, "आपके इस लंबे दांपत्य जीवन की सफलता का राज क्या है?"

पति ने जवाब दिया, "क्योंकि आज पचास साल हो गए हैं, इसलिए आज मैं आपको इस ख़ुशी के मौके पर अपना रहस्य बताता हूँ। हमने शादी की रात ही तय कर लिया था कि हम आपस में लड़ेंगे नहीं। पर अगर कोई लड़ाई की नौबत आ गई और तुम्हें कहीं मुझ पर गुस्सा चढ़ जाए और मुझे दिख गया कि तुम्हें मुझ पर गुस्सा आया है, तो मैं घर के बाहर चला जाऊँगा। इधर-उधर घूमूँगा तो दो-चार घंटे में वह भी ठीक हो जाती है और मैं भी ठीक हो जाता हूँ। पिछले पचास साल से जब-जब मेरी पत्नी को गुस्सा आता है, तो मैं बाहर चला जाता हूँ और कभी-कभी मुझे गुस्सा आता है, तब भी मैं ही घर से बाहर चला जाता हूँ। तो इस तरह आज पचास साल से हम कभी लड़े ही नहीं हैं। हमारा आपस में समझौता है कि खाना मैं पकाता हूँ, वह खाती है। बच्चे उसने पैदा किए हैं, सँभालता मैं हूँ। मैं कमाता हूँ, वह खर्च करती है। हमारी शादी को पचास साल हो गए हैं, हमारी ख़ुशी का दारोमदार इसी बात पर है कि मैं हमेशा शांत रहता हूँ। अगर वह गुस्सा हो

गई या मैं गरम हो जाऊँ तो ठंडे पानी से नहाकर अपने आपको फिर से ठंडा कर लेता हूँ।''

'योगवासिष्ठ' में श्रीराम वसिष्ठजी से कहते हैं, ''हे गुरुदेव! हर मनुष्य अपने दुःख का सामान ख़ुद लाकर अपने पास रखता है। दुःख कोई किसी को देता नहीं, दुःख कहीं से आता नहीं। मनुष्य स्वयं अपने दुःख के कारणों को खड़ा करता है और फिर उन कारणों में फँसकर दुःखी होता रहता है।''

आप ध्यान से देख लीजिए, आपको जिस चीज़ से भी परेशानी है, वह चीज़ आपके चुनावों के कारण आपके पास है। उसे आपने चुना था, इसलिए वह आपके पास है। हालाँकि आपने यह सोचकर चुना था कि सुख होगा, मज़ा आएगा, पर वह रहस्य बाद में खुला कि मजे के सपने टूटने में देर न लगी।

मुल्ला नसरुद्दीन की शादी हुई। वह अपनी बीवी गुलजान को पहली रात बड़ी ख़्वाहिश और जुनून के साथ देखने गया; क्योंकि वह पहली बार अपनी दुलहन को बेपरदा देखनेवाला था। इतनी देर से वह घूँघट में थी। पहले वह बुरके में थी तो उसे पता ही नहीं था कि वह कैसी है। अब जाकर कहीं हाथ में मौका आया। वह गुलाब के फूल लिये, इत्र लगाकर, रेशमी रूमाल बाँधे हुए पहुँचा और अपनी पत्नी के क़रीब जाकर बैठा। उसने फूल पेश किए और कहा, ''क्या मैं तुम्हारा चेहरा देख सकता हूँ?'' तो वह शरमाई। मुल्ला ने फिर से पूछा, तो पत्नी ने 'हाँ' की। उसने धड़कते हुए दिल से, काँपते हुए हाथों से, जब घूँघट उठाया तो चेचक से भरा हुआ चेहरा देखा। एक आँख छोटी और दूसरी आँख बड़ी, नाक भी पकौड़े जैसी, होंठ भी मोटे से थे। मुल्ला का दिल धक् से रह गया।

पत्नी मन-ही-मन सोचती है कि मेरी खूबसूरती को देखकर खो गया है। वह दबी-सी आवाज़ में पूछती है, ''मियाँ, मैं तुम्हारे घर में किस-किस के सामने बेपरदा हो सकती हूँ?''

मुल्ला ने जवाब दिया, ''मेरे अलावा तू सबके सामने बेपरदा हो जाना।

जो देखा, खूब देखा! अब ज़िंदगीभर इसी याद के साथ जी लूँगा। मेरे अलावा बस सबके सामने बेपरदा रहियो।''

आपने चुना है, आपने पसंद किया है तो आपको उसके साथ जीना पड़ता है। आपके मन के विचार, आपके मन के जाल बुनते हैं और फिर उसी जाल में फँसकर आपकी बुद्धि पीड़ा महसूस करती है। आपके आस-पास जो है, वह आपका बनाया हुआ है। अच्छा कहो, बुरा कहो, सुखद कहो, दु:खद कहो, इनका मिश्रण कहो, लेकिन जो आपने चुना, वही आपके पास है। आपने जो माँगा, वही आपके पास है। अब यह बात अलग है कि आप एक समय के बाद अपने ही चुनाव पर संशय होने लगता है। तब आदमी कहता है कि 'नहीं, यह बदलना चाहिए, ऐसा नहीं होना चाहिए; यह बदलना चाहिए। ऐसा होना चाहिए, जो मेरे अनुकूल हो, सुखकर हो। यह मेरे लिए तक़लीफ़दायक है, ऐसा तो मैंने नहीं सोचा था।'

एक बात तय है कि मन उतना ही नहीं है, जितना आप सोचते हैं। मन बहुत बड़ा है। इस मन को समझना हर आध्यात्मिक व्यक्ति के लिए ज़रूरी बात होती है। आप मन के खेल को देखिए! कैसा माया-जाल रचता है और फिर उस माया-जाल में फँसकर ख़ुद ही दु:ख पाता है। अगर इस मन की सोच को, मन के कारोबार को आप ठीक से समझने लग जाएँगे तो फिर मन क्या है? विचार ही तो हैं—अशरीरी। एक बार यह समझने लग जाएँगे तो मन का जो दबाव आप पर है, वह दूर हो जाता है। जब तक आप मन को समझते नहीं हैं, तब तक यह मन बहुत शैतान है। देखिए, आपको कैसी चिंताओं में डालता है!

एक आदमी एक छोटी सी नौकरी के लिए आवेदन देता है, पर वह देते समय भी उसका मन कैसा चिंता से भर जाता है। कितने लोगों ने आवेदन दिया होगा, समय बहुत खराब चल रहा है, पता नहीं नौकरी मिलेगी या नहीं मिलेगी? नहीं मिलेगी तो मैं क्या करूँगा? जाने कितनी बुरी-से-बुरी स्थितियों के बारे में मन विचार खड़े कर लेता है। यह हो जाएगा, वह हो जाएगा। अब अगर आशावादी मन होगा, विधायक सोचने वाला मन होगा तो फिर ऐसी

सपनों की उड़ान भरेगा और अच्छा-अच्छा सोचने लगेगा कि ऐसा हो जाएगा, वैसा हो जाएगा। जैसे, गुब्बारा उड़ जाता है और हाथ में ही नहीं आता, ऐसा है, फिर तो गया आपका मन। हाथ में ही नहीं आता।

99.99 प्रतिशत आप वास्तविकता में जीते ही नहीं हैं; ख़्वाबों की दुनिया रचते हैं। आपके विचारों की, आपकी आकांक्षाओं की, आपके सपनों की दुनिया, आपके द्वेष और पूर्वग्रहों की दुनिया है यह आपका मन।

आप रात को स्टेशन से घर आने के लिए पैदल जा रहे थे। चलते-चलते सामने से एक आदमी आता देखा। चौड़ा, तगड़ा है और कपड़े थोड़े गंदे से हैं। शक़्ल थोड़ी अजीब-सी है, तो आपके मन ने अलार्म बजा दिया कि यह ठग होगा! इसके पास ज़रूर कोई हथियार होगा, यह काला है। मारेगा भी, लूट भी लेगा, मेरा धन छीन लेगा। कहीं जान से तो नहीं मार देगा! मैं क्या करूँ? आप अगल-बगल देखने लग गए। कोई और आदमी भी नहीं दिख रहा तो दिल की धड़कन और तेज़ हो गई, पसीने छूट गए, पाँव से चलना मुश्किल हो गया। इतने में देखा कि वह आदमी तेज़ी से भागते हुए आप ही की ओर आ रहा है। अब तो हालत बिल्कुल खस्ता हो गई कि 'बस, अब तो गए!' वह आदमी एकदम सामने खड़ा हुआ तो आपने डर से आँखें बंद कर लीं कि यह तो मारेगा। और वह आदमी बोला, 'श्रीमान, आपके कुछ क़ागज पीछे गिर गए हैं।' वह आपके गिरे हुए सामान के बारे में बताने के लिए भागा हुआ आया है, लेकिन आपके मन ने इसे चोर बना दिया, ठग बना दिया, लुटेरा बना दिया!

आपके मन को यह भय किसने दिया? उस आदमी ने नहीं, आपके अपने मन ने आपको यह भय दिया है।

एक पंजाबी गीत है, जिसमें एक भिखारी की बात आती है। भिखारी भीख माँगते हुए एक साहूकार के दरवाज़े तक गया और उसने भीख माँगनी शुरू की। गीत बहुत लंबा-चौड़ा है, पर उसका सार है कि भैंस, गाय रखनेवाले मेरी पुकार सुन और मुझे एक पैसा दे। अगर एक पैसा नहीं देगा तो मैं तुझे श्राप दूँगा। मेरा श्राप तुझे लगेगा तो तेरी भैंस मर जाएगी। तेरी भैंस मर जाएगी

तो भूत बनकर आएगी। भूत बनकर आएगी तो तुझे डराएगी। इससे अच्छा है कि तू मुझे एक पैसा दे दे। तू एक पैसा नहीं देगा तो ऐसा हो जाएगा, वैसा हो जाएगा।

बात तो मज़ाक की है, पर ज़रा ध्यान से अपने मन को आप देखेंगे तो आपका मन यही कर रहा होता है। सत्संग में पति-पत्नी, माँ-बाप और बच्चे अगर साथ में आते हैं, तो बहुत अच्छी बात है, लेकिन पति या पत्नी या फिर माँ-बाप और बच्चों में से अगर कोई एक आता है तो न आनेवाले व्यक्ति, जो घर पर बैठे हैं, सोचते हैं कि यह कहीं भक्त न बन जाए, कहीं सबकुछ दान न कर दे। बिल्कुल बेवकूफ़ है। आजकल गुरु कैसे ठग होते हैं! देखा नहीं, टी.वी. में क्या-क्या आया था!

अब यह डर किसने पैदा किया? उसके मन ने। मान लो कि परिवार के जिस सदस्य ने मना किया और कहा कि 'क्यों गया था?' सत्संग में जानेवाले व्यक्ति का मन क्या कहेगा? वह कहेगा कि 'तू तो बेवकूफ़ है, अज्ञानी है, तू तो अंधा है; तुझे तो कुछ समझ आता नहीं। हम तो कितनी अच्छी जगह पर गए थे। वहाँ ज्ञान की बातें होती हैं।' इस तरह दो मन की आपस में लड़ाई होती रहती है।

अब इस मन में एक तत्त्व है, जिसे हम कहते हैं अहंकार। इसी अहंकार के कारण व्यक्ति सोचता है कि 'जो मैं कह रहा हूँ, वह सत्य, जो मैं कह रहा हूँ, वह ठीक और जो आप कह रहे हो, वह ग़लत, अयोग्य।' फिर मन के अहंकार का आपस में महाभारत शुरू हो जाता है, यह साबित करने के लिए कि 'मैं सही हूँ और तू ग़लत।' जिस दिन सामनेवाले को ग़लत साबित कर देते हैं, कैसी सुख की नींद आती है उस दिन! मैंने तो पहले ही कहा था। 'मुझे पता था, तुम्हें पता नहीं था। मेरी बात तुमने सुनी नहीं। अब पता चला! अब आगे से ध्यान रखना।' ये मन के खेल हैं।

इस मन की दुनिया में फँसा हुआ जीव संसार में दुःख पाता है। और हम योगी किसे कहते हैं? जो अपने मन को समझ लेता है। याद रहे, मन ही संसार है। जिसने मन को समझ लिया, उसने सारे संसार को समझ लिया।

जिसने मन का पार पा लिया, उसने सारे संसार का पार पा लिया।

इसलिए गुरु नानकदेव कहते हैं, 'मन जीते जग जीते।' अगर तुमने अपने मन को जीत लिया, तो तुमने सारे संसार पर विजय प्राप्त कर ली और अगर आप अपने ही मन से हार गए, तो मान लें कि आप पूरी दुनिया से हार गए।

याद रहे, दुनिया को जीतना बहुत मुश्किल है। दुनिया को कोई नहीं जीत सका। बड़े-बड़े सिकंदरों ने सोचा, हिटलर जैसों ने सोचा, बहुत से आप जैसों ने सोचा कि वे संसार को जीत लेंगे। साम, दाम, दंड, भेद से जीत लेंगे। अपने परचम फैला देंगे, लेकिन वे सब हारे।

बुद्ध, गुरु नानक, कबीर, रैदास, दादू दयाल, इन लोगों ने संसार को जीतने की फ़िक्र नहीं की। इन लोगों ने अपने मन को जीत लिया। महावीर, जो जैनियों के आख़िरी तीर्थंकर हुए, उन्होंने वीरता की, कौन से तीर-तलवार चलाए थे, कौन सी गदा चलाई थी, कौन से दंगल किए थे, कौन से युद्ध जीते थे? उन्होंने किसी और से युद्ध नहीं किया, उन्होंने किसी और को नहीं हराया। उन्होंने सिर्फ़ अपने मन को जीत लिया। उन्होंने सिर्फ़ अपने मन को समझ लिया, उन्होंने सिर्फ़ अपने मन के संस्कार, इच्छा, अपेक्षा का जाल तोड़ दिया और उससे बाहर आ गए। इसलिए हम उन्हें 'महावीर' कहते हैं। जो तीर-तलवारबाज़ी से दूसरों पर विजय प्राप्त करे, वह वीर हो सकता है, पर जो अपने ही मन को जीत लेता है, वही 'महावीर' होता है। इसलिए हम उन्हें पूजते हैं, हम उनका आदर भी करते हैं, उनके प्रति श्रद्धा भी रखते हैं। पर क्या आपकी श्रद्धा सिर्फ़ इतनी ही होनी चाहिए कि उनकी तसवीर के आगे आप प्रणाम कर लें, 'नमो अरिहंताय' बस उतना पाठ कर लें या फिर उनकी तरह अपने मन को जीतने का, अपने मन को समझने का प्रयास करें?

हम इन व्यक्तियों का आदर करते हैं, सम्मान करते हैं, उन संत-महात्माओं के प्रति श्रद्धा रखते हैं। जब भी हमारा भारत में या विदेश में कहीं जाना होता है, तब एयरपोर्ट पर कोई मिलने आया हो या लेने आया

हो, तो वे बिल्कुल ज़मीन पर सिर रखकर प्रणाम कर रहे होते हैं। अमेरिका में विदेशी लोग जब यह देखते हैं तो उनको बहुत खराब लगता है। उनकी शक़्ल से पता चल जाता है और उन्हें खराब लगते देखकर मुझे खराब लगता है। उन्हें कौन समझाए? क्योंकि उनकी प्रशिक्षण, उनके संस्कार में ये सब चीज़ें नहीं आई हैं। हैल्लो, हाय, बाय करनेवाले लोगों को कैसे समझ हो सकती है? उन्हें तो लग रहा होगा कि यह कैसा अत्याचार हो रहा है? क्या मानसिक ग़ुलाम बनाया है? उन्हें लगता होगा कि सम्मोहित करके रखा है कि आते ही सिर ज़मीन पर रखकर झुकने लग जाते हैं और कोई-कोई तो रोने लग जाते हैं। यह देखकर उन्हें लगता होगा कि कितना दु:ख देते होंगे कि देखते ही रोना आ गया है, और फिर हाथ जोड़कर खड़े हैं! उन्हें लगता होगा कि किसी बात के लिए माफ़ी माँग रहे होंगे। उन अमेरिकावालों के चेहरे पर ऐसे भाव होते हैं, जैसे कह रहे हों कि आप इन्हें हंटर से मारना मत। अरे भाई! मेरे पास कोई हंटर नहीं है। पर जिन्हें पता नहीं, वे अगर इन सब चीज़ों को देखेंगे तो मेरे बारे में क्या सोचेंगे?

अब उनके मन ने मेरा या जो मेरा स्वागत करने आए हैं, उन लोगों का जो चित्र बनाया, क्या वह सत्य है? जो इनसान समझता है, जानता है कि रोना सिर्फ़ दु:ख में ही नहीं आता, खुशी में भी रोना आता है, उसे यह अजीब नहीं लगेगा। वे इतने खुश हैं कि मुझे देखकर खुशी के मारे उनकी आँखों में आँसू आ गए। जिस इनसान को इस भावना का पता है और वह देखे कि अपने गुरु को देखकर इन लोगों के अंदर कितने सुंदर भाव जग रहे हैं, तो शायद उसका मन भी आनंद से भर जाएगा।

सत्य का यथार्थ बोध तो किसी-किसी को है। अपने-अपने मन की बनाई हुई दुनिया में अपने-अपने मन के संस्कारों के जाल में फँसा हुआ मनुष्य, अधितकतर जीवन को बस इसी में ख़त्म कर देता है और अपने ही मन से जो अनभिज्ञ है, अनजान है, जो अपने मन के बारे में जानता नहीं, वह सचमुच पीड़ा भोगता है। सफलता की, मन की शांति पाने की चाबी यह है कि 'आपका मन कैसे काम करता है,' उसे जानें। फिर आपका मन कभी

भटकेगा नहीं और जो भी विचार आपके मन में आएगा, वह आपके काबू में रहेगा।

अभी आपके विचार बेकाबू हैं। अचानक कोई भी विचार आ जाता है। वह बुरा भी हो सकता है, अच्छा भी हो सकता है, खुशी का भी हो सकता है, गम का भी हो सकता है, आनंददायी भी हो सकता है और उदास करनेवाला भी हो सकता है। आप अपने मन को देखिए, तब आपको पता चलेगा कि मन आपके काबू में नहीं है।

सच तो यह है कि आपका मन दूसरों के काबू में है। इसको थोड़ा ध्यान से समझना कि आपका मन दूसरों के काबू में कैसे है? अमेरिका में किसी भी सेल्समैन को इसके बारे में मालूम है। मैं छोटी-छोटी दुकानों की बात नहीं कर रही हूँ, मैं उन महँगी दुकानों के बारे में कह रही हूँ, जहाँ अगर आप कुछ ख़रीदने जाएँ तो सेल्सपरसन ऐसे आपसे मिलते हैं, जैसे आप उसकी बिछड़ी हुई चाची हो। ऐसी चमकती हुई मुसकान देते हैं, जैसे बस तुम्हारे बग़ैर उन्हें नींद नहीं आ रही थी। मान लीजिए, आप कोई ड्रेस चुनते हैं तो आपकी तारीफ में ऐसे पुल बाँध देते हैं कि पूछो मत। कहेंगे, ''क्या पसंद है आपकी!''

मैं एक ऐसे ही सेल्समैन को देख रही थी और ज़रूरी नहीं कि वह कोई चीज़ ही बेच रहा हो, कभी-कभी आदमी रिश्ते भी बेचता है और कभी-कभी इनसान मौका भी ख़रीद रहा होता है।

वह सेल्समेन उस महिला ग्राहक से कह रहा था, ''मैंने आपके जैसी महिला आज तक नहीं देखी। इतनी सुंदर! सचमुच मैं आपका प्रशंसक हो गया हूँ। कितनी सुंदर हैं आप! वाह, क्या बात है!''

आप सोचिए कि यह बात जिसे सुनाई जा रही है, उसका पति उसको कहता है, ''बेवकूफ़, तुझे अक़्ल नहीं है।'' बच्चे कहते हैं, ''मॉम, तुम्हें कुछ पता नहीं कि दुनिया में क्या चल रहा है, तो आप चुप ही रहना। आप कुछ मत कहो।''

अब इस औरत को यह अनजान आदमी क्या कह रहा है कि आप कितनी सुंदर औरत हैं! आप सोच सकते हैं कि उसके अंदर क्या चल रहा होगा! उसे ज़रूरत नहीं होगी, तब भी वह कार ख़रीद लेगी। उसे नहीं भी चाहिए, तब भी वह उस सामान को ख़रीद लेगी। क्यों? उसकी उस कमज़ोर रग को उस सेल्समैन ने छेड़ दिया।

आपके मन का नियंत्रण अधिकतर दूसरों के हाथ में होता है। एक श्रीमानजी ऑफिस से घर आते हैं तो क्या देखते हैं कि फूल सजे हुए हैं, खाने की मेज़ पर मोमबत्तियाँ हैं और बहुत अच्छी प्लेट भी लगी हुई है और अच्छी खुशबू भी आ रही है। घर आते ही, जब उसने यह सब माजरा देखा तो उसका दिल बैठ गया। क्यों? कहता है कि 'आ गया खर्चा।' उसे मालूम है कि ऐसी आवभगत तब होती है, जब श्रीमतीजी को कुछ चाहिए होता है। वरना तो कहती है कि फ्रिज में खाना पड़ा है, गरम करके खा लेना। मैं थक गई हूँ और सोने जा रही हूँ। और अजब बात यह है कि आपको क्या लगता है कि जिसको श्रीमतीजी के इस इरादे की समझ लग गई है, क्या वह इससे बच जाएगा? बच फिर भी नहीं सकता, क्योंकि इस सुंदर से जाल में वह समझते हुए भी फँस जाएगा, वह अपने आपको रोक नहीं पाएगा।

आपके मन का नियंत्रण दूसरों के हाथ में है। आपका दुःख–सुख भी दूसरों के हाथ में है। अगर आपके मन का रिमोट कंट्रोल दूसरों के हाथ में है, वे जानते हैं कि कौन सा बटन कब दबाना है। जब आपके मन का रिमोट कंट्रोल दूसरों के हाथ में है और उनके द्वारा नियंत्रित होता है तो आप एक आम आदमी या औरत हो। पर जब आपके मन का नियंत्रण आपके अपने हाथ में है, तब आप योगी कहलाते हैं। इसलिए मेरा कहना है कि योगी बनें, रोबोट नहीं। रोबोट एक ऐसा खिलौना होता है, जो अन्य किसी व्यक्ति के द्वारा नियंत्रित होता है। आप पुरुष या स्त्री बनें और अपने मन पर नियंत्रण पाएँ। यह सबसे बड़ी सत्ता है। अगर वह आपके पास है तो आप महावीर हैं। फिर आप एक मामूली इनसान नहीं रह जाते, एक दिव्य पुरुष या स्त्री बन जाते हैं।

मैं हमेशा कहती हूँ कि अगर आपको हवाई ज़हाज में बिजनेस क्लास में सफ़र करने का मौका मिले तो क्या आप इकॉनॉमी क्लास में जाएँगे? अगर आपको कोई इकॉनॉमी से बिजनेस में मुफ़्त में अपग्रेड करें तो क्या आप इनकार करेंगे? नहीं, बिल्कुल नहीं। तो फिर जो प्रस्ताव मैं आपको दे रही हूँ, उसे आप क्यों मना कर रहे हैं?

अपने मन को नियंत्रित करना सीखें, क्योंकि आपका मन ही संसार है, यह मन ही दुनिया है और अगर आपको अपने माइंड को मैनेज करना आ गया तो आप जिस विश्व में बस रहे हैं, उसे मैनेज करना भी आ जाएगा। यह सबसे बड़ी स्वतंत्रता है और मैं यही सिखाती हूँ। जब सम्राट की तरह जी पाने की संभावना है, तो ग़ुलाम की तरह क्यों जीना?

कबीर साहब का सुंदर दोहा है। कबीरजी कहते हैं—

'डर-डर मरते जो जाने दूर।
डर चुका देखिया भरपूर॥'

जब तक मैं परमात्मा को अपने आपसे दूर समझता था, मैं जीवन को डर-डर कर जी रहा था और जिस दिन से मुझे परमात्मा की समझ आई है कि वह तो मेरे भीतर ही है, हाज़िर-नाज़िर ही है, उस दिन से सब डर दूर हो चुक़े हैं। 'डर-डर मरते' यानी मैं डर से मरता था। अब जब डर दूर हो गया और देखा कि सब ओर वही है, मेरे भीतर-बाहर वही है, तो मेरे सब डर दूर चले गए। मैं हलका होकर आनंद से जीवन जी रहा हूँ।

डर के सब कारण, डर की सब जड़ें आपके मन में हैं और अगर आप अपने मन के बारे में समझ नहीं रखते हैं तो ये डर भूत बनकर आपको सताते हैं। मालूम है कैसे? ऐसे-ऐसे डर हैं कि आप उनकी ओर देखना भी नहीं चाहेंगे। इतना उस डर से भी डर है। और ऐसे डरे-डरे चूहे की तरह जीवन जीना, यह कोई अच्छी बात नहीं है। मस्त होकर जिएँ, बेपरवाह होकर जिएँ। पर यह तब तक नहीं हो सकता, जब तक आपके मन की चाबी आपके पास नहीं आ जाती।

अब हम यह चर्चा करेंगे कि इस मन की चाबी हमारे हाथ में कैसे आ जाए? क्या है वह तरीका, जिसके द्वारा भयमुक्त होकर, हम आनंद से जी सकें। वह क्या तरीका है, जिससे हम हमारे मन का रिमोट कंट्रोल दूसरों के हाथों से वापस लेकर अपने ही पास रखें।

आपको गुस्सा दिलाना एक मिनट का भी काम नहीं है और आपको खुश करना आधे मिनट का काम है। क्या आपको मालूम है कि आपके दोस्त कौन होते हैं? वे जिन्हें आपके अच्छे वाले बटन का पता है; और आपके दुश्मन कौन हैं? जिन्हें आपकी कमज़ोरियों वाले बटन का पता है। दोस्ती-दुश्मनी क्या होती है? जो एक-दूसरे की कमज़ोरियों को ढकता रहे, वह हो गया दोस्त और जो आपकी कमज़ोरियों का फायदा उठाना चाहे, वही दुश्मन हुआ। जो आपकी कमज़ोरियों को सबके सामने ज़ाहिर कर दे, वह आपका दुश्मन और जो आपकी कमज़ोरियों पर परदा डाल दे, वह आपका दोस्त होता है। अच्छा, हम आपकी कमज़ोरियों पर से परदे उठाते हैं, फिर हम तो दुश्मन हुए। है न अजीब बात!

'रहरास साहब' (गुरुग्रंथ साहब का एक हिस्सा) में एक सुंदर पंक्ति आती है—

'कामि करोधि नगर बहु भरिआ मिलि साधु खंडल खंडा है॥
पूरबि लिखत लिखे गुरु पाइआ मनि हरि लिव मंडल मंडा है॥'

इसका मतलब है कि जब मैं साधु के पास गया तो मेरे मन में जो काम, क्रोध के काँटे चुभ रहे थे, उन सबको उसने निकाल दिया। मन रूपी नगर काम से भरा पड़ा है। काम यानी कामनाएँ, इच्छाएँ। मन क्रोध से भरा हुआ है। इतने काँटे जिस के दिल में गड़े हों, वह सुख की नींद कैसे सोएगा? मेरे संत रूपी वैद्य ने मेरे सब काँटे निकाल दिए और मेरे मन की लिव को हरि के मंडल के साथ जोड़ दिया; उसने मेरे मन को परम चेतना के साथ जोड़ दिया।

अच्छा, यह कैसे हुआ? कहते हैं कि ज़रूर कुछ पूर्व का कर्म होगा। 'पूरब लिखित लिखे गुरु पाया' ज़रूर कुछ पूर्व के कर्म होंगे, जिनके कारण

सत्संग मिला। अन्यथा भटकते रहते और कभी अपने मन की पीड़ाओं से मुक्त न हो पाते। अब मन जुड़ गया है, तो अब शांत हूँ, सुखी हूँ और आनंदित हूँ।

आनेवाले प्रकरणों में इसी आनंद की दिशा में कदम बढ़ाएँगे। यह अवसर मिला, इसके लिए प्रभु का धन्यवाद, उस परमेश्वर का बारंबार धन्यवाद।

□

क्या आप अपने मन की आयु जानते हैं?

'साँस साँस सिमरो गोविंद
मन अंतर की उतरे चिंद।'

हर साँस–साँस में गोविंद का स्मरण करें। आपके मन की सारी चिंताएँ दूर हो जाएँगी। मन की चिंताओं से मुक्ति पाने का उपाय है—'साँस साँस सिमरो गोविंद।'

हर साँस, जो भीतर जा रही है, वह जीवन दे रही है और हर साँस, जो बाहर जा रही है, मृत्यु की सूचक है। इसलिए समझदार इनसान को इस बात को जान लेना चाहिए कि मृत्यु किसी एक घड़ी में नहीं होती है, पर मृत्यु उस हर बाहर जाती हुई साँस में हो रही है; क्योंकि एक बार बाहर गई हुई साँस वापस अंदर जाएगी या नहीं जाएगी, इसकी कोई गारंटी नहीं है।

इस अल्पकाल में, छोटे से जीवन की अवधि में हमने अगर इस बात को नहीं समझा, अगर इस बात को नहीं जाना कि मैं कौन हूँ? कहाँ से आया हूँ? मन क्या है? मन कहाँ से आता है? कैसे कार्य करता है? तो एक बात तो तय है कि जिस बेहोशी के साथ आप जी रहे हैं, एक दिन इस बेहोशी में ही आप मर जाएँगे और फिर एक गहरे अंधकार में तुम्हारी चेतना खो जाएगी और उसके बाद आपका जन्म कहाँ होगा, कैसा होगा, इस विषय में कुछ कहा नहीं जा सकता। यह आवश्यक नहीं है, जो इस बार मनुष्य हुआ है, वह फिर से मनुष्य ही हो। इसकी भी गारंटी नहीं है कि एक

बार शरीर छूट जाए तो आपको दूसरा जन्म भी जल्दी मिल जाए। जैसे कई योगी, जिन्हें अपने अंतरमन का बहुत गहरे से पता लग गया था, जिन्होंने अज्ञान के परदे को उठाकर अपने पूर्वजन्मों को भी जाना और समझा था, उन्होंने अपने जीवन के विषय में यह बात बताई है कि एक जन्म के बाद दूसरे जन्म में कभी-कभी तीन सौ वर्ष भी हुए, कभी-कभी छः सौ वर्ष भी हुए और कभी-कभी एक-एक युग बीत जाता है और जन्म नहीं होता।

शास्त्रों में यह बात आई है कि मानव जन्म बहुत कीमती है, तो यह कोई हवा में उड़ाई हुई गप्प नहीं है। इसे इस तरह समझिए कि एक मच्छर का जीवन दो दिन से ज़्यादा नहीं होता और कुछ एक मच्छरों का जीवनकाल तो कुछ घंटों का ही होता है। इतने समय में वे पैदा भी हो जाते हैं, बड़े होकर आपको डंक भी मार जाते हैं, खून भी चूस जाते हैं और एक थप्पड़ पड़ा और मच्छर मर भी गया। अब इस मच्छर का जीवनकाल कितना छोटा! वैसे ही कुत्तों का जीवन कितने साल का है? पंद्रह, सोलह या अठारह साल का। कई लोग कहते हैं कि हमारे पास वह कुत्ता था, वह मर गया, फिर हमने दूसरा लिया, फिर तीसरा, अब चौथा कुत्ता है। तो इस मनुष्य ने पैंसठ-सत्तर साल की आयु में कितने कुत्ते उसने पाले और कितने उसके सामने मर गए!

मेरे परिचय में एक योगी महात्मा हैं, जिनकी उम्र लगभग एक सौ आठ साल से भी ज़्यादा है और जब वे बात करते हैं कि 1870 में यह हुआ था और वे ऐसे बात करते हैं, जैसे वह कल की बात हो। उनकी याद्दाश्त एकदम तेज़ और उनका स्वास्थ्य एकदम उत्तम है। जब वे बात करते हैं 1910 की, तब लगता है जैसे कल की ही बात बता रहे हैं। ऐसे बहुत सारे योगी हुए, जो 500 साल तक जिए। सबसे नवीन उदाहरण स्वामी माधवानंद सरस्वती का है। वह 'तोतापुरीजी महाराज' के नाम से प्रसिद्ध हुए। वह वही संत हैं, जिन्होंने रामकृष्ण परमहंस को वेदांत ज्ञान करवाया था। तोतापुरीजी महाराज 425 साल जिए। आप सोचकर देखिए, जब वे अपने सामने जमाने

को देखते हैं और लोगों को जवान और बूढ़ा होते हुए देखते हैं, तो वे यह बात भी देखते हैं कि जो मरा, वह गया कहाँ?

यह मानव के मन की मूढ़ता है, जो यह स्वीकार करने से मना करता है और इसे गप्पबाजी समझता है। लेकिन ऐसे तरीके और पद्धतियाँ हैं, जिनके द्वारा आप निश्चित ही अपने पूर्वजन्म को देख सकते हैं। हालाँकि अमेरिका में और अन्य देशों में भी पूर्वजन्म से संबंधित पास्ट लाइफ रिग्रेशन थैरेपी है, पर उसके बारे में मुझे संदेह है और मुझे आशंका है कि क्या सचमुच वह आपको अपने पूर्वजन्म तक ले जाते हैं, या फिर वह दिवास्वप्नों की काल्पनिक श्रृंखला ही होती है!

मूलतः एक बात जो आपको समझनी है कि यह शरीर बहुत छोटे काल के लिए मिला है। शास्त्रानुसार बात करें तो ज्योतिषशास्त्र और पाराशर होराशास्त्र और अन्य अनेक ज्योतिष ग्रंथों के अनुसार, कलयुग यानी कि यह युग, जिसमें हम जी रहे हैं, एक सर्वसामान्य मनुष्य की आयु 120 साल कही गई है। लेकिन 120, 115 या 108 साल का व्यक्ति ढूँढना मुश्किल हो जाएगा। अगर आप ढूँढेंगे तो आस-पास कहीं 90-95 साल का कोई व्यक्ति मिल जाएगा, पर ज़्यादातर वह इनसान मौत के इंतज़ार में निराशाजनक ज़िंदगी जी रहा नज़र आता है, क्योंकि उसकी इंद्रियाँ काम नहीं करती होंगी, उसके शरीर के अंग चल नहीं रहे होंगे, दिमाग काम नहीं कर रहा होगा और उसका घूमना-फिरना भी मुश्किल हो गया होगा। हालाँकि शास्त्र कहते हैं कि कलयुग में सबकी आयु 120 साल होनी चाहिए। अगर आप कुछ नियमानुसार जीवन को जिएँ तो यह संभव है। मुझे यह कहते हुए कष्ट हो रहा है, पर यही सच है कि इस तरह का जीवन आप लोग बिल्कुल नहीं जी रहे हैं।

अनजाने में आप लोग अपने जीवन में इतनी ग़लतियाँ और भूल करते हैं और मुझे समझ में नहीं आता कि आप यह परिवर्तन क्यों नहीं लाते? मुझे लगता है कि आप अपने अज्ञान, अपनी पीड़ा और मनःस्ताप के प्रेम में हैं। यही ही वजह है कि आपके जीवन की कष्टदायक स्थिति में से बाहर

आने के लिए कुछ ठोस करने में आपको रुचि नहीं है। होता है, यह भी होता है कि अपने दुःखों से भी मोहब्बत हो जाती है, बिल्कुल हो जाती है।

मैंने सुना है कि फ्रांस में जब क्रांति हुई थी, तब क्रांतिकारियों ने पचास, साठ, सत्तर साल से जेल में बंद पुराने कैदियों को उनकी कोठरियों में से बाहर निकाला। उन कैदियों के पाँव में बेड़ियाँ हैं, हथकड़ी लगी हुई है और उनको घसीटकर बाहर निकाला गया, पर वे बाहर आने को ही तैयार नहीं, क्योंकि पिछले चालीस-पचास साल से जिस कोठरी में वह रह रहा है, जहाँ धूप नहीं आती, सालों से वह नहाया नहीं है, कुत्ते की तरह जिसके आगे रोटी फेंक दी जाती थी, जानवरों को जैसे पानी पीने को दिया जाता है, वैसे ही नाली बनाकर रखी थी, जहाँ से वे पानी पीते थे और वहीं पर शौच, पेशाब होता रहा। सालों उस कोठरी में बिताए और जब उनकी आज़ादी का दिन क्रांतिकारियों ने लाकर दिया तो वे हैरान हो गए, क्योंकि क्रांतिकारी उन्हें बाहर लाते थे और वे वापस उन्हीं कोठरियों में जाकर बैठ जाते थे। वे गाली देते थे कि हमसे रोशनी बरदाश्त नहीं होती, हमें बाहर नहीं आना। हमारी यही दुनिया है, आप हमें बाहर क्यों निकालना चाहते हैं? क्रांतिकारियों को ज़बरदस्ती घसीट-घसीटकर उन कैदियों को बाहर खींच-खींचकर लाना पड़ा। बारह सौ से ज़्यादा कैदी थे। वे सारे राजनैतिक कैदी थे। सत्ताधीशों को जिन पर गुस्सा था, उन सबको पकड़कर जेल में डाल देते थे।

इन कैदियों को जब क्रांतिकारियों ने बाहर निकाला तो वे हैरान रह गए। जब उन्होंने पाया कि सुबह जिन कैदियों को उन्होंने खुले मैदान में बैठा दिया था, आज़ाद कर दिया था, वे सुबह अपनी कोठरियों में वापस उन्हीं हथकड़ियों को पहने हुए पाए गए। उनसे जब क्रांतिकारियों ने पूछा कि ये तुमने क्यों किया? तब कैदियों ने कहा कि इतने वज़न के साथ इतने सालों रहे हैं, अब इसके बग़ैर नींद नहीं आती तो वे हथकड़ियों को फिर से अपने हाथों में डालकर और जंजीरों को पैर में बाँधकर फिर से उन्हीं कोठरियों में जाकर बैठ गए। पर क्रांतिकारी भी ढीठ होते हैं। वे तो क्रांति

लेकर आएँगे, भले आप लाना चाहें या न चाहें, वे तुम्हें मुक्त कराकर रहेंगे।

कभी-कभी आप लोगों को देखकर ऐसा ही लगता है कि इसी दुःख और विषाद भरे जीवन को जीने में तुम्हें बड़ा सुख मिलता है। इसलिए सुनकर भी आप वह परिवर्तन जीवन में नहीं ला पाते, जिस परिवर्तन को मैं आपके अंदर आता हुआ देखना चाहती हूँ।

इस मन ने लंबे समय तक ऐंद्रिक भोगों को भोगा है और उसी में सुख पाया है। कभी आपने देखा चिड़िया को? दिनभर क्या करती है? दाने ढूँढती रहती है, खाती रहती है। कीड़े-मकोड़े ढूँढती रहती है, खाती रहती है। आप खयाल करिए मानव-शरीर में आपको बहुत से चिड़िया-चिड़िए मिल जाएँगे आपको। खाते रहते हैं दिनभर थोड़ा, थोड़ा, थोड़ा।

आपने देखा, कई बार बेवजह कुत्ता भौंकता रहता है। इनसानों में वे ही आपको मिल जाते हैं। बेवजह बोलते रहते हैं। आप अपने पिछले जन्मों के लक्षण साथ में लेकर आते हैं। जो सबसे हालवाला (recent) होता है, वह आपके साथ आता है। ऐसी भी पद्धतियाँ हैं, जिनकी गूढ़ रीत और गिनती पर से कहा जा सकता है कि इससे पहले के जन्म में आप कौन सी योनि में थे—पशु, पक्षी, मानव, देवता, पितृ या दोनों, कौन थे आप, यह जाना जा सकता है।

हम शरीर के साथ तो बहुत कम समय बिताते हैं, शरीर तो बहुत जल्दी चला जाता है, पर इस शरीर के अंदर जो मन है, वह वही रहता है। आपके शरीर की उम्र 30, 50, 60 कुछ भी हो सकती है। जब से पैदा हुए, तब से गिनती शुरू हो गई, लेकिन मैं आपसे पूछती हूँ कि आपके मन की उम्र क्या है?

बचपन में जब आप उस छोटे से एक फीट या डेढ़ फीट के शरीर में थे और उम्र के लिहाज़ से कहूँ तो पाँच-छः या आठ साल के थे और नाक पोंछनी भी नहीं आती थी, लेकिन शरीर के अंदर खुशी या गम की जो भावना होती थी, वह आज भी वैसी ही होती है। फ़र्क़ सिर्फ़ इतना है कि पहले एक गुड़िया, पतंग, कंचे खेलकर खुश हो जाते थे, पर अब

बी.एम.डब्ल्यू. देखकर खुश होते हैं, हीरे, सोना देखकर खुश होते हैं। मतलब जिन चीज़ों से मज़ा आता था, वे बदल गई हैं, पर भावना तो वही है। बचपन में जो टॉफी खाई थी और उसका जो स्वाद आया था, वह स्वाद आज टॉफी की पूरी दुकान ख़रीदने की क्षमता होने के बावजूद नहीं आता। वह टॉफी या उस गुड़ या पूरनपोली खाने में जो मज़ा आता था, उन सारी चीज़ों को जितनी चाहिए, उतनी ख़रीदकर खा सकते हैं, पर वह मज़ा नहीं आता। चीज़ें तो ख़रीद लेते हैं, पर वह स्वाद आज नहीं आता, क्योंकि फिर याद आ जाता है कि पेट दु:खेगा, पेट साफ़ नहीं होगा, वह फ़िक्र आ जाती है साथ में।

शरीर मन का यंत्र है। शरीर की आयु है, पर मन की कोई आयु नहीं। अगर मैं पूछूँ कि आपका मन कितना पुराना है, तो आप हिसाब नहीं लगा सकेंगे, धारणा नहीं कर सकेंगे।

मैं सिद्धार्थ गौतम बुद्ध का उदाहरण देती हूँ। बुद्ध ने बताया है कि उन्होंने अपने पूर्व के दस हज़ार जन्मों को देखा है और उन जन्मों का विस्तृत विवरण दिया है। यह पूरा विवरण 'जातक कथा' नाम के ग्रंथ में उपलब्ध है। उसमें बुद्ध ने बताया है कि वह कब कबूतर, हाथी, हिरन, ब्राह्मण, शेर के शरीर में थे। उन सब का विवरण उसमें दिया है। ख़ुद बुद्ध ने अपने पूर्वजन्म के बारे में जो बताया, उसे लिखा गया है। तो बुद्ध के लिए हम कह सकते हैं कि उनके मन की आयु दस हज़ार साल थी। जिस दिन उन्होंने यह विवरण देना शुरू किया कि सबसे पहले जन्म में वे कौन थे, तो मन तो उसके पहले भी था।

यह बात समझाने के लिए अब मैं आपको दूसरा उदाहरण देती हूँ। भारतीय धर्म में और ख़ासकर हिंदू धर्म में अनेक देवी-देवता, अवतार हैं। कितने ही पुराण, ग्रंथ, संप्रदाय, मार्ग हैं, पर आपका झुकाव किसी एक देवता, किसी एक पुराण, उपनिषद् या किसी एक भगवान के नाम के प्रति है। आप भले सबका आदर करें, प्रणाम करें पर किसी एक के प्रति आपका आकर्षण होता है। जैसे किसी के लिए श्रीराम, तो किसी के लिए श्रीकृष्ण

या फिर शिव, तो किसी के लिए निर्गुण, निराकार परमात्मा। आपने कभी सोचा है कि ऐसा क्यों? मैं आपको बताती हूँ। संभव है कि आप उस समय वहाँ मौजूद थे शायद और किसी आकार या शरीर में। हो सकता है कि आपको सीधा अनुभव बहुत क़रीब से या फिर दूर से हुआ हो। अगर आप उस वक़्त उसमें सहभागी हुए हो तो उस समय की छाप आपके मन पर बहुत गहरे अंकित हो गई होगी।

मान लो, आपके 100 जन्म हो चुके हैं, तो यह ज़रूरी नहीं कि हर बार आप हिंदुस्तान में ही जन्मे हो। आप किसी और देश में, संस्कृति में, क्षेत्र में, कहीं भी जन्मे हो सकते हो। यह पृथ्वी बहुत विशाल है, पर आपका मन उन सब यादों को संग्रह करके रखता है। मन एक ऐसी हार्ड डिस्क है, जो कभी नष्ट नहीं होती, वह कभी खराब नहीं होती, कोई वायरस उसका नाश नहीं कर सकता, सारी सूचना सुरक्षित रहती है।

मेरे पास एक प्रश्न आया है कि मन, बुद्धि और अहंकार का आपस में क्या संबंध है? अब तक हमने बात की कि मन क्या है? मन है विचार। अब मैं यहाँ पर आपका सक्रिय सहकार चाहूँगी।

मेरे हाथ में यह क्या है? (हाथ में रखी हुई चीज़ दिखाकर पूछते हुए) कुछ लोगों ने कहा, 'फूल, पत्ती है।' कुछ ने कहा, 'क़ागज का टुकड़ा।' यह क़ागज का टुकड़ा है, यह हुआ विचार। इस विचार पर जब आपने मंथन किया कि यह सच में क़ागज है या फूल की पत्ती, तो यह निश्चय करनेवाली है आपकी बुद्धि। यह फूल की पत्ती है, यह विचार कहाँ से आया? आपके चित्त से। चित्त माने स्टोरकीपर, जहाँ सब स्मृतियाँ हैं। आपने कभी फूल को हाथ में पकड़ा है, किसी फूल की दुकान से ख़रीदा है, कभी मंदिर में चढ़ाया है, हाथ से स्पर्श भी किया है। तो जब आपने फूल को देखा था, छुआ था, तो वह स्मृति आपके चित्त में संगृहीत हो गई और अब जब फिर से मेरे हाथ में ये फूल की पत्तियाँ आपकी आँखों ने दुबारा देखीं, तो देखते ही मन में विचार आया कि यह तो फूल की पत्ती है। अगर आपने जीवन में कभी पत्ती देखी न होती तो आप पहचान नहीं पाते

कि मेरे हाथ में क्या है। आपने कभी फूल देखा है, गुलाबी रंग का क़ागज देखा है। यह फूल की पत्ती है या क़ागज है, यह कहाँ से आया? चित्त में से। चित्त माने स्टोरकीपर। तो हम कह सकते हैं कि सारी स्मृति का वहाँ संग्रह हुआ है और जब उसकी ज़रूरत होती है, तो वह मन की सतह पर आती है। बात थोड़ी टेक्निकल हो रही है, पर इसे ठीक से समझ लेना।

मैं आपको एक बात सुनाती हूँ। मैं पहली बार जब ऋषिकेश गई, तब मेरी उम्र 18 साल की होगी। उस समय मेरे साथ एक महिला थी, उन्हें लेकर मैं पहली बार हरिद्वार, ऋषिकेश गंगाजी का दर्शन करने के लिए, तीर्थ करने के लिए गई थी। घर से आज़ाद, क्योंकि घर का कोई सदस्य माँ, बाप, भाई, बहन कोई मेरे साथ नहीं था। घर के लोगों की आज्ञा लेकर निकली थी, क्योंकि घर में रहती थी, तो आज्ञा भी लेनी पड़ेगी। अकेले तो नहीं भेजते, तो जब मैंने कहा कि 'यह महिला मेरे साथ हैं', तो उनकी उम्र देखकर परिवारवालों ने कहा कि 'ठीक है, चले जाएँ।'

वहाँ हर की पौड़ी के पास एक रेहड़ी में मैंने नारंगी रंग का चमकदार एक फल देखा। मुझे बहुत आकर्षक लगा। मैंने पूछा, कि "ये क्या है?" दुकानदार ने कहा, "इसका नाम खटलपटल है।" उसने तुरंत छोटा सा टुकड़ा मुझे दिया और कहा, "आप इसे चखिए।" मैंने जब खाया तो खट्टा था। थोड़ा सा स्वाद लगा तो मैंने कहा, "ठीक है, दे दो।" शायद आधा किलो जितना लिया। सोचा कि हम दोनों खाएँगे। उसे लेकर गंगाजी के किनारे बैठ गए। गंगाजी के पानी से ही धोया और उसे खाने लगे। खट्टा भी था, पर स्वाद भी लगा तो खाते गए। फिर जिस धर्मशाला में रुके थे, वहाँ गए। रात्रि का भोजन लिया और सो गए।

सुबह उठी तो गला बहुत दर्द कर रहा था। इतना कि बोला भी न जाए। लगा कि यह क्या हो गया अचानक! डॉक्टर के पास जाना पड़ा, क्योंकि आवाज़ भी बंद हो गई थी। गले से आवाज़ ही नहीं निकल रही थी। डॉक्टर को जैसे-तैसे समझाया कि रात को सो गई थी, पर सुबह जब उठी तो अचानक से ऐसा हो गया। डॉक्टर ने गला चेक किया और पूछा,

"अच्छा, कल रात क्या खाया था? यह ज़रा बताइए।" आयुर्वेदाचार्य सबसे पहले पूछते हैं कि क्या खाया था? तो मैंने कहा, "खटलपटल।" तो वह ज़ोर से हँस पड़े। उन्होंने कहा, "इस फल को एक या दो से ज़्यादा नहीं खाना चाहिए।" मैंने कहा, "हमें लगता है कि हम तो 300-400 ग्राम खा गए होंगे।" डॉक्टर ने कहा, "जी, अब तो भुगतना पड़ेगा।" उन्होंने दवाई दी और कहा, "इसे ठीक होने में चार-पाँच दिन तो आराम से लग जाएँगे।"

थोड़े समय पहले जब हम हरिद्वार गए हुए थे तो मुझे रेहड़ी पर पके हुए वे फल दिखाई दिए और उन्हें देखते ही पुरानी घटना याद आ गई। और देखो उसे आज भी हम आपको सुना रहे हैं। वह घटना जब हुई थी, तब मेरे शरीर की आयु अठारह साल की थी। यह पुरानी स्मृति कहाँ से निकली? चित्त से। कभी-कभी हम अपने तीन वर्ष की आयु में जो कुछ घटनाएँ हुई थीं, उसका भी अच्छे तरीके से वर्णन कर पाते हैं। यह व्यक्ति पर निर्भर करता है कि वह किस उम्र तक की स्मृति को याद कर पाता है। कई लोगों को तो दो घंटे पहले क्या बात हुई थी, वह भी याद नहीं रहती।

हम चाय में चीनी डालते हैं, पर फिर याद नहीं आता कि कितनी चीनी डाली थी। दो चम्मच या तीन, यह पता नहीं रहता। अरे, अभी तो अपने हाथों से डाली और आपको ही पता नहीं? क्योंकि मन इतना विचलित है, मन इतना ज़्यादा विचारों के प्रवाह में खोया हुआ है कि ख़ुद आपने अपने हाथों से क्या किया, वह आपको याद नहीं रहता।

मन है, विचार और चित्त है, विचारों का स्टोरकीपर। बुद्धि क्या है? जो चीज़ आप देखते हैं, उसके बारे में पुनः-पुनः विचार करके, जब निश्चय हो जाता है तो यह निश्चय आपकी बुद्धि से आता है। आपकी बुद्धि से पुष्टि हो जाती है। अहंकार क्या है? जब आपने कहा कि आपके हाथ में जो है, वह फूल की पत्ती है, आपका यह निश्चयपूर्वक कहना अहंकार है।

यह वह अहंकार नहीं, जिसे अंग्रेजी में 'इगो' कहते हैं। यहाँ अहंकार का मतलब है—'मुझे पता है'।

अच्छा, इस संदर्भ में एक अभी थोड़े समय पहले घटी हुई मज़ेदार

घटना सुनाती हूँ। अभी थोड़े समय पहले जब मैं अमेरिका गई थी तो मेरे साथ जो थे, वे मेरा सामान ले रहे थे तो मैं उनका इंतजार कर रही थी। तब एक महिला, जो अपने सामान का इंतज़ार कर रही थी, वह मुझे देख रही थी। अचानक उसने मुझसे पूछा, "गाना गाते हो?"

अब इस तरह से कभी किसी ने मुझे पूछा नहीं था। मैं गाती हूँ, पर गायिका नहीं हूँ, तो मेरी समझ में नहीं आया कि क्या जवाब दूँ, इसलिए मैं सिर्फ़ मुसकराई।

पर वह बार-बार पूछती रही, "टी.वी. में आते हो न? गाते हो न?"

फिर पूछा, 'आपका नाम क्या है?'

वह मुझसे थोड़ा दूर खड़ी थी और वहीं से चिल्लाकर पूछ रही थी, 'नाम क्या है?'

मैं थोड़ा संकोच अनुभव कर रही थी, .क्योंकि यूँ भी मुझे अपना नाम कहते थोड़ा संकोच ही होता है। मैंने जवाब नहीं दिया तो उसने फिर से मेरा नाम पूछा और मेरी तरफ़ चिढ़कर देखने लगी। फिर से बोली, "आपका नाम क्या है? मैं थोड़ा भूल गई!"

मैंने कहा, "अच्छा ही है न, अगर भूल गई तो! अब उस बात को जाने दे।"

फिर भी वह पूछती रही, "मुझे याद नहीं आ रहा, ज़रा बताइए, आपका नाम क्या है?"

मैंने कहा, "जाने दो। भूल गई हो, वह ही अच्छा है।"

पर उसने कहा, "नहीं, मुझे जानना है कि आपका नाम क्या है?"

तो मैंने धीमी आवाज़ में कहा, "गुरुमाँ।" मुझे अपने आप के लिए ऐसा संबोधन करने में अजीब लग रहा था। मुझे पता था कि मैं बहुत धीमी आवाज़ में बोली थी, इसलिए उसे नहीं सुनाई दिया होगा।

उसने ज़ोर से पूछा, "क्या? क्या कहा आपने?"

मैंने कहा, "प्लीज़, ज़रा आप क़रीब आइए, फिर मैं आपको बताती

हूँ।''

अब उसने कहा, ''जाने दो।''

यह सबसे मज़ेदार बात थी कि अब वह कह रही थी कि 'जाने दो।'

एयरपोर्ट पर फोटो निकालने की अनुमति नहीं होती है, वरना मैंने उसकी फोटो ज़रूर निकाल ली होती, क्योंकि किसी ने भी कभी मेरे साथ इस तरह से बात नहीं की है। मैं तो वहाँ बैठकर हँस रही थी। वह अपना सूटकेस लेकर चली गई।

वह एक अजीब अनुभव था। वह मुझे देख रही थी, उसने मुझे पहचान भी लिया था, पर फिर भी उसे पक्का नहीं हो रहा था कि मैं कौन हूँ; क्योंकि उस महिला की बुद्धि यह प्रमाणित नहीं कर रही थी, इसलिए वह मुझे पूछ रही थी और ऊपर से मैं उसे पुष्टि नहीं दे रही थी कि मैं वही हूँ, जो वह समझ रही है। मतलब उसका चित्त दुविधा में था कि जिसे वह देख रही थी, वह कौन है?

मन, बुद्धि, चित्त अथवा अचेतन मन और अहंकार ऐसे चार हैं; पर हक़ीक़त में वे चार अलग-अलग नहीं हैं। वे चार अलग-अलग काम कर रहे हैं, इसलिए चार विभिन्न नाम हैं। हम उसे एक नाम से भी बुला सकते हैं। जैसे, तुम्हारा चेतन मन, अवचेतन मन की सहायता के बग़ैर काम नहीं कर सकता। जब आप ड्राइविंग करते हैं, तब ऐसा कह सकते हैं कि आपका चेतन मन तो दस प्रतिशत ही काम करता है, जबकि नब्बे प्रतिशत काम तो आपका अवचेतन मन ही ड्राइविंग कर रहा होता है। याद करें, जब आप पहली बार ड्राइविंग करना सीख रहे थे, तब आप स्टियरिंग व्हील को किस तरह ज़ोर से पकड़कर बैठे थे, जैसे वह कहीं भाग जानेवाला हो! जब सिखानेवाला कहता था कि गियर बदलो, क्लच दबाओ तो आप गड़बड़ा जाते थे कि क्लच कहाँ है? आपको पक्का पता नहीं चलता था कि क्लच कहाँ है! वह आपको क्लच दबाने को कह रहा हो और आप पैर एक्सेलरेटर पर दबा रहे होते हैं। या फिर वह आपको ब्रेक दबाने को कह रहा हो और आप एक्सेलरेटर दबा दें। सबकुछ गड़बड़ होता था। विदेश में अलग बात

है कि ड्राइविंग सीखने के लिए अलग क्षेत्र होता है, जहाँ ड्राइविंग सिखाई जाती है, पर भारत में तो कहीं भी सीखने की आज़ादी है! हाइवे पर अगर कोई कार चलाना सीख रहा हो तो उसका चेहरा देखकर आप कह सकते हैं कि वह गाड़ी चलाना सीख रहा है, क्योंकि उसकी आँखें ऐसे होती हैं जैसे बाहर निकल आई हों। और लगता है कि उसके हाथ स्टियरिंग व्हील के साथ चिपक गए हों, ऐसे ज़ोर से पकड़ा हुआ होता है। वह आस-पास देखने के लिए तैयार नहीं होता है। अगर आप उससे बात करने की कोशिश करें तो वह गुस्से में चिल्लाएगा कि 'चुप करो! दिखता नहीं कि मैं ड्राइविंग कर रहा हूँ।' लेकिन एक बार चेतन मन द्वारा वह सीख लिया गया और सारी जानकारी अवचेतन मन तक पहुँच गई, तो अब आप खाते-खाते या बातें करते या फिर गीत गुनगुनाते हुए भी ड्राइविंग कर सकते हैं। आपको सोचना नहीं पड़ता कि अब पहले गियर में से कार दूसरे गियर में या फिर तीसरे गियर में डालनी है या ब्रेक के लिए कौन सा पैडल है और क्लच के लिए कौन सा है।

जो सूचना आपके अवचेतन मन में चली जाती है, उसके बारे में आपको ज़्यादा सोचने की ज़रूरत नहीं रहती। छोटे बच्चों को जब आप सिखाते हैं तो बार-बार दोहराना पड़ता है—आँख, नाक, कान और फिर इस तरह दोहराते हुए सूचना उसके चित्त में पहुँच जाती है। तब फिर उसको दुबारा दोहराने की ज़रूरत नहीं रहती है।

चित्त क्या है—हमारी स्मृतियों का स्टोरकीपर। जहाँ सक्रिय सोच चलती है, वह है मन। जहाँ विचारों का प्रवाह चलता है, उसे कहते हैं मन। जहाँ विचार का निश्चय हो जाता है, उसे हम कहते हैं अहंकार। तो मन, बुद्धि, चित्त, अहंकार आपस में एक-दूसरे से जुड़े हुए हैं। हम यह भी कह सकते हैं कि उनके कार्य की भिन्नता की वजह से हम कहते हैं कि वे चार हैं, पर असल में वह एक ही है। उसे आप चाहे मन कहें या बुद्धि या फिर अहंकार कहें, लेकिन अगर हम उनकी कार्यप्रणाली को देखें तो जो विचार

आते हैं, वह मन, जहाँ से विचार आता है वह चित्त, जिसने उसकी पुष्टि की, वह अहंकार और जिसने इस विचार को प्रमाणित करने की प्रक्रिया की, वह है—बुद्धि।

आपका चेतन मन, जिसे हम सिर्फ़ मन कहते हैं, उसमें बहुत से विचार चलते रहते हैं। कितने विचार चलते हैं? अनेक विचार चलते हैं। गुरबानी में सुंदर पंक्ति आती है—

'कबहू मनवा उब चढ़त है
कबहू जाए पाली
लोभी मनवा थिर ना रहत है
चारे कुंटा पाली'

इसका अर्थ है कि आपका मन हमेशा कुछ न कुछ सोचता रहता है। अभी वहाँ की सोच, अभी इस देश की सोच, कभी परदेस की सोच, कभी बिजनेस की, कभी शॉपिंग की, कभी कोई पैदा हो गया, उसकी, तो कभी कोई मर गया उसकी। सोच पर कभी कोई ब्रेक लगती ही नहीं। पता नहीं इस मन में कौन सा तेल पड़ा है कि ख़त्म ही नहीं होता! मन के ऊपर कोई लगाम ही नहीं है।

आप शरीर से जहाँ होते हैं, वहाँ आप मन से कभी पूरे हाज़िर नहीं होते। जब आप यहाँ बैठे हैं तो खयाल वहाँ का और जब आप वहाँ हैं तो खयाल यहाँ का है। जब आप घर में होते हैं तो खयाल मंदिर का आता है कि मंदिर जाना है, वहाँ सत्संग है। जब आप मंदिर पहुँचते हैं तो खयाल घर का आता है कि घर अकेला छोड़ा है, पीछे से चाबी नहीं मिली होगी, खाना नहीं बना होगा, तो क्या होगा? आप बच्चे के पास बैठे हैं तो खयाल आपको आपके पतिदेव का आ रहा है। आप पतिदेव के पास बैठे हैं तो बच्चे की बात करते हैं कि पता नहीं स्कूल से आया या नहीं। पता नहीं कहाँ चला गया, फिल्म देखने चला गया या फिर कहीं और चला गया। आप घर में बैठे हैं तो याद आ रही है कि शॉपिंग करनी है, घर का सामान लाना है, सब्ज़ी ख़रीदनी है। जब बाज़ार पहुँचते हैं तो खयाल आता है कि

मेरे उस रिश्तेदार ने मिलने आना था, कहीं पीछे से वह ही न आ जाए।

अब एक बात देखिए कि जब आपके अंदर विचारों की इतनी भीड़ लगती है, तो आँखों के सामने क्या हो रहा है, वह आप हमेशा चूक जाते हैं। जैसे, मान लीजिए, आपके और हमारे चेहरे के बीच में कपड़ा आ जाए तो आप किसको देखेंगे? कपड़े को ही देखेंगे! हमें तभी देख पाएँगे, जब बीच में कोई परदा न हो! इसी तरह आँखों और मन उसके बीच में है— बुद्धि। जैसे, मान लें कि उस समय आप आँखों से सफेद गुलाब को देख रहे हैं, पर इसके पहले ही मन दौड़कर बीच में आ जाता है। जैसे, यह फूल पता नहीं कौन लाया होगा? इस फूल की किस्मत कितनी अच्छी है या फिर इनके हाथ में जो फूल है, वह मुझे मिल जाए या इस रंग की साड़ी मेरे पास नहीं है, यह हरा रंग अच्छा है, हरा रंग अगली बार पार्टी में पहनूँगी तो अच्छा रहेगा।

अब आपकी नज़र में एक फूल आया, अब उसके पहले कि जो बात मैं इस फूल के संदर्भ में कह रही हूँ, उसे समझने के बदले आपका मन दौड़कर बीच में आ जाता है। अब जब आपका मन बीच में आ जाएगा तो उस फूल की, जो बारीकी है, उसे आप चूक जाएँगे।

आपने अपने हाथ से गैस पर चाय का पानी चढ़ाया था, अपने हाथ से चम्मच से उसमें चीनी डाली, पर जब हाथ चीनी डाल रहे थे तब आपके चित्त से विचारों की बौछार हो रही थी। सुबह में किसी ने कुछ कह दिया हो या फिर बच्चे ने कोई बदतमीज़ी कर दी हो, कोई बिल भरना बाकी हो या कोई बीमार हो गया हो और उसे देखने जाना हो या आपके बॉस से या ऑफिस के सहयोगी से संबधित कोई बात हो और इन खयालों में उलझे हुए आपने चाय में कितने चम्मच चीनी डाली, वह आपकी बुद्धि गिन नहीं पाई; क्योंकि आपकी बुद्धि विचारों में व्यस्त हो गई थी।

मैं आपको एक प्रयोग देना चाहती हूँ। आप सेकेंड की सुईवाली घड़ी अपने सामने रखें और एक मिनट तक आपके मन में कितने विचार आते हैं, उसे नोट करें। यह प्रयोग आप कहीं भी या कभी भी करके देखना। घर में,

बगीचे में, ऑफिस में कहीं पर भी बैठे हुए कर सकते हैं। घड़ी को सामने रखकर देखें कि एक मिनट में मन में कितने विचार दौड़ जाते हैं। धीरे-धीरे आपको लगेगा कि विचारों की संख्या बढ़ने लग गई है। पर इसका कारण यह नहीं है कि आपका मन ज़्यादा सोचने लगा है, पर क्योंकि बल्कि आपकी अपने मन को देखने की क्षमता बढ़ने लगी है।

यहाँ बैठे हुए एक सज्जन ने कहा कि एक मिनट में आठ विचार आए तो दूसरे ने कहा कि अट्ठाईस विचार आए। किसी ने कहा कि एक भी विचार नहीं आया। अब सोचें कि औसतन पंद्रह विचार भी आए, ऐसा मानकर चलें तो हर विचार ने आपके पाँच सेकेंड लिये, तो उतने समय के लिए आप वर्तमान क्षण और वर्तमान वास्तविकता से कट गए। इतने सेकेंड हो गए, यह भी एक विचार है और एक मिनट पूरा होनेवाला है, यह भी एक विचार है। यह इन्होंने क्या करने को कह दिया, यह भी एक विचार है। मुझे विचार नहीं आ रहे, यह भी एक विचार है। मुझे कोई विचार नहीं आ रहा, यह भी एक विचार है।

एक मिनट में कितने विचार चल रहे हैं? एक मिनट में औसत पंद्रह मानें तो हिसाब लगाकर देखें कि साठ मिनट में कितने और चौबीस घंटे में, तीस दिन और 365 दिन में कितने विचार आएँगे? अब अगर मैं आपसे यह कहूँ कि मन के अंदर यह जो विचार चल रहे हैं, ये क्यों चल रहे हैं? अब थोड़ा इस पर भी विचार करते हैं। आप सोचेंगे कि अब इसकी क्या ज़रूरत है; पर इसकी बहुत ज़रूरत है। मान लें कि आप कुछ लिख रहे हैं और आपके मन में विचार चल रहे हैं तो क्या होगा? आपकी बुद्धि बार-बार उन विचारों पर ठहर जाएगी और आपने हाथ से क्या लिख दिया, इसका आपकी बुद्धि को कुछ ज्ञान नहीं होगा; क्योंकि बुद्धि और हाथ के बीच में मन और मन के विचार आ गए। अगर मन में यह विचारों का प्रवाह चलता रहे तो आप छोटा सा काम भी सही नहीं कर सकते हैं।

एक पति-पत्नी डॉक्टर के पास जाने के लिए घर से निकले। पति को दक्षिण की तरफ़ जाना चाहिए था, पर उसने गाड़ी उत्तर की तरफ़ मोड़ ली।

कुछ बीस मिनट चलने के बाद वह पत्नी से कहता है, 'डॉक्टर का घर दूर हो गया है, ऐसा नहीं लगता?'

पत्नी ने कहा, "आपको पता भी है कि आप जा कहाँ रहे हैं? आप उलटी दिशा में चले गए हैं।"

पति ने कहा, "पहले क्यों नहीं बोली?"

पत्नी कहती है, "मैं क्यों कहूँ? गाड़ी आप चला रहे हैं, गाड़ी आपकी है और डॉक्टर भी आपका है।"

वह मज़ा ले रही है। कितनी मज़ा ले रही है कि इस बेवकूफ़ को देखो! दूसरों को नीचा दिखाकर, दूसरों की ग़लती देखकर आपका अहंकार सौ पाउंड मोटा हो जाता है। पति ने गाड़ी सही दिशा में घुमा ली, अब पूरे रास्ते में चिक-चिक करते रहे। तूने ऐसा क्यों कहा और वैसा क्यों कहा? इस तरह लड़ाई चलती रही, पर जैसे ही डॉक्टर के पास पहुँचे तो पति-पत्नी कार से उतरे। डॉक्टर बाहर ही मिल गया तो दोनों मुसकराने लगे, 'हल्लो, हाउ आर यू। वेरी फाइन।'

क्या झूठ बोलते हो! झूठ का कोई अंत ही नहीं। आप कहते हैं 'बढ़िया हूँ।' काश! ऐसा कोई थर्मामीटर होता, जिससे आपके विचारों को गिना जा सकता और आपकी भावनात्मक स्थिति का विश्लेषण किया जा सकता, तो आप कभी भी यह कह नहीं सकते कि 'आई एम फाइन।' अगर ऐसा संभव होता तो हम आपको ऐसी गोली खिला दें, जिसे खाते ही आपके मन में जो कुछ हो, आप बोलने लग जाएँ। सोचकर देखो तुम्हारे सारे रिश्ते एक ही दिन में टूट जाएँगे। सिर्फ़ एक ही दिन में।

जहाँ तक मुझे याद है, हॉलीवुड की एक फिल्म आई थी—'लायर लायर'। जिसमें एक आदमी बहुत झूठ बोलता है। इतने झूठ बोलता है कि एक दिन उसका बच्चा बाप के इस झूठ से परेशान हो करके प्रार्थना करता है कि 'प्रभु, मेरे बाप की झूठ बोलने की इस आदत को ख़त्म कर दो।' अचानक बिजली कड़कड़ाती है और भगवान की शक्ति काम कर जाती है। अब वह झूठ बोलना भी चाहता है, पर उसके होंठ नहीं हिलते, उसकी

ज़बान नहीं चलती है और उसके मुँह से सच निकल जाता है। उसका सच सुनकर सामनेवाला कोई उसको पीटता है, कोई उसको मारता है, कोई उसे घर से बाहर निकाल देता है। उसकी बीवी के बारे में उसके जो असली खयाल हैं, वह उसके मुँह से निकल जाते हैं, तो बीवी भी उसे छोड़कर चली जाती है और बच्चा भी उसे छोड़कर चला जाता है, पर वह अपनी ज़बान से झूठ नहीं बोल पाता।

आपके मन में जो चलता रहता है, उसको आप दूसरों से तो छुपाते ही हैं, पर धीरे-धीरे यह हो गया है कि अब आप अपने आपसे भी उसको छुपाते हैं। इसीलिए किसी को भी अकेला बैठना अच्छा नहीं लगता है, क्योंकि अकेले बैठते ही मन के विचारों का सामना करना पड़ता है और अपने मन में जो गंदगी है, दुःख है, पीड़ा है, जो धोखे खाए हैं, जो कष्ट सहे हैं, वे इतने ज़्यादा हैं कि बरदाश्त नहीं होता। इसलिए कभी भी कहीं अकेला बैठना पड़ जाए, अकेले घर में रहना पड़ जाए तो आदमी को बड़ी तक़लीफ़ होती है। ऐसे में वह बहुत ऊँची आवाज़ में टी.वी. चला लेगा, नहीं तो गाना सुनेगा या भजन लगा लेगा या फिर पड़ोस में चला जाएगा, नहीं तो पास के किसी मार्केट में चला जाएगा, लेकिन अकेला नहीं बैठेगा। क्योंकि अकेले बैठने का मतलब अपने मन का सामना करना, अकेले बैठने का मतलब अपने मन के ज़हर को पीना, अकेले बैठने का मतलब मन के अंदर जो दुःख है, उनको सहना। यह बात बड़ी मुश्किल लगती है।

एक संत में और एक आम आदमी में क्या फ़र्क़ है? मैं यह एक फ़र्क़ कहना चाहूँगी कि एक आम आदमी ख़ुद अपने ही मन के साथ जी नहीं सकता है, और संत वह है जो अपने मन के साथ बहुत आनंद से जी लेता है। संत के पास वह विद्या है, वह ज्ञान है, जिससे वह अपने मन के विचारों के प्रवाह को रोक लेता है, अपने मन का साक्षी हो पाता है। इसलिए उसके मन से उसको कोई परेशानी नहीं होती है। एक आदमी, जिसको उसका ज्ञान नहीं है, वह अपने मन से इतना दुःखी हो जाता है कि एक घड़ी के

लिए भी अकेले रहना पसंद नहीं करता।

मैं आपसे एक बात पूछती हूँ, क्या कभी आपके जीवन में ऐसा समय आया है कि आप कमरे में सोने के लिए गए और आपके पतिदेव या आपकी पत्नी सो गई हो और आपको नींद नहीं आ रही हो? कभी तो हुआ होगा ऐसा! अब नींद नहीं आ रही हो तो उसमें कुछ परेशानी नहीं होनी चाहिए, पर जब नींद न आ रही हो तो आदमी को सबसे ज़्यादा परेशानी होती है, इसलिए नहीं कि नींद क्यों नहीं आ रही, इसलिए भी नहीं कि बाकी लोग सो रहे हैं, खर्राटे मार रहे हैं। उसे जलन भी नहीं होती है, लेकिन तक़लीफ़ यह होती है कि अँधेरा है, सब लोग लाइट बंद करके सो रहे हैं और आप जाग रहे हैं। मतलब आपका मन जगा हुआ है तो मन में विचार चल रहे हैं। तो मन में चल रहे विचारों का सामना उस अँधेरे कमरे में जब करना पड़ता है तो उसकी वजह से बहुत तक़लीफ़ होती है। नींद क्या है? मन की बेहोशी। नींद माने मन चुप हो गया, मन खो गया, कोई विचार नहीं आ रहा, कुछ दिख भी नहीं रहा। लेकिन आप जाएँ और सोने पर नींद नहीं आए, तब बड़ी मुश्किल होती है, परेशानी होती है। आदमी लपककर नींद की गोली खा लेता है या सोचता है कि मैं थोड़ा टहल लूँ या थोड़ा सा गरम दूध पी लूँ, पर कुछ तो करूँ। करवट लेता है और कभी-कभी सोने की जितनी ज़्यादा कोशिश करता है, उतनी ही नींद और दूर भाग जाती है।

अच्छा, आप मेरे एक प्रश्न का उत्तर दीजिए कि नींद आती है या आप लाते हैं? आप कहते हैं, आती है। कहाँ से आती है और फिर कहाँ जाती है? जब आप बोलते हैं कि नींद खुल गई तो खुलकर फिर कहाँ गई? नींद कहाँ से आती है, न यह पता है, न ही कहाँ जाती है यह पता है। तो पता क्या है? विचार करने की बात यह है कि नींद आती है और जब तक आए तो आए और न आए तो आप उलटे-सीधे हो जाइए, तो भी नहीं आती।

कुछ दिन पहले एक महिला ने मुझसे पूछा कि उसकी नींद कम हो गई है, अब ज़्यादा नींद नहीं आती। बहुत वह इस बात को लेकर परेशान

थी। मैंने उससे एक प्रयोग करने को कहा कि आप इसे करके देखो। जब नींद न आए, परेशान मत हो। एकदम से बाहर आ जाओ और कोई किताब पढ़ो। सोने में समय ही तो बरबाद होता है। यह सबसे अनुत्पादक समय होता है, जब आप कुछ नहीं कर रहे होते हैं। आप कुछ नहीं कर रहे होते हैं, आप कुछ कर भी नहीं सकते हैं। ये सबसे निरर्थक समय होता है। आप सिर्फ़ बिस्तर पर लेटे होते हैं, खर्राटे भरते हैं, झपकियाँ लेते हैं और तो कुछ करते नहीं हैं। जीवन छोटा है और अगर आप सो सकते हैं तो आपके लिए अच्छा है, पर अगर नहीं सो पाते हैं तो किताब पढ़ें। इन क्षणों का आनंद लें। आप खुशनसीब हैं कि आज आप सो नहीं पा रहे हैं। उस समय पर आप अपना मंत्र जप कर सकते हैं, कोई धारणा कर सकते हैं, त्राटक कर सकते हैं, सत्संग सुन सकते हैं, कुछ अच्छा संगीत सुन सकते हैं। करने को कितना कुछ है! बहुत कुछ लाभदायक और सृजनात्मक कार्य कर सकते हैं। नींद नहीं आ रही, उस बात की चिंता क्यों करनी?

लेकिन आपका मन एक अलार्म बजा देता है कि सोएगा नहीं तो तबीयत खराब हो जाएगी। अब आपको ज़्यादा परेशानी इस विचार से होती है। परेशानी इसलिए नहीं है कि नींद नहीं आ रही, पर ज़्यादा परेशान इस वजह से हो रहे हैं कि परेशानी लानेवाला विचार आपका ही मन उठा रहा है और आप उसको चुप नहीं कर पा रहे। उलटा मन जितना बोलता है कि तू बीमार हो जाएगा, उतनी घबराहट ज़्यादा होने लगती है। लगता है, मैं बीमार हो जाऊँगा, इसलिए आप और ज़ोर से कोशिश करते हैं कि नींद आ जाए। अब नींद अगर नहीं आती है तो बस, नहीं आती है। नींद तो महारानी है। नखरे हैं उसके। आए तो आए, न आना है तो न आए!

एक बहुत शुद्ध हिंदी बोलनेवाले सज्जन किसी के घर में मेहमान हुए। रात का समय हुआ तो अपने मेजबान से कहने लगे, 'अच्छा, अब मैं निद्रादेवी की गोद में जा रहा हूँ।' ये जिनके घर में मेहमान थे, उस दोस्त की श्रीमतीजी बोली, 'अच्छा, आपकी पत्नी भी साथ में आई हैं? हमें तो पता नहीं था कि आपकी पत्नी भी साथ में आई हैं। वह कब आईं?'

मेहमान ने कहा, 'नहीं, मेरी पत्नी का नाम निद्रादेवी नहीं है, मैं तो नींद की बात कर रहा था।'

निद्रादेवी कब पधारती है और कब चली जाती है, कुछ नहीं पता। पर नींद में भी आपका मन पूरी तरह चुप कहाँ होता है। इसलिए तो सपने आते हैं। आपका मन जाग्रत् अवस्था में जो सोचता रहता है, यही मन आपका नींद में भी चलता रहता है। अब क्योंकि नींद में भी चलता है, इसीलिए तो आँख की पुतली हिलती रहती है (रेपिड आई मूवमेंट होती है।) आँख की पुतली चलती है और इसका मतलब है कि आदमी कुछ सपने देख रहा है। कुछ देर आँख की पुतली चले तो माने सपना चल रहा है और फिर आँख की पुतली ठहरी तो उतनी देर के लिए गहरी नींद हो रही होती है। गहरी नींद, फिर सपना, वापस गहरी नींद, फिर सपना इस तरह चलता रहता है। अगर सपना देखते में नींद खुल जाए या कोई तुम्हें जगा दे, यह आपके शरीर के लिए सबसे ज़्यादा तक़लीफ़ की बात होती है, क्योंकि जो क्रम चल रहा था, वह पूरा होने से पहले टूट जाए तो आपके शरीर की पूरी कार्यप्रणाली पर उसका असर आता है। जब आप गहरी नींद से जागते हैं तो बहुत स्फूर्ति और ताज़गी का एहसास होता है। क्या आपका इसके ऊपर कोई नियंत्रण है कि कब जागेंगे? मतलब जितनी गहरी नींद लेनी हो, क्या उतनी ले पाते हैं?

भगवान को जानने की बात एक तरफ़ रखें, पहले अपने मन को जानें। आपका शुद्ध स्वरूप क्या है? उस बात को किनारे करें, पहले तो यह जानने की आवश्यकता है कि आपका मन क्या है? अगर आप अपने मन को शांत करना चाहते हैं तो उसके लिए क्या विधियाँ हैं?

अभी आपका मन मुल्ला नसरुद्दीन के बेटे जैसा है। मुल्ला नसरुद्दीन का बेटा चीखे, चिल्लाए, शोर करे, चीज़ें तोड़ दे, कभी मुल्ला के सिर पर थप्पड़ मार दे, कभी आए हुए मेहमान की दाढ़ी खींचे, कभी मूँछ नोंचे, कभी इसको टाँग मार, कभी उसको थप्पड़ मार। इतनी हालत खराब कर देता कि मुल्ला बेचारा परेशान हो जाता। करे तो क्या करे? अपनी ही

औलाद है तो बाहर फेंकी भी नहीं जा सकती। जन्म दिया है तो पालना भी पड़ेगा।

मैंने सुना, एक दिन मुल्ला के दोस्तों ने कहा, 'आज तो हम तेरे घर रोटी खाने आते हैं।' मुल्ला ने कहा, 'हाँ, हाँ ज़रूर आओ।' पर मन-ही-मन में डर रहा था कि मेरा शैतान लड़का पता नहीं किस-किस की दाढ़ी नोंच लेगा, किसकी आँख में उँगली मार देगा, क्या कर देगा! अगर मैं उसको बोलूँ भी कि तू शोर मत करना, चुप करके बैठना तो नहीं बैठेगा। मुल्ला सोच रहा था कि अब क्या करूँ? मुल्ला सोचते-सोचते घर पहुँचा तो उसको एक खयाल आया। उसने अपने बेटे को बुलाया और कहा, 'रमज़ान, तू आज मेरा एक काम करेगा? मैं तेरा अब्बा हूँ तो मेरा एक काम कर दे।'

बेटे ने कहा, 'तू भी क्या याद करेगा अब्बा! चल, बोल क्या काम है?'

मुल्ला ने कहा, 'जो मैं कहूँ, वह तू कभी मत करना। मैं तुझे जो करने को बोलूँ, वह तू बिल्कुल मत करना।'

रमज़ान ने हँसकर कहा, 'अब्बा, पहले मैं कौन सा तेरी बात मानता हूँ, जो आज मानूँगा!'

मुल्ला ने कहा, 'आज मेरी शर्त बस यही है। आज मैं जो बोलूँ, वह तू नहीं करना, ठीक है? तू अगर मेरा इतना काम करेगा तो 100 डॉलर दूँगा।'

बेटे ने कहा, 'ठीक है। सौदा तय हो गया।'

मुल्ला ने कहा, 'देख, आज मेरे दोस्त आ रहे हैं, मैंने उनको बताया है कि तुम्हारी आवाज़ क्या बहुत ऊँची है तो ज़ोर-ज़ोर से गाना।'

बेटे ने कहा, 'नहीं गाऊँगा।'

मुल्ला ने कहा, 'मैंने उनको बताया है कि आप अपने ही घर के ड्राइंग रूम में इतना ज़ोर से फुटबॉल खेल लेते हो कि तुम्हारे जैसा कोई खेल नहीं सकता।'

मुल्ला का बेटा मन में क्या सोच रहा है, नहीं खेलूँगा।

कभी आप अपने मन के साथ ऐसा उलटा खेल करके देखना। अभी आप अपने मन को रोकने की कोशिश करते हैं। आप कहते हैं, मन! रुक जा, मन रुक जा और मन होता है ढीठ, ज़िद्दी। रमज़ान की तरह बोलता है, 'नहीं रुकता।' थोड़ा उलटा करके देखें। मन को कहें, 'सोच, चिंता कर। आज तुझे फ़िक्रें करनी हैं। ऐ मेरे मन! तुझे चिंता करनी है और मैं बैठ रहा हूँ, अगले 20 मिनट हम मिलकर चिंता करेंगे। इसे हम बोलते हैं—रिवर्स इंजीनियरिंग (Reverse Engineering)।

अपने मन को वह करने को कहें, जो वह नहीं करना चाहता। आज एक प्रयोग करके देखते हैं। प्रयोग यह है कि अगले दस मिनट तक गहरी साँस लेनी है और छोड़नी है। उसके बाद 'ओ३म्' का उच्चारण करें। फिर अपने मन को आदेश दें कि बहुत सारे विचार कर, खूब विचार कर। आपको आपके मन में बहुत सारे विचार लाने हैं। आज का आपका काम यही है। आज आपको अपने मन से यह नहीं कहना है कि चुप हो जा। आज आपको अपने मन को कहना है कि सोच। यह प्रयोग करके देखें।

सुखासन में बैठें और अगर संभव हो तो अर्ध पद्मासन में बैठें। रीढ़ की हड्डी सीधी रखें। आँख बंद करें। हाथ घुटने पर रखिए और हथेली ऊपर की तरफ़ रखिए। पहली उँगली और अँगूठे को जोड़ लें और बाकी की तीन उँगलियाँ सीधी रखें। अब गहरा श्वास भरें और गहरा लंबा श्वास बाहर निकालें। सहज और किसी भी तरह का झटका दिए बग़ैर, लंबे गहरे श्वास लें और बाहर निकालें। गहरा श्वास लेते वक़्त आपकी छाती और पेट थोड़ा फूलेंगे और जब श्वास बाहर निकालेंगे, तब पेट अंदर जाएगा और छाती अपनी सामान्य स्थिति में आएगी। शरीर में ये जो परिवर्तन हो रहे हैं, उसे भी आप देखें। किसी भी तरह का झटका दिए बग़ैर गहरा श्वास लें और गहरा श्वास छोड़ें। इस क्षण में ही रहें। आँखें बंद रखें और ध्यान शरीर पर और श्वास पर एक साथ रहे। अब 'ओ३म्' का उच्चारण करें।

श्वास भरें, और छोड़ते हुए 'ओ३म्' का उच्चारण करें। इस तरह दस मिनट तक 'ओ३म्' का उच्चारण करने के बाद बिल्कुल मौन हो जाएँ और

'ओ३म्' को भीतर उतरने दें। एक बात याद रखना, श्वास गहरे लेते रहना। जब आप श्वास लें, तब ऐसे लेना, जैसे वह आपका आख़िरी श्वास हो, यानी कि आपका पूरा ध्यान श्वास पर हो। जब श्वास अंदर जाए, तब श्वास को देखें, श्वास बाहर जा रहा हो, तब श्वास को देखें। गहरा श्वास लें और श्वास पूरा बाहर फेंकें। अपने मन को कहें कि विचार कर। मन विचार करे तो ठीक। न करे तो भी ठीक, पर आप सजग और जागरूक रहकर श्वास को देखते रहें। उसके बाद जिस तरह वाणी से 'ओ३म्' का उच्चारण किया था, उसी तरह मन में 'ओ३म्' का उच्चारण करें। श्वास लेते और छोड़ते वक़्त मन में ही 'ओ३म्' कहें। वाणी से मौन रहें, पर मन में ओ३म् का जाप चलता रहे। अब अपने मन को कहें कि कर चिंता, कर विचार। लेकिन एक बात याद रखना कि श्वास गहरा लेते रहना है। श्वास इस तरह लें कि यह आपकी ज़िंदगी का आख़िरी श्वास हो। आपका पूरा ध्यान श्वास पर रहे। श्वास आ रहा है, उसे देखें और श्वास बाहर जा रहा है, उसे भी देखें। मन को विचार करने को कहें। अगर मन विचार करे तो करने दें और न करे तो भी कोई दिक़्क़त नहीं। आप अपने श्वास के प्रति सचेत और सजग रहें। थोड़े समय बाद ओ३म् का तीन बार उच्चारण करके आपकी हथेलियाँ आँखों पर रखें और धीरे से आँखों को खोल दें।

इस तरह के प्रयोग में अगर इस तरह पंद्रह मिनट श्वास को देखते रहेंगे तो आपके शरीर, मन और श्वास के बीच में एक सामंजस्य आएगा। धीरे-धीरे आप भीतर उतर पाएँगे। इस तरह अगर आप रोज़ पंद्रह मिनट करेंगे तो आप देखेंगे कि आपके मन में सुंदर परिवर्तन आने लगा है। सिर्फ़ सुनकर या पढ़कर जीवन में बदलाव नहीं आता। आप जो कुछ सुनते या पढ़ते हैं, उसका अभ्यास करने से ही परिवर्तन आते हैं।

जो आपको मैं इस समय पर कह रही हूँ, जो बता रही हूँ, ये सबसे सरल ढंग है। इससे सरल और क्या हो सकता है? आपको मैं शीर्षासन करने को नहीं कह रही हूँ। ऐसा करने को कहूँगी तो आप सब भाग जाएँगे। आपको मैं ऐसी कोई मुश्किल चीज़ करने को नहीं कह रही हूँ, जो आप

नहीं कर सकते। हम आपसे वह करा रहे हैं, जो आप आसानी से कर सकते हैं।

यहाँ हमने थोड़ी बात मन के बारे में कही। हमने आपका परिचय धीरे-धीरे आपके मन के साथ करवा रहे हैं। एक बात याद रखना कि मन जो अभी आपका सबसे बड़ा दुश्मन है, वह सबसे अच्छा दोस्त बन जाएगा। अभी तो दुश्मन है। आप चिंता करना नहीं चाहते, पर फिर भी चिंता करता है। आप दुःखी होना नहीं चाहते, पर मन दुःखी होता है। आप घबराना नहीं चाहते, फिर भी घबराहट होती है। लेकिन एक दिन आएगा कि जब आप अपने मन से कहोगे कि मन विचार कर और मन कहेगा कि क्या सोचूँ! आप कहेंगे कि मन! जा भाग, भाग, भाग दुनिया में और मन कहेगा कि अब कहीं नहीं जाना।

बचपन में एक महिला संत, जिन्हें हम 'माताजी' कहते थे, वह गाया करती थीं। वैसे तो वह स्वामी रामतीर्थ की रचना है, पर वह महिला संत उसे बहुत अच्छी तरह गाया करती थीं। उस पंक्तियों के साथ बात पूरी करते हैं—

'ढूँढूँ जिन्हें था पा ही लिया है,
अब मुझको कोई परवाह नहीं है
अब आप हो मेरे और, मैं हूँ तुम्हारा
अब मुझको कोई परवाह नहीं है।
अब सुख हो सो तेरे और दुःख भी तुम्हारा
अब मुझको कोई परवाह नहीं है।'

□

आपके पास एक नहीं, बहुत सारे मन हैं

'मन रे तू कर ले साहेब सों प्रीत।
सरन आए सो सबहिं उबारे, ऐसी उनकी रीत।
सुंदर देह देख मत भूलो, जैसे तृण पर सीत।
काची देह आख़िर गिर परि हैं, ज्यों बारु की भीत।
ऐसो जन्म बहुर नहीं पैहौ, जात उमरि सब बीत।
कबीरा चढ़े गढ़ ऊपर, दिए नगारा जीत।'

कबीरजी अपने इस भजन में बहुत सुंदर और स्पष्ट रूप से कुछ कह रहे हैं। परन्तु किससे कह रहे हैं? कबीर मन से कह रहे हैं। वह किसके मन से कह रहे हैं? फिलहाल इस गीत में कबीर अपने ही मन से कह रहे हैं। कबीर के इस कहने को आप अपने लिए अपना लें और कबीर जो अपने मन को कह रहे हैं, सो आप अपने मन को कहें। सो आप अपने मन को समझाएँ। यह पूरा गीत कबीर का न होकर, आपका हो जाए। अभी तो यह कबीर का है। यह भजन कबीर की मनोअवस्था का वर्णन है। वे क्या सोचते हैं, क्या महसूस करते हैं, उसके बारे में कह रहे हैं। लेकिन अगर आपने कबीर का गीत सुना और उसमें न जुड़े, तो वह गीत आपका नहीं होता है।

दूसरों की प्रेम कहानी देखकर क्या आपको मज़ा आ सकता है? आपको मज़ा तब आता है, जब आप प्रेम में पड़ते हैं। पराई शादी में अब्दुल्ला दीवाना! दूसरों की शादी में नाचते-फिरो तो उससे आप विवाहित नहीं हो

गए। आप विवाहित तब होते हैं, जब आप दूल्हा या दुल्हन बनते हैं। तो अभी इस कबीर के गीत में अगर आपको अच्छा लगता है तो यह बात तो कबीर की है। माने शादी कबीर की हो और आप खामख़्वाह अब्दुल्ला बन गए। कबीर जो बात कह रहे हैं, उसको आप इस तरह से अपने ऊपर लागू करें और यह संदेश आप अपने मन को दें। आप अपने आप से कहें। जो भी आपका नाम हो आप अपने आपको कहें कि ये बात मेरे लिए है और मैं अपने मन को ये बात कहूँ और समझाऊँ कि रे मन! साहेब के साथ प्रीत कर; परमात्मा के साथ प्रेम कर और किसी के साथ मत कर।

हालाँकि आप कह सकते हैं कि जिसको हम कभी मिले नहीं, जानते नहीं, उससे प्रेम कैसे करें? कम-से-कम मिलना तो पड़ेगा न! अगर मिलेंगे तो प्रीत करेंगे, लेकिन मिले ही नहीं हैं तो प्रीत कैसे करेंगे?

वेदांती बोलते हैं कि आत्मा का ध्यान करो। तो सब लोग आँखें बंद करके बैठते हैं। वे क्या कर रहे हैं? आत्मा का ध्यान कर रहे हैं। आत्मा का पता है नहीं, फिर ध्यान किसका कर रहे हैं? कोई आँख बंद करके बैठता है और पूछो कि क्या कर रहे हो? तो कहता है मैं परमात्मा का ध्यान कर रहा हूँ। अच्छा, क्या परमात्मा को जानते हो? नहीं, जानता तो नहीं हूँ। तो ध्यान किसका कर रहे हो?

एक हॉल में बहुत सारे लोग बैठे हैं और कोई आपसे कहे कि श्रीकांत को बुला दो। तो आप कहेंगे कि मैं पहचानता नहीं कि श्रीकांत कौन है? श्रीकांत कौन है, कैसे पहचानूँ? और अगर वह व्यक्ति कहे कि मैं कुछ नहीं जानता, आप श्रीकांत को बुला दें। आप क्या करेंगे? आप अंदर आएँगे और ज़ोर से आवाज़ लगाएँगे, क्या यहाँ कोई श्रीकांत है? अगर वहाँ श्रीकांत होगा और वह सुन लेगा तो आपके पास आकर कहेगा, 'जी, मैं ही श्रीकांत हूँ।' आप फिर श्रीकांत को संदेश दे सकेंगे कि आपको कोई बाहर बुला रहा है। जिसे आप पहचानते नहीं हैं, उसको आप कुछ कह भी तो नहीं सकेंगे।

परमात्मा का ध्यान तब तक हो नहीं सकता, जब तक परमात्मा का ज्ञान

नहीं है और परमात्मा का ज्ञान किए बग़ैर जितने लोग कहते हैं कि 'मैं भगवान में मन लगा रहा हूँ', सब गप्पें मार रहे हैं। दिन दहाड़े झूठ बोल रहे हैं। भगवान का नाम लेकर झूठ बोल रहे हैं। तुलसीदास कहते हैं—

'जाने बिन होए नहीं प्रतीति
प्रतीति बिन होय नहीं प्रीति
प्रीति बिन नहीं भक्ति दृढ आई'

जिसे मैं जानता नहीं हूँ, मुझे जिसके होने का पता नहीं है, मैं उसे प्यार कैसे कर सकता हूँ? जिसे मैं प्यार ही नहीं करता हूँ, मैं उसकी भक्ति कैसे कर सकता हूँ? बात बहुत तर्कयुक्त है।

अपने मन को तो आप जानते ही हैं। जानते हो या नहीं जानते? अभी आत्मा, परमात्मा भूल जाएँ। जो सबसे नज़दीक है, हम उसी की बात करेंगे। क्या आप अपने मन को जानते हैं या नहीं जानते हैं? थोड़ा इसको जानते हैं, समझने का प्रयास करते हैं।

अच्छा, एक बात तो तय है कि आपके पास मन है। इसमें कोई संशय नहीं है। मन क्या है, इस विषय में हमने पिछले प्रकरण में बात की थी। मन है विचार। मन है संकल्प। मन है उस संकल्प का विरोधी, जिसे हम कहेंगे विकल्प। विचार और प्रति-विचार यानी मन। चित्त है इन विचारों का स्टोरकीपर। बुद्धि है, जो सोच-विचार करती है, निर्णय करती है और अहंकार यह तय कर देता है कि यह सही है। अब ये जो मंजूरी की मोहर है वह बुद्धि लगाती है। मन, बुद्धि, चित्त, अहंकार, इनको अलग-अलग कार्य की वजह से हम चार नाम देते हैं, अन्यथा है तो एक ही चीज़, ये चार नहीं हैं। अब अपने मन को समझने की दिशा में थोड़ा और आगे बढ़ते हैं।

आपने रात में सोचा कि गुरुमाँ ने कहा था सुबह उठना चाहिए, अभ्यास चाहिए। आपने सोचा कि हम कल सुबह का अलार्म लगाते हैं और सुबह जल्दी उठेंगे। आपके मन ने सोचा, बुद्धि ने पक्का कर दिया और अलार्म लगा दिया। आप सो गए और सुबह ठीक समय पर अलार्म को बजना है,

अलार्म बजा। फिर एक और मन अंदर से जागा, उसने कहा, आज तो मैं बहुत थका हूँ और अगर एक बार उठ गया तो फिर वापस सो नहीं पाऊँगा। बेहतर है कि अभी थोड़ा सो ही लेता हूँ। आपने अलार्म बंद किया, करवट ली और सो गए। तो इसको अब हम क्या कहें? हम ये भी कह सकते हैं कि एक ही मन में अलग-अलग विचार उठे। एक मन में विचार आया कि सुबह उठूँ और उठने के समय पर दूसरा विचार आया कि न उठूँ।

कुछ विद्वानों ने यहाँ तक कहा कि हमारे पास एक मन नहीं है। हमारे पास बहुत से मन हैं। महावीर ने यही बात कही—'बहुचित्तान।' हमारे बहुत चित्त होते हैं। हमारा एक चित्त नहीं है। हमारा एक ही मन नहीं है।

अब आप कहेंगे कि एक ही मन नहीं संभलता और आप कह रहे हैं कि बहुत से मन हैं, तो यह तो बहुत मुश्किल हो जाएगा। यह बाद में तय करेंगे कि बात मुश्किल हो जाएगी या आसान हो जाएगी, पर पहले समझना तो पड़ेगा कि इस मन की वास्तविकता क्या है?

देखो, आपके मन ने विचार किया कि वज़न थोड़ा बढ़ गया है, थोड़ा कम करना चाहिए। आपने डाइटिंग शुरू कर दी। आप बाहर निकले और रास्ते में बच्चों ने कहा कि कुछ खाना है। आप रेस्तराँ में गए। जब उनके लिए खाना ऑर्डर किया तो देखकर अच्छा लगा, यहाँ तो यह चीज़ बहुत अच्छी मिलती है। अब आपके अंदर एक दूसरा मन जगा, जो कहता है कि कल से डाइटिंग कर लेंगे, आज तो खा लेते हैं। इतने दिन तो हो गए हैं, अब एक दिन में क्या फ़र्क़ पड़ता है! मतलब आपके अंदर जो नया विचार जागा है, इस विचार को पकड़ा और आपने कहा, 'एक वेज बर्गर मेरे लिए भी लाओ।' सुबह तय किया था कि आज से नहीं खाएँगे, लेकिन दोपहर होते-होते तो मन पलटी मार गया और फिर खा लिया। अब इसको तर्कसंगत साबित करने के लिए कहते हैं कि सुबह सैर ज़्यादा कर लूँगा। जल्दी उठकर आधा घंटा ज़्यादा सैर करूँगा। एक घंटे की सैर होगी तो बर्गर हज़म हो जाएगा। जिस मन ने ये सोचा है, सुबह जब आप उठेंगे तो दूसरा ही मन जाग

जाएगा, वह कहेगा, कि 'लो सारी दुनिया खाती है। सब मोटे हो रहे हैं; मैं अकेला ही थोड़ा मोटा हो रहा हूँ? मैंने इतना-सा तो खाया है।' ऐसे परस्पर विरोधी विचार आपके मन में जागते हैं।

आप किसी से भी मिलते हैं जैसे, आपका शिक्षक, डॉक्टर, दोस्त, पड़ोसी, बिजनेसमैन, आपका एक मन कहता है कि ये बहुत अच्छा है। उसी के साथ दूसरा मन कहता है, कहाँ अच्छा है? देखो तो, क्या-क्या करता है, हरक़तें देखी हैं उसकी? एक के बाद एक विचार फूटते रहते हैं। अगर आपने कभी घर में गैस पर खुले बरतन में पॉपकार्न बनाया हो तो कैसे तेज़ी से पट्, पट्, पट् आवाज़ होती हैं। आप गिनती नहीं कर पाएँगे कि अभी एक हुआ, दो, तीन, चार, क्योंकि चार बोलते तक चार और हो जाएँगे। पॉपकार्न इतनी तेज़ी से बन रहे हैं, इससे लाखों गुना ज़्यादा तेज़ी से आपके मन में विचार फूटते रहते हैं। रोशनी से भी अधिक गति से आपका मन विचार कर लेता है और हद की बात तो यह है कि हर विचार दूसरे विचार से उलटा होता है।

जैसे, आपके जीवन में कुछ अच्छा हो गया तो आपका मन कहता है कि देखो, भगवान की कितनी कृपा है! फिर अगले दिन कुछ बुरा हो जाए, कुछ दुःखी करनेवाली बात हो जाए, कुछ नुक़सान हो जाए तो आपका मन कहता है, भगवान होता तो क्या ऐसा होता? कोई भगवान नहीं है। एक क्षण में आप नास्तिक हो जाते हैं।

अच्छा, मैं तो ये तमाशा रोज़ देखती हूँ। पिछले पच्चीस-तीस सालों से मैं लोगों से मिलती-जुलती हूँ। हज़ारों लोगों से मिली हूँ। उनका व्यवहार, सत्कार, उनका सम्मान, निंदा, क्रोध सबकुछ देखा है। आज जो आदमी हाथ जोड़कर खड़ा है, कल वह ही आदमी खड़ा होकर गाली देता है। फिर वापस वह आपका भक्त हो जाता है और आपकी बड़ी प्रशंसा करता है। हम ये रोज़ देखते हैं।

मुझे याद है, एक बार जालंधर शहर के सत्संग में एक समय तय किया

गया था, ताकि कोई मिलना चाहता हो, आकर मिल सके। उस दिन मिलनेवाले भी दो सौ–तीन सौ लोग थे। आयोजकों ने कहा कि लाइन बना लो। आगे चलते जाएँ और मिलते जाएँ। खड़े नहीं रहना है, आगे बढ़ते जाएँ। एक सरदारजी आए और वह खड़े रह गए। वह रोने लग गए और बार–बार बोल रहे थे, ''मुझे माफ़ कर दीजिए, मुझे माफ़ कर दीजिए।'' मैंने उनसे पूछा, पूछना ही पड़ेगा, क्योंकि आदमी कभी–कभी रोता है। औरत रोए तो आप कह सकते हैं कि कोई नहीं, रोज़ रोती हैं। आदमी रोए तो पूछना पड़ता है। अगर नहीं पूछेंगे तो बहुत अनुचित बात हो जाएगी। बेचारा रो रहा था तो मैंने पूछा, ''क्या बात है, आप क्यों माफ़ी माँग रहे हैं?''

वह कहने लगे, ''मैंने कभी सत्संग सुना नहीं था। मेरी पत्नी यहाँ आने लग गई तो मैं बहुत गाली देता था। आपकी बहुत बुराई करता था और फिर एक दिन यूँ हुआ कि मैं इसको छोड़ने आया था और आपकी आवाज़ आ रही थी। आप कुछ शब्द गा रहे थे। मैंने ऐसा मीठा शब्द कभी नहीं सुना और मैं वहीं रुक गया। फिर मैंने बाहर पार्किंग में खड़े–खड़े पूरा सत्संग सुना तो आप इतनी अच्छी लगीं। आप तो देवी हैं और मैं आपको गाली देता रहा। उसी के लिए क्षमा माँगता हूँ।''

मैंने कहा, ''देखिए, महानुभाव, मैं कैसे यक़ीन करूँ कि आप गाली देते थे, क्योंकि मैं इस समय जिस शख़्स को अपने सामने खड़ा देख रही हूँ, वह प्रेम में, नम्रता में रो भी रहा है। इतने मीठे वचन बोल रहा है, इतने प्यार से बोल रहा है,। मैं नहीं मानती हूँ कि आपने कभी भी मेरी बुराई की है। बाकी अगर आपने कभी की भी है तो मुझे पता नहीं और मुझे उससे क्या फ़र्क़ पड़ता है? मुझे तो मतलब है इस वक़्त मेरे सामने खड़े इस शख़्स से, जो मुझसे बात कर रहा है, जिसे मैं इस घड़ी में मिल रही हूँ। मैं उसे किस बात के लिए क्षमा करूँ? मुझे नहीं लगता है कि आपने कुछ ऐसी ग़लती की है, जिसके लिए आप माफ़ी माँगो और जिसके लिए मैं आपको माफ़ी दूँ। जो हुआ उसे भूल जाएँ। बीत गया सो बीत गया।''

लंबे समय तक यह सज्जन सत्संग में आते रहे और फिर मन अंधकारनुमा हो गया। अगर जड़ में अँधेरा है तो ये अँधेरा फिर से कभी-न-कभी छा जाता है। कुछ वर्ष वह आते रहे, फिर उनका आना बंद हो गया। ऐसे ही सहज में मैंने पूछा कि भई! क्या हुआ वह सज्जन क्यों दिखते नहीं? किसी ने मुझे कहा कि आजकल वह आते नहीं हैं। ध्यान में भी नहीं आते हैं, सत्संग में भी नहीं आते हैं और जब हमने उनको बताया कि आप चार साल बाद फिर से जालंधर में आ रही हैं तो कहते हैं, 'बड़े देखे ऐसे संत! आते-जाते रहते हैं। मेरे पास बहुत काम है।'

जिनसे मैंने उनके बारे में पूछा था, वे कहने लगे, "उस बंदे का अजीब दिमाग खराब हो गया है।"

मैंने कहा, "कोई बात नहीं। ठीक है। वह फिर से अपनी औकात में आ गया।"

मन की औकात क्या है? अभिमान। आपका मन अपने से ज़्यादा किसी को बड़ा ज्ञानी, ध्यानी, तपस्वी स्वीकार ही नहीं कर सकता है। इसीलिए जो लोग हाथ जोड़ते भी हैं, उनका एक मन हमेशा ढूँढ रहा होता है कि इनमें कोई कमी दिख जाए। जिस दिन उनको कमी दिख गई, उस दिन वे शत्रुता पर उतर आएँगे।

आपने देखा और महसूस किया होगा कि आपके संबंधों में, रिश्तेदारों में आज जो आपकी तारीफ कर रहे हैं, वे कल आपको गाली दे रहे होते हैं। वही आदमी, वही रिश्तेदार। रिश्तेदारों के लिए मैंने एक शब्द बनाया है—रस्सेदार। स्पेन में एक खेल चलता है, जहाँ खेलनेवाले के हाथ में रस्सी होती है, जिसे वह घुमाता है। उसने उस रस्सी को भैंसे के गले में डालना होता है। वह रस्सी को घुमाता है और भैंसे के पीछे घूमता है। कभी वह भैंसे के ऊपर चढ़ जाता है और भैंसा टाँग मार रहा है, कभी नीचे गिरा देता है। जितना ज़्यादा समय वह भैंसे के ऊपर टिक जाए, उस पर पूरा खेल चल रहा होता है।

मुझे यह लगता है कि अपने जीवन में आप वह भैंसे हो और आपके रिश्तेदार वह रस्सेदार, जो रस्सियाँ घुमा रहा है कि कब आपके गले में डाले। तो कोई-न-कोई बात कोई-न-कोई चीज़, कोई-न-कोई हरक़त उसे मिल जाएगी, जो आपको सताने के लिए काफ़ी होगी।

जैसे, एक सज्जन बता रहे थे कि हमारे घर में एक छोटा सा समारोह था। बहुत लोग आए हुए थे और हमने सब के लिए भोजन बनाया हुआ था। लोग आ रहे थे और मैं उनका स्वागत कर रहा था। हुआ ऐसा कि एक मौसाजी आए थे, वह पता नहीं क्यों नाराज़ हो गए। बाद में पता चला कि उनका कहना था कि मेरे सामने उसने अपने चाचा को तो इतनी ज़ोर से नमस्ते बोला, पर मेरे लिए उसके मुँह से फूटे से भी नमस्ते नहीं निकला। अब हुआ यूँ होगा कि उन्होंने दोनों को साथ में, यानी एक ही नमस्ते बोल दिया होगा और वे देख रहे होंगे चाचाजी की ओर तो मौसाजी को लगा होगा कि मुझे नमस्ते नहीं बोला। इतनी भर बात से वे नाराज़ हो गए और बिना कुछ खाए-पीए, बुराई करके वहाँ से चले गए। ये सज्जन कह रहे थे कि क्या करें? आप कुछ नहीं कर सकते।

जैसे आपका मन आपके काबू में नहीं है, ऐसे ही दूसरे का मन उनके काबू में नहीं है। जैसे आपका मन जिसको आज अच्छा कह रहा है, कल उसी को बुरा कहता है, ऐसे ही दूसरे का मन है, जो आज आपको अच्छा कहेगा और कल आपको बुरा कहेगा। आपको हैरत नहीं होनी चाहिए। इसे बहुत सामान्य और सहज बात समझना चाहिए।

अगर आप किसी को मित्र मानते हो तो उस मैत्री की भावना में भी अपेक्षाओं की एक सूची होती है कि ये मेरे लिए इन-इन बातों को करें और अगर नहीं करेगा तो मैं उससे गुस्सा हो जाऊँगा। इसी तरह दूसरे के मन में भी एक सूची होती है कि ये मेरे लिए ये-ये सब करें, अगर वह सारी चीज़ें करता है तो मैं खुश, और अगर नहीं करता है तो मैं नाराज़ हो जाऊँगा।

मुश्किल यह है कि आपने दूसरों के बारे में जो सूची बनाई है, उसके

बारे में दूसरे को कुछ नहीं पता है और दूसरे के मन में आपके बारे में अपेक्षाओं की क्या सूची है, उसके बारे में आपको कुछ पता नहीं। आज मैं आपको एक बहुत कीमती सुझाव देती हूँ। पति-पत्नी आमने-सामने बैठ जाना और एक-दूसरे से कहना कि या तो शाब्दिक रूप से बताओ, नहीं तो आराम से क़ागज-पेन लेकर लिख दो। पति अपनी पत्नी को और पत्नी अपने पति को बता दें, बाप, बेटे को और बेटा बाप को और माँ, बेटी को, बेटी माँ को एक सूची बनाकर दे दें कि मेरी आपसे ये आशाएँ हैं। अगर आप हमारी इन आशाओं को पूरी नहीं करेंगे तो हम गुस्सा हो जाएँगे।

देखिए, ट्रैफिक लाइट में कितने सिग्नल होते हैं? लाल माने रुको, हरा माने चलो और पीला माने चलने के लिए तैयार। तो इसी तरह अगर हम संबंधों में भी ऐसे सिग्नल बना लें तो दुर्घटनाएँ नहीं होंगी।

जैसे, शीला का जन्मदिन था। औरतों के पास बहुत प्यारी कल्पनाशक्ति होती है। कहते हैं कि बहुत रोमांटिक फिल्में देखती रहती हैं। घर पर रहकर क्या करेंगी, फिल्म देखेंगी। हॉलीवुड और बालीवुड की फिल्में देखेंगी। अक़्सर ज़्यादातर स्त्रियाँ जिसमें ड्रामा या रोमांस हो, ऐसी फिल्में देखेंगी। दिन में एकाध फिल्म देख ली होगी, जिसमें हीरो ने हीरोइन के लिए हेलिकॉप्टर से गुलाब के फूलों की बरसात की थी तो अब वह सोच रही है कि अगले महीने मेरा भी जन्मदिन आ रहा है। मेरा पति मेरे लिए भी सरप्राइज प्लान करेगा।

पुरुष बहुत दूर का नहीं सोचते। उनके सामने जो मुसीबतें उस वक़्त होती हैं, उसी में उलझे रहते हैं। उसे याद भी नहीं कि दो दिन बाद किसका जन्मदिन है और किसका मरण दिन है। उनको कुछ पता नहीं है। वह पत्नी का जन्मदिन भूल गया है, पर शीला रात से सोच रही है कि सुबह जब मैं उठूँगी, तब मेरे सिरहाने गुलाब का फूल होगा। जब उठी तो गुलाब का कोई फूल नहीं, उसे गुस्सा आ गया। फिर सोचती है कि हो सकता है कि मेरे लिए बाथरूम में कुछ रखा हो शायद ज्वैलरी का बॉक्स पड़ा होगा। मैं जाऊँगी,

अलमारी खोलूँगी तो सामने पड़ा होगा और उस पर लिखा होगा—हैप्पी बर्थ डे। लेकिन वहाँ ऐसा कुछ नहीं था। अब उसको गुस्सा आ गया। फिर सोचा नाश्ते के वक़्त टेबल पर कुछ देगा, पर वहाँ भी कुछ नहीं। तो उसका गुस्सा बढ़ने लगा। पति ऑफिस चला भी गया, उसे कुछ पता नहीं और यहाँ पर यह चिढ़ रही है।

फिर वह सोचती है, शायद शाम को कुछ होगा। वह अपना नया ड्रेस पहनकर तैयार होकर बैठी है। वह ड्रेस जो उसने पहले से ख़रीदकर रखी है। पत्नी बहुत स्मार्ट होती है, सिर्फ़ पति पर निर्भर नहीं रहती। उसने पहले से इंतज़ाम और योजना बनाकर रखी होती है। तो वह ड्रेस तैयार करके बैठी थी कि पति आएगा और कहेगा 'चल, तुझे डिनर पर ले जाता हूँ,' तो फिर तुरंत तैयार हो जाऊँगी। उसने घर में भी सब योजना बनाकर रखी होती है। बच्चों के लिए भी इंतज़ाम किया है। घर के बाकी लोगों के लिए भी खाना तैयार रखा है, क्योंकि वह सोच रही है कि उसका पति उसे आज डिनर पर बाहर ले जाएगा।

पति शाम को थका-हारा घर आया और उसने तो आकर अटैची रखी, कपड़े बदले और पायजामा पहनकर बैठ गया। उसने कहा, 'खाना लाओ।' अब तो उस महिला का पारा चढ़ गया। रसोई में बरतन टूट रहे हैं, फूट रहे हैं और सास भी गुस्सा हो रही है कि इतना शोर क्यों हो रहा है? बच्चे कहते हैं कि हमें सोने क्यों नहीं दिया जा रहा है? पर किसी को पता नहीं कि ये श्रीमतीजी के मन में कौन सा ज्वालामुखी फूट रहा है।

जब पति खाने बैठा तो उसने खाने के साथ गालियाँ भी दीं कि तुम्हें मेरी कदर नहीं। मैं मर जाऊँगी तब मुझे याद करना। तुम्हें तो मेरा कुछ ध्यान ही नहीं। पति सोचता है, इसे क्या हुआ? सुबह तो ठीक-ठाक छोड़कर गया था, क्या हुआ इसको? पत्नी के मन में इच्छाओं का, अपेक्षाओं का जो जाल था, उससे वह बेख़बर था। जब पता चला, तब तक काफ़ी देर हो चुकी थी। वह कहता कि 'चल, अभी तुझे ले जाता हूँ' पर वह कहती है कि अब तुम्हारी बर्थ डे पार्टी को आग लगे। मैं नहीं जाती। अब बात ख़त्म हो गई।

अब आप सोचकर देखें कि पत्नी ने ये जो सपने बुने थे, वह तीस दिन पहले या दो दिन पहले अपने पतिदेव को बता देती और ऐसी उम्मीद करती कि मेरे लिए ये-ये करना तो वह ज़्यादा उचित खेल होता। लोग बहुत अनुचित और अजब खेल खेलते हैं। माने पति अंतर्यामी है क्या? वह क्या ऋषि-मुनि है, जिसे तुम्हारे मन की सब बात पता चल जाएगी कि आप क्या सोचते हो और जन्मदिन पर क्या करना चाहते हो या तुम्हारे क्या सपने हैं? कम-से-कम उस गधे को बताओ तो सही!

पति यह अपेक्षा रखता है कि पत्नी मेरे लिए ये सब करे और मान लें वह सब वह नहीं करती है तो उससे नाराज़ होता है। हमारे संबंधों में यह जो खटास है, जो तक़लीफ़ है, जो झगड़े हैं, उसका सबसे बड़ा कारण यह है कि आपका मन सोचता बहुत ज़्यादा है, बहुत उम्मीदें बना लेता है, बहुत सी इच्छाएँ, अपेक्षाएँ खड़ी कर लेता है और जब वे पूरी नहीं होती हैं तो दुःखी होता है।

अब मन आपका है तो आप इतने ईमानदार हो जाएँ कि अपने संबंधों में एक-दूसरे को स्पष्ट कह सकें। मुझे कभी-कभी बड़ी हैरत होती है कि ये आपके किस तरह के संबंध होते हैं, जिसमें आप किसी से अगर दुःखी होते हैं तो उसके साथ बैठकर बात नहीं कर सकते, क्योंकि वह सुननेवाला नहीं है। आगबबूला होगा और आपको डर है कि कहीं वह मुझसे रिश्ता तोड़ न दें।

जो आपके गले में रस्सियाँ डालकर खींचते हैं, आप उनसे अपने रिश्तों को तोड़ना भी नहीं चाहते। यह भी अजब खेल है। जिनसे दुःखी हो, उनसे कभी सुख हो सकता है, उस उम्मीद में आप उनके दिए हुए दुःखों को झेलते रहते हैं और यह सोचते हैं कि कभी तो ठीक हो ही जाएगा। इस कभी का इंतज़ार करते हुए ज़िंदगी ख़त्म हो जाती है। मन का स्वभाव बदलना बहुत मुश्किल है, क्योंकि अभी आपका मन विचार करता है कि दान दूँ और यही मन थोड़ी देर में सोचता है कि दान क्या दूँ? ये मंदिर तो बड़ा मालदार है, यहीं से कुछ ले जाता हूँ। किन्हीं मंदिरों में जो भगवान की मूर्तियों पर श्रृंगार

किया जाता है, वह इतना महँगा और बेशकीमती है, जो लोगों ने अपनी भावना से किया होता है, तो देखनेवाले सोचते हैं कि ये तो बहुत अमीर भगवान हैं। फिर कभी-कभी वहाँ पर चोरी भी हो जाती है।

जैसे एक बहुत प्रतिष्ठित मंदिर में सेवारत जो ब्राह्मण था, उसने वहाँ के कुछ ज़ेवरात किसी के पास रखकर कर्ज़ लिया था। उसने वह ज़ेवरात गारंटी के तौर पर रखे थे। उस ब्राह्मण को बहुत कम तनख़्वाह मिलती थी। उसने अपनी बेटी की शादी करनी थी। उसे लगा कि कैसे करूँ? उसके दिमाग ने जुगत लगाई कि इतने सारे ज़ेवर पड़े हैं तो उसने कुछ ज़ेवर अपने साथ ले लिये। आप कह सकते हैं कि उसने चोरी कर ली, पर उसने यह सोचकर कि कुछ समय बाद पैसा लौटा दूँगा और ज़ेवर वापस मंदिर में रख दूँगा यह ज़ेवर साहूकार को देकर कर्जा लिया। उसे लगा कि भगवान तो अपने ही हैं। क्या हो गया भाई! अपने मामा, चाचा, ताया से आप कर्ज़ नहीं लेते हैं क्या? कौन सी दिक़्क़त है उसे लेने में? आप माँगते हैं, वे दे देते हैं। बैंक भी लोन देता है तो उसने तिरुपति मंदिर को बैंक समझा, मामा, चाचा, ताया समझा और वहाँ से ज़ेवर ले लिये। पर वह पकड़ा गया, क्योंकि वह पैसा अदा नहीं कर पाया। कहानी खुल गई और उसको गिरफ़्तार कर लिया गया। उस पर आरोप था कि तुमने मंदिर में चोरी की है।

पर जब मैंने यह ख़बर पढ़ी तो मैंने कहा कि मैं नहीं मानती हूँ कि यह चोरी है, क्योंकि अगर चोरी करता तो वह उस बात को छुपाकर रखता। पर उसने यह बात साहूकार को भी बताई कि मैं मंदिर से लाया हूँ और मंदिर का है तो वापस मंदिर में रखूँगा। मुझे सिर्फ़ अभी के लिए ज़रूरत है, इसलिए इस तरह का काम किया। हो सकता है कि आप कहें कि यह ग़लत है, अनैतिक है, आप कह सकते हैं कि मंदिर का जेवर ऐसे नहीं लेना चाहिए था। लेकिन मैं कहती हूँ कि मंदिर के संचालकों को अपने ब्राह्मणों को उतना कम पगार भी नहीं देना चाहिए कि वह अपना गुज़र-बसर करने में ही मुश्किल महसूस करें। कहाँ तो आप भगवान की शादी का उत्सव मनाते

फिरते हैं और यहाँ पर एक गरीब बाप अपनी बेटी का विवाह नहीं कर पा रहा है, क्योंकि उसके पास धन नहीं है। अजब कहानी चलती है।

पिछले दिनों पुरी में कुछ कार्यक्रम था। मैं जगन्नाथपुरी गई थी। मेरे साथ कुछ लोग थे, जो पहली बार पुरी आए थे। उन्होंने कहा कि "चलो, मंदिर चलते हैं।" मैंने कहा, "चलो, चलते हैं।" जब वहाँ गए तो वहाँ के ब्राह्मण साथ में हो लिये और वे वहाँ का इतिहास बताने लगे। वे शुरू वहीं से हुए कि यहाँ का भगवान, खाता भगवान है, खाता रहता है। इसलिए अब यहाँ 100 क्विंटल चावल पकता है और चढ़ता है और फिर वह प्रसाद शायद यहाँ बेचा जाता है। मुझे पूरी कहानी नहीं मालूम। वे बोले, यहाँ भगवान खाता है, इस मंदिर में भगवान खा रहा है और ओडिसा में खासकर पुरी क्षेत्र में इतनी गरीबी है कि लोगों की पसलियाँ दिखती हैं, पेट पिचके हुए दिखते हैं। गरीबी और भुखमरी के कारण इसी ओडिसा के कालाहांडी में बाप ने अपने चार-पाँच साल के बच्चे को दस हज़ार रुपए में बेच दिया था। क्या करें? भूखमरी है और छोटे बच्चे थे तो उनके लिए अपने बड़े बच्चे को बेच दिया। जिस राज्य में इतनी भुखमरी है, जिस राज्य में इतने गरीब हैं, वहाँ इस मंदिर में वही लोग जाने कैसे पैसे इकट्ठे करके भगवान के लिए, जो मूर्ति है अंदर, उसके लिए ये भेंट चढ़ाते हैं, पूजा करवा रहे हैं और गरीब लोग अपना पेट काटकर दान में दे रहे हैं। वे इस उम्मीद से कि यहाँ हम जो देंगे तो वह कई सौ गुना ज़्यादा होकर शायद धन मिल जाएगा, हमें अन्न मिल जाएगा। क्या अजीब कुचक्र है! फटी धोती, फटे कपड़े, भुखमरी से पिचके पेटवाले लोग वहाँ जाकर ब्राह्मणों को दान दे रहे हैं। ये मोटे-मुटल्ले, जिनकी तोंद निकली हुई है, ऐसे ब्राह्मण उनसे ऐसे छीन रहे हैं, जैसे कोई जालिम आदमी छीन रहा हो। अजब खेल चलता है यह भाई! सोचने की बात यह है कि हम लोग अजब माया के चक्र में पड़े हैं। हम परमात्मा को अपने से अलग किसी मंदिर में कैद देखते हैं और उस मूरत के सामने खड़े हुए ज़िंदा इनसानों पर अन्याय करते हैं।

अच्छा, यहीं एक मंदिर है, जहाँ एक पंडा होता है, वह हाथ में एक डंडा लेकर खड़ा होता है और भीड़ को आगे बढ़ाने के लिए वह डंडा मारता रहता है। हम वहाँ गए तो मैंने अपना कोई परिचय नहीं दिया था। मैं नहीं चाहती थी कि हमारे लिए कोई ख़ास व्यवस्था हो। मैंने दूर से देखा कि भीड़ है और भीड़ को इस तरह से डंडा मार-मारकर आगे चलाते हैं। मैंने कहा कि मुझे आगे नहीं जाना है। मेरे साथ जो लोग थे, उनसे कहा कि आपको जाना है तो जाइए। हमें जो तमाशा देखना था, सो देख लिया। हम वहीं से वापस लौट आए। मेरे साथ जो लोग थे, वे कहने लगे कि आप जब वापस जा रहे हैं तो हम क्यों जाएँ? वे भी वापस मेरे साथ लौट गए।

अब जिसके मन में आस्था है, वह वहाँ मार भी खा रहा है, मजबूरी में दान भी दे रहा है। इस उम्मीद से कि भगवान उसको कई सौ गुना अधिक देगा। वह नहीं जानता है कि ईश्वर कौन है? परमात्मा कौन है? पंडों, पुरोहितों के बनाए हुए रीति-रिवाज़ों को, धर्म-कर्म को अंधों की तरह मान रहा है। बिना जाने-समझे, बिना खोजे। खूब तमाशा चलता है। मेरा यह मानना है कि परमात्मा के नाम पर चलती इन दुकानदारियों पर सुलझे हुए समझदार लोगों को थोड़ा सोचना चाहिए और मेरी समझ तो यह कहती है कि हर मूरत किसी मूर्तिकार ने बनाई है। हर मूरत पत्थर थी, फिर उस पत्थर को एक कलाकार ने शक़्ल दे दी—राम, हनुमान, महावीर, बुद्ध का एक आकार दे दिया और फिर आप उसको लाए और आपने उसको मंदिर में बैठाया। कहा, अब ये भगवान हैं और अब उससे डरते हैं, उसको पूजते हैं। यह भी अच्छा धार्मिक खेल है। खेल है यह और इसका यथार्थ से, इसका सत्य से कोई लेना-देना नहीं है।

मैं नामदेवजी के विषय में एक बात कहना चाहती हूँ। नामदेव विष्णु के भक्त थे, विट्ठल के उपासक थे। एक बार उन्होंने चार धाम की यात्रा की। उन्होंने बदरी-केदार धाम के दर्शन के बाद केदारनाथ से उन्होंने जल भरा, क्योंकि ऐसा नियम है कि केदारनाथ से भरे हुए जल का अभिषेक रामेश्वरम्

में शिवपिंडी पर किया जाता है। अब सोचकर देखिए, उस समय में न ट्रक, न घोड़ा, न गाड़ी थी तो पैदल चलकर ही जाते थे। कहाँ महाराष्ट्र में पंढरपुर और कहाँ गंगोत्तरी! ऐसी यात्रा करने में सालों लग जाते थे। नामदेवजी ऐसी ही पैदल यात्रा करके रामेश्वरम् जा रहे थे। जब रामेश्वरम् से कुछ 100 किलोमीटर की दूरी पर थे, तब देखते हैं कि रास्ते में एक गधा तड़प रहा था। सब लोग उसके सामने से निकलते जा रहे थे। नामदेवजी ने जब यह दृश्य देखा तो रुक गए। उस समय उस पूरे क्षेत्र में सूखा पड़ा था और पानी नहीं था। नामदेवजी ने जब ध्यान से देखा कि वह गधा पानी के बग़ैर तड़प रहा है तो उन्होंने अपनी गंगाजली का मुँह खोला और गधे के मुँह में पानी डाल दिया। गंगाजी का सारा जल उस गधे को पिला दिया और गधा भी फटाफट पी गया और थोड़ी ही देर में चलकर निकल गया। सब लोगों ने यह देखा तो कहा, ''अरे! नामदेव! क्या तेरा दिमाग खराब है? इतनी लंबी कठिन यात्रा करके, गंगोत्तरी के जल को रामेश्वरम् तक ले आया और अब जब रामेश्वरम् 100 किलोमीटर की दूरी पर है, तब तुमने सारा जल इस गधे को पिला दिया? ये तुमने क्या किया?''

नामदेव कहते, ''तुम्हारे लिए वह गधा होगा, मेरे लिए तो वे साक्षात् शिव थे।''

नामदेवजी जिस समय उसको जल पिला रहे थे तो गधा समझकर नहीं पिला रहे थे! उनके लिए तो हर दिशा में परमात्मा ही है और परमात्मा की इस मूरत को प्यास लगी है तो जल यहाँ पिलाना अच्छा या उस पत्थर की मूरत पर, शिवपिंडी पर जल चढ़ाना ज़्यादा अच्छा था?

फिर कह दूँ कि नामदेव निर्गुणी संत नहीं थे, वेदांती नहीं थे, ज्ञानी नहीं थे। भक्त थे, विष्णु के उपासक थे; लेकिन फिर भी उनके भीतर इतनी करुणा है, इतना प्रेम है, इतनी समझ है कि उन्होंने अंधे रीति-रिवाज़ों का पालन न करके उस नियम को तोड़ दिया और कठिन साधना से लाए हुए उस गंगाजल को एक गधे के ऊपर न्योछावर कर दिया।

इसे मैं कहती हूँ—वास्तविक धार्मिकता। अगर यह तुम्हारे अंदर नहीं है, यानी मूलभूत लक्षण नहीं है, करुणा, दया, प्रेम अगर ये सब तुम्हारे अंदर नहीं है, तो आप क्या सोचते हैं कि आपको कोई ध्यान, ज्ञान, योग की सिद्धि हो जाएगी? अगर आपके भीतर अहिंसा नहीं है तो तुम्हें क्या लगता है, तुम्हें समाधि हो जाएगी? और जितना मरज़ी करते रहो साधना, पढ़ते रहो ग्रंथ और भले कितनी भी संत-सेवा करते रहो; पर अगर आपका हृदय करुणाहीन है, तुम्हारे में सौहार्द, मैत्री नहीं है तो आप साधक कहलवाने के योग्य नहीं हैं, आप ईश्वर प्रेमी नहीं हैं और आपको भक्त तो कदापि नहीं कहा जा सकता।

कबीर कहते हैं, 'मन रे, तू कर ले साहेब सों प्रीत।' कबीरजी अपने मन को समझा रहे हैं और अब आप अपने मन को समझाएँ कि अगर आप दूसरों से प्रेम करते हैं और दूसरों को आपसे लगाव है तो बदले में क्या मिलेगा? उनके बदलते हुए मन का दंड भुगतना पड़ेगा। आज वे प्यार करेंगे, आज वे तुम्हें एकदम ऊँची पदवी पर बैठा देंगे, कहेंगे कि तुमसे अच्छा और कोई नहीं, पर एक ग़लती हो गई, कोई छोटी सी भी गड़बड़ हो गई तो सब लोग मिलकर आपको इतने जूते मारेंगे, वस्तुतः जूते न भी मारें चाहे ज़ुबान से ही मार। जूते भी चमड़े के और ज़ुबान भी तो चमड़े की ही है! इस चमड़े की जीभ से इतने जूते मारेंगे कि आपको अपनी नानी याद आ जाएगी और हो सकता है कि आपकी ग़लती शायद कुछ भी न हो।

संसार के तमाम संबंधों में ये बड़ा खतरा हमेशा रहेगा। इस बात को आप अच्छे से समझ लें। जो आज आपको प्यार कर रहा है, ज़रूरी नहीं कि कल भी करे और जो आज आपको गाली दे रहे हैं, ज़रूरी नहीं वह कल भी गाली दे। सबकुछ बदलेगा। इसलिए विवेकी बनें और परिवर्तन को स्वीकार करें। ईमानदारी से अपने मन को देखें। एक मिनट में एक आदमी आपको अच्छा लगता है और थोड़े समय बाद वही आदमी आपको बुरा लगने लगता है। कभी-कभी तो इस बदलते हुए मन के रंगों के कारण आप ख़ुद ही पीड़ित होते हैं। आप अपने ही मन को समझ नहीं पाते हैं। यह जानें कि जैसे

आप अज्ञानी हैं और मन को नहीं समझते हैं, ऐसे ही सामनेवाला व्यक्ति भी अपने मन को नहीं समझता है और वह भी अपने मन का ग़ुलाम है। वह बेचारा ख़ुद बड़ा दुःखी है तो उसे और क्यों सताना? उसे जाने दो, उसके प्रति अनुकंपा रखो। दूसरों के प्रति इतना भी कठोर नहीं होना चाहिए।

मान लें आपके घर में किसी को बहुत ज़ोर से गुस्सा आया और वह गाली दे। वह आपको अपशब्द बोले, आपके लिए बुरी-बुरी बातें कहे। थोड़ा सा धीरज धरकर, थोड़ा सा अपने मन पर दृष्टि रखते हुए उसकी बात को सुनें और अपने आपको उसकी जगह में देखें। जो पीड़ा वह महसूस कर रहा है और उसी वजह से वह चिल्ला रहा है। उसका कारण ग़लत है या सही, उस पर हम चर्चा नहीं कर रहे हैं, पर वह पीड़ित है, इसलिए चिल्ला रहा है। वह जो पहले से ही दुःखी हो रहा है, अब उससे और नफ़रत क्या करनी?

एक बात जानें कि अगर हम अपने मन को जान लें तो फिर हमारे लिए संसार में जीना बहुत सहज हो जाएगा। आपको कभी कोई दूसरा दुःखी नहीं करता है, आप हमेशा अपने ही मन से दुःखी होते हैं। आप कहते हैं मुझसे कोई ऊँची आवाज़ में बोल नहीं सकता तो तूने कैसे बोला? कभी-कभी रिश्तेदारों में आप ये कह भी नहीं पाते हैं कि 'तुममें इतनी जुर्रत?' यह बात मन-ही-मन में बोलते रहते हैं कि तुममें इतनी जुर्रत? उस व्यक्ति को कुछ पता नहीं कि आप क्या सोच रहे हैं। आप जो बोलना चाहते हैं और वास्तव में जो बोलते हैं, उसमें बड़ा अंतर होता है। पर अगर आप सबकुछ सच-सच बोलने लग भी जाएँ तो भी बड़ी तक़लीफ़ हो जाएगी। बोलते हो तो तक़लीफ़ नहीं बोलते हो तो तक़लीफ़ तो हल क्या?

पंजाबी में एक कहावत है—दार वट, जमाना कट। अपने मन पर काबू रख और जो आए, उसको देख! जो स्थितियाँ सामने आएँ, उन स्थितियों को झेलें। देखें, पर विचलित न हो। प्रतिक्रिया न करें, प्रतिभाव दें, सामनेवाले ने तलवार निकाली है, आप तो न निकालें। थोड़ा धीरज धरें। आप देखेंगे कि

गुस्से का उफ़ान आया है, एक लहर उठी है। थोड़ी देर ऊँची उठेगी, फिर नीचे ही तो गिरेगी। लहर कब तक ऊपर रहेगी, लहर को नीचे आना ही पड़ेगा। रात हमेशा नहीं रहती है, दिन आता ही है। संध्या अगर हुई है तो सूर्य उदय तो होगा ही। रात हमेशा थोड़े ही बनी रहेगी। तो सामनेवाला जब गुस्सा दिखा रहा हो तो उस समय पर आपके लिए ध्यान (मेडिटेशन) करने का वह श्रेष्ठ समय होता है। जब सामनेवाला लाल-पीला हो रहा हो और गुस्सा निकाल रहा है, वही समय है गहरा श्वास भरें, गहरा श्वास छोड़ें।

इसको किसी दिन करके देखना। आपका कोई रिश्तेदार आपसे नाराज़ है, गुस्सा है और वह बोल रहा है तो आप अपनी दृष्टि किसी एक जगह पर टिका दें, खुली आँख से त्राटक करना। वह तो ज़ोर-ज़ोर से बोल रहा होगा तो एक काम और भी कर सकते हैं और वह ये कि 'ओ३म्, ओ३म्' का गुंजन करना। वह आदमी उतना चिल्ला रहा होगा कि उसको तो सुनाई ही नहीं देना है।

पत्नियों की शिकायत होती है कि पति उनकी बात नहीं सुनते। जिस दिन पतिदेव चालू हो जाए तो समझना कि घंटी बज गई है और ध्यान करने का समय शुरू हो गया है। अब वह चालू हो जाए तो आप अपनी दृष्टि टिका लें। चाहे उसके चेहरे पर ही टिका लें। आप अपने 'ओ३म्' के गुंजन का मज़ा लें और उस आदमी को क्रोध की अगन में जलने दें। होगा यह कि जब उसकी भड़ास निकल जाएगी तो वह भी हलका हो जाएगा और आप तो गुंजन कर रहे थे तो आप तो मस्त हो ही जाएँगे।

यह बड़ी कमाल की चीज़ है। गुंजन का एक तरीका वह है, जो हम परंपरागत रूप से करते हैं, जिसमें आप कान को अँगूठे से बंद करते हैं। मैं अपरंपरागत व्यक्ति हूँ तो, मैं आपको अपरंपरागत रास्ते ही बताऊँगी। मैं तुम्हें गुंजन ध्यान का उपयोग ठीक उसी वक़्त करना सिखा रही हूँ, जिस वक़्त आपके घर में लड़ाई हो रही हो। लोग लड़ रहे हैं, शोर हो रहा है, गाली-गलौच हो रही है और आप इसे सफलतापूर्वक कर सकें, पर ऐसा आप तभी

कर सकेंगे, जब आप रोज़ थोड़ा समय गुंजन करते हैं। आग लगे तब कुआँ नहीं खोदा जाता, कुआँ पहले से खोदकर रखना पड़ता है।

चलो आपका सब का कुआँ अभी का अभी ख़ुदवाते हैं, क्योंकि मुझे आप पर कोई भरोसा नहीं कि आप बाद में कुछ करेंगे। इसलिए जो करना है, अभी करें। गुंजन करने के लिए रीढ़ की हड्डी सीधी करके बैठ जाएँ। आँखें बंद करें और शरीर को स्थिर करें। अब 'ओ३म्' का गुंजन करें। अपने जबड़े को ढीला रखें। पूरा ध्यान चहेरे पर रखें। आँख बंद ही रहे। श्वास पहले गहरा भर लें और उसके बाद गुंजन करें। आपका ध्यान चेहरा, गाल, ठोड़ी, दाँत, जीभ, माथा, सिर पर रहे। गहरा श्वास भरकर श्वास छोड़ते हुए 'ओ३म्' का उच्चारण करें।

थोड़े समय तक इस तरह उच्चारण करने के बाद दोनों हाथ के अँगूठे से अपने कान बंद करके गुंजन को चालू रहने दें। इससे गुंजन और घना हो जाएगा। थोड़े समय इस तरह करते रहें। अँगूठे से कान को बंद करने की वजह से अगर हाथ थक जाए तो उसे थोड़ी देर के लिए नीचे कर लें। पर यही प्रक्रिया करते रहे। गुंजन करते हुए आपके माथे और आँखों के पास, कानों के पास क्या अनुभव होता है, कैसे स्पंदन हो रहे हैं, उस पर ध्यान दें। जितने समय गुंजन करने बैठें, इस बात का खयाल रहे कि रीढ़ की हड्डी सीधी हो, आँख बंद और ध्यान चेहरे पर। गुंजन करने के बाद धीरे-धीरे आँख खोलें और खुली आँख से अपने मन के अंदर झाँकें। आप ख़ुद ही देखें कि आप क्या महसूस कर रहे हैं!

आपके विचारों की गति कम होती है, मन ठहरता है। जब विचार कम होते हैं तो विचारों के साथ मन में जो विक्षेप, निराशा, बेचैनी थी, वह कम हो जाती है। शारीरिक स्तर पर 'ओ३म्' के गुंजन से जो ध्वनि तरंगों का सृजन होता है, उसका सीधा सकारात्मक असर आपकी थाइराइड ग्रंथि, पेरा थाइराइड ग्रंथि, पीनियल ग्रंथि पर होता है। जब आप स्थिर बैठकर गुंजन करते हैं, तब आपके शरीर के अंदर की पूरी रासायनिक प्रक्रिया बदलनी शुरू हो जाती है। सेराटोनिन और मेलाटोनिन हार्मोंस का स्राव होने लग जाता है, जो वैसे तो

गहरी नींद में होता है। इन दोनों रसायनों को हम गुड हार्मोंस कहते हैं। ये हमें अच्छा महसूस कराते हैं।

एक आदमी, जब शराब पीता है तो वह ऐसे रसायन शरीर में लेकर जा रहा है, जिससे उसे अच्छा लगता है और मैं कह रही हूँ कि अगर आप प्राणायाम, ध्यान, धारणा करते हैं तो आप ख़ुद शरीर के रसायनों से अपनी मरज़ी अनुसार काम ले सकते हैं। आप अपने शरीर में ऐसे रासायनिक बदलाव ला सकते हैं, जिससे आपको ऐसा नशा और मस्ती आती है, जो शराब के नशे से कई गुना ज़्यादा होती है।

जिन लोगों को भूलने की बीमारी होती है, उसे आप लोग मानते हैं कि उम्र बढ़ने की वजह से हो रही है। पर हक़ीक़त में आपकी याददाश्त कमज़ोर इसलिए हो रही है कि आपने अपने शरीर का दुरुपयोग किया है। आपने अपने मन का दुरुपयोग सोचने में किया है। जिस मन को आप सोचने में लगाकर रखते हैं, उस मन को विश्राम तो मिलता ही नहीं। दिन से लेकर रात तक मन सोचता ही रहता है तो मन को विश्राम कब मिला? जब मन को विश्राम नहीं होगा तो फिर वह इसी तरह व्यवहार करेगा। चिढ़चिढ़ा हो जाएगा। जैसे, छोटे बच्चे को नींद आई हो और आप उसे सुलाएँ नहीं तो हम कहते हैं कि बच्चा चिढ़चिढ़ा हो गया है। जैसे, बच्चे को नींद की ज़रूरत होती है, उसी प्रकार मन रूपी आपके बच्चे को कभी-कभी सोने दिया करें। कभी-कभी तो उसे भी विश्राम करने का अवसर मिलना चाहिए। आपको ऑफिस से शनिवार-रविवार छुट्टी होती है, पर बताएँ आपके मन को कब छुट्टी मिलती है?

आपके मन को कभी छुट्टी नहीं मिलती। जब लोग छुट्टियों पर जाते हैं, तभी तो मन ज़्यादा सोचता है कि अब क्या करें, जिसमें मज़ा आए। इतना सारा समय है तो क्या करें। समय बिताने के लिए क्या करें? समय बिताना नहीं है, क्षणों को जीना है।

कोई भी व्यक्ति जब छुट्टियों के लिए जाता है तो पहले जाकर अपनी होटल के डेस्क पर पूछता है कि यहाँ देखने लायक क्या-क्या है? करने के

लिए क्या-क्या है? भाई, तू सब काम-धंधे से छुट्टी लेकर विश्राम करने के लिए आया है और यहाँ आकर नया काम क्यों करना चाह रहा है? हाँ, शारीरिक व्यायाम नहीं कर पाए थे तो थोड़ा घूमेंगे, भागेंगे, दौड़ेंगे, कोई खेल खेलते हैं तो उससे शरीर को बहुत अच्छा रहता है। लेकिन आप अगर आराम करने के लिए गए हैं तो आराम करें, पर विश्राम के नाम पर आप फिर से प्रवृत्ति करते हैं।

एक सज्जन बता रहे थे कि हम छुट्टी मनाने के लिए लॉस वेगास गए थे। बोलो, लॉस वेगास छुट्टी मनाने की जगह है? लॉस वेगास को 'पाप की नगरी' (Sin city) कहते हैं। 'पाप नगरी' में आप विश्राम करने जाते हैं? मुझे तो समझ नहीं लगती। यह तो ऐसे हो गया कि कोई कहे कि मैं नरक में घूमने जा रहा हूँ। वहाँ जाकर बड़ा मज़ा आता है। तो वह सज्जन कह रहे थे कि मेरे दोस्तों में कुछ लोग हैं, जिन्हें जुआ खेलने का बड़ा शौक़ था। वे पहुँच गए सब मशीनों पर और हुआ यह कि शाम तक आते-आते, जिसने बहुत ज़्यादा जीत लिया था, वह इतनी ज़्यादा शराब पी गया कि उसकी वजह से उसकी तबीयत खराब हो गई। वह कह रहे थे हमारे ग्रुप से कुछ लोग इतना हार गए कि उन्हें बाद में याद आया कि उन्हें बहुत सारे बिल भरने बाकी हैं और उन्होंने जोश में आकर बहुत सारा पैसा जुए में लगा दिया था। वे तनावयुक्त होकर घर वापस आए। मूर्खता की कोई सीमा होती है!

मैं देखती हूँ कि लोग घूमने की जगह पर जाते हैं, तो आजकल सब के पास डिजिटल कैमरा, मोबाइल फोन में भी कैमरा होते हैं तो सब लोग फोटो निकालने में व्यस्त होते हैं। वे पोज देने में और फोटो निकालने में इतने लगे रहते हैं कि उस जगह का आनंद लेना भूल जाते हैं।

इस तरह बैठकर आप अपने आपको एक मौका देते हैं, जब आप कुछ नहीं कर रहे हैं। जब तक आप ज़िंदा हो, तब तक श्वास चलता ही रहेगा, पर आप सिर्फ़ इतना कर रहे हैं कि श्वास जिस तरह से लेना चाहिए, वैसे ले रहे हैं। आप इस तरह बैठकर जैसे गहरे श्वास लेते हैं, वास्तविकता में आपका

सामान्य श्वास ऐसे ही होना चाहिए।

एक बार घड़ी को सामने रखकर गिनें कि आप कितने श्वास ले रहे हैं। किसी की गिनती 18, किसी की 20, 22 या 25 होगी। एक बात याद रखना हमारे पास जीने के लिए उम्र नहीं है, हमारे पास श्वास हैं। ये श्वास की पूँजी है। अब हम कितने श्वास एक मिनट में खर्च करते हैं, उतनी जल्दी हम अपनी आयु ख़त्म कर रहे हैं। आप सबके पास हिसाब है कि बैंक में कितने पैसे हैं, प्रॉपर्टी में, इक्विटी में, शेयर में कितने हैं, कितने उधार दिए हैं, पर कभी श्वासों का हिसाब भी करके रखें कि कहाँ-कहाँ खर्च कर रहे हैं।

'श्वास गिन-गिन के तुझको मिला है,
ये लुटाने के क़ाबिल नहीं है।
बड़ी मुश्किल से नर तन मिला है,
ये गँवाने के क़ाबिल नहीं है।

चोला अनमोल तेरा सिला है,
जिसमें जीवन का फूल खिला है।
नाम हरि का हृदय से न भूलो,
ये भुलाने के क़ाबिल नहीं है।

इस नर तन को पाके की कीता
जो पढ़ी न सुनी भगवद्‌गीता।
साधु संन्यासी बन मन नहीं जीता,
संत कहाने के क़ाबिल नहीं है।

बड़ी मुश्किल से नर तन मिला है,
ये गँवाने के क़ाबिल नहीं है।'

अपने श्वास का थोड़ा हिसाब रखा करें। मैं आपको लिखित गारंटी दे

सकती हूँ कि अगर आप तीन महीने तक चौबीस घंटे श्वास को देखते रहें तो तीन महीने में बुद्ध हो जाएँगे। क्योंकि जितना आप श्वास को देखते जाएँगे, उतना-उतना श्वास गहरा होता जाएगा और जितना आपका श्वास गहरा होगा, आपका मन शांत होता जाएगा। अंदर इतना रस बनने लग जाएगा कि बाहर यह देखो, वह देखो, यह करो, वह करो ऐसी रुचि नहीं रह जाएगी। वैराग्य अपने आप आ जाएगा।

अभी आपके भीतर इतने दुःख हैं, इसलिए आप अंदर जाना ही नहीं चाहते। जब आपके भीतर सुख होगा, आनंद होगा तो फिर बात उलटी हो जाएगी। फिर बाहर जाने को जी नहीं करेगा। जिसके घर में अच्छा खाना बनता हो, वह बाहर खाना खाने क्यों जाएगा? जब घर में अच्छा खाना नहीं बनता, तब बाहर जाना पड़ता है। घर में अगर सुकून हो तो फिर आदमी सुकून ढूँढने बाहर नहीं जाता। जब अपने मन में सुख का समुद्र अपार लहराता है तो आदमी फिर सुख की भीख माँगने के लिए दुनिया में नहीं जाता है।

देखो, ये चीज़ें जो हम कह रहे हैं, वे सिर्फ़ सुनने की नहीं हैं, करने की हैं। इसे रोज़ करें। इसे करने से जो विवेक और ज्ञान भीतर आता है, उसका लाभ लें। ज्ञान बाहर से नहीं आता है; ज्ञान तो भीतर से आता है, पर जब मन बिखरा हुआ हो, मन बेचैन हो, मन भागता रहता हो तो सिवाय दुःख के आपके पल्ले कुछ नहीं आता।

यही वजह है कि मैं सिर्फ़ सुनने पर ज़ोर नहीं देती, क्योंकि मैं जो कहूँगी वह तो आपको आधे घंटे में भूल जाएगा। सुना और पढ़ा हुआ याद नहीं रहता, पर जो विधि मैं आपको करना सिखाती हूँ, उसे अगर आप रोज़ बैठकर करेंगे और करते-करते अगर भीतर अच्छी अनुभूति हो गई तो आपको ख़ुद को ये बातें समझ में आ जाएँगी। उसके बाद आपकी समझ भी गहन हो जाएगी।

हम जीवन को मजे से जीना सिखाते हैं। मैं इस ज़िंदगी के भरपूर प्रेम

में हूँ और आपको भी अपनी ज़िंदगी से प्यार करना सिखाती हूँ। देखो, कुल मिलाकर आपके पास एक ही मन है। बच्चे आपके पास दो-तीन हो सकते हैं, पर मन एक ही है। इस मन रूपी बच्चे का बहुत खयाल रखना चाहिए, उसे लाड़ करने चाहिए। अभी जो आप कर रहे हैं वह लाड़ नहीं है, वह तो मन को बिगाड़ रहे हैं। यह जिसे आप मन का मज़ा कहते हैं न, वह मज़ा नहीं सज़ा है। जिसे आप सज़ा समझते हैं न, वह हक़ीक़त में सज़ा नहीं मज़ा है। आप जिसे सज़ा समझते हैं, उसे हम मज़ा साबित कर देंगे।

□

अपने मन की दुर्दशा के लिए आप ख़ुद ज़िम्मेदार हैं

आज के इस मानव जीवन में इतना तनाव है, सिर पर इतना बोझ है कि स्वस्थ जीना भी मुश्किल होता जा रहा है। चिकित्सा विज्ञान ने भी बार-बार इस बात को स्वीकार किया है कि मानव शरीर में रोग मन से आते हैं। मतलब हम अपने शरीर को रोगी कर सकते हैं और ऐसी शक्ति हमारे मन में है। यह बात शायद चौंका देने वाली लगे, पर यह कड़वा सच है कि हमारे रोग हमारे मन से आते हैं। एक डॉक्टर हमारे शरीर में रोगों के लक्षण को देखकर हमें कुछ दवाइयाँ दे सकता है, पर उसके पास इतनी क्षमता या निपुणता नहीं होती कि वह उस रोग के मूल कारण को जड़ से मिटा सके। इसकी वजह यह है कि डॉक्टरों को ऐसी तालीम ही नहीं मिलती, जिनसे वे मन का इलाज कर सकें।

जब मन के इलाज की बात आती है तो सिर्फ़ मानसिक रोगी ही मनोचिकित्सक के पास जाते हैं। सामान्य आदमी तो मनोचिकित्सक के पास जाने के नाम से ही भड़क जाता है। कैसी अजीब बात है न कि जो डॉक्टर आपके शरीर के रोगों का इलाज करनेवाला है, वह मन को समझता ही नहीं। जो मन को समझता है, जिसके पास उस शास्त्र की जानकारी है, उस शास्त्र में जो अनुसंधान हुए हैं, वे तो उस डॉक्टर के साथियों द्वारा पागलखाने में रहनेवाले मरीज़ों पर किए हुए अभ्यास पर आधारित हैं। उनके अनुसंधान असामान्य मानसिक रुग्णों पर आधारित हैं। आप असामान्य या मानसिक

रोगी नहीं हैं, पर वे आपका इलाज वैसे ही लोगों पर की गई खोज के आधार पर करते हैं। ये बहुत अजब स्थिति है!

पश्चिम में जितने भी मनोवैज्ञानिक हुए हैं, उन्होंने कभी किसी जाग्रत् व्यक्ति को देखा ही नहीं है। वे बुद्ध को मिले नहीं, महावीर के बारे में उनको कुछ पता नहीं है, कबीर, रैदास, गुरुनानक के विषय में उन्हें कुछ ज्ञान नहीं था। फ्रायड और पावलोव जैसे मनोवैज्ञानिकों की सारी खोज उन मनोरोगियों पर थी, जो अस्पताल में बंद हैं और उनपर की गई खोज के नतीजे आप जैसे व्यक्तिओं पर लागू किए जा रहे हैं। अब उसमें कितना सत्य होगा?

आज आप यह बात बहुत ध्यान से समझ लें कि जब आप फ़िक्र करते हैं तो वह सिर्फ़ फ़िक्र ही नहीं हो रही है, बल्कि आपके शरीर में रोगों को उत्पन्न करने की प्रक्रिया चल रही है। जब आप क्रोध करते हैं, चाहे किसी बात पर करें, चाहे कितनी ही बड़ी बात क्यों न हो जाए, पर क्रोध में आप अपनी एड्रीनल ग्रंथि को काम करने पर मजबूर कर रहे हैं। और वह आपके शरीर में ऐसे रसायन का स्राव करेगी, जो आपके शरीर के लिए बहुत नुक़सानदायक होंगे। अगर चिंताओं के कारण या निराशा, दुःख, पीड़ा की वजह से आपको गहरी नींद नहीं आ रही और आप एक रात के लिए भी ठीक से सो नहीं पाए तो यह बात बहुत स्पष्ट ढंग से समझ लेना कि एक रात की अनिद्रा के कारण हुए नुक़सान की भरपाई करने के लिए आपके शरीर को अगले छः दिन लगने वाले हैं। एक रात की अनिद्रा से शरीर को जो धक्का लगा है, वह आपके शरीर के पूरे तंत्र को उलट-पुलट कर देगा। उसे ठीक करने में आनेवाले सात या दस दिन तक आपके शरीर को अधिक काम करना पड़ेगा।

आपके बच्चे कई बार फिल्म देखने के लिए देर रात तक जागते हैं। फिल्मों से मेरा कोई विरोध नहीं है। मुझे भी फिल्म देखने ले जाएँ तो मैं भी आपके साथ सिनेमा हॉल में बैठकर फिल्म देखूँगी। पर आपके बच्चे या आप ख़ुद फिल्म देखने के लिए रात की नींद गँवाते हैं तो आपको उसके बारे में सोचना चाहिए। सिनेमा हॉल से घर वापस लौटने का आधा घंटा या फिर

एक-दो घंटे का समय भी लग सकता है, क्योंकि आपके घर से सिनेमा हॉल कितनी दूरी पर है, उस पर ये समय निर्भर करता है। फिर घर आकर आप कपड़े बदलकर, ब्रश करके बिस्तर पर लेटते हैं। हो सकता है कि आप फिल्म की वजह से बहुत उत्तेजित हैं और उस फिल्म पर आधे घंटे तक और चर्चा करते रहें। मतलब आप देर तक जागते रहते हैं।

अगर आप ऑफिस के किसी काम की वजह से, अपने बच्चे या पति-पत्नी, रिश्तेदारों या किसी भी कारण से परेशान हैं और आपको ठीक से नींद नहीं आ रही है तो आप मानते हैं कि नींद न आना मामूली बात है। पर आज मैं आपसे स्पष्ट रूप से कहना चाहती हूँ कि वह छोटी बात नहीं है। आप देर तक जागते हैं, इसकी वजह से हायपोथेलमस की मदद से पिनियल ग्लैंड और पिट्यूटरी ग्लैंड से जो स्राव होना चाहिए, वह होता नहीं। इन रसायनों और हार्मोंस के स्राव तभी होते हैं, जब आप विश्राम कर रहे होते हैं। अगर आप विश्राम नहीं करते हैं तो आपका पूरा तंत्र गड़बड़ हो जाता है और खतरे में आ जाता है। अब इसकी कीमत कौन भरेगा? आपके स्वास्थ्य को यह कीमत चुकानी पड़ेगी। कृपया, यह बात समझ लें कि स्वास्थ्य मुफ़्त की भेंट नहीं है। यह हमेशा नहीं रहेगा! आपको उसके लिए बहुत कुछ करना पड़ेगा। अगर वह आप नहीं करेंगे तो बहुत जल्दी बूढ़े हो जाएँगे और जल्दी मर जाएँगे।

मैं आपसे सवाल पूछना चाहती हूँ कि क्या आप अपनी ज़िंदगी से इतने त्रस्त हो गए हैं, ऊब गए हैं कि अपने आपको ऐसी स्थिति में लेकर जा रहे हैं, जहाँ आप रोज़ मृत्यु की तरफ़ ख़ुद को धकेलते जाएँ। आप ख़ुद से इतनी नफ़रत क्यों करते हैं? निश्चित ही आपको अपने आप से वैर है या फिर आपके आस-पास जो हैं, उनसे या किसी परिस्थिति से जिसकी वजह से आप ख़ुद को ख़त्म कर देना चाहते हैं। हालाँकि आप हथियार से या और किसी साधन से हत्या नहीं कर रहे हैं, पर आप तनावग्रस्त हैं और तनाव शरीर के लिए ज़हर है। चिंता ज़हर है।

मैं यह बहुत नरम शब्दों में कह रही हूँ, पर हमारे संतों ने तो कहा,

"चिंता चिता है।" वे ऐसा नहीं बोले कि चिंता ज़हर है, पर उन्होंने कहा कि चिंता चिता है। चिंता करते हैं तो ख़ुद को जीते-जी सीधा चिता पर डाल रहे हैं या हम यह भी कह सकते हैं कि चिता पर जल्दी पहुँचने की तैयारी कर रहे हैं। मेरा प्रश्न यह है कि ऐसी क्या तक़लीफ़ हो गई है कि चिता पर भागकर जाने की कोशिश में लगे हैं?

आप कहते हैं बस थोड़ी सी फ़िक्र है। तो मैं कहती हूँ कि कोई भी फ़िक्र थोड़ी नहीं होती। ज़हर सिर्फ़ ज़हर होता है, थोड़ा सा या ज़्यादा नहीं होता है। चिंता ज़हर है। चिंता चिता है। आप अपने मन में टटोलकर देख लें, अपने आपको देख लें कि आप कितनी फिक्रें करते रहते हैं। ये फिक्रें आपको कोई और नहीं दे रहा, आप ख़ुद ही करते रहते हैं। कभी व्यवसाय के बारे में, कभी नौकरी, कभी रिश्तों के बारे में, और तो और दूसरों ने तुम्हारे साथ कैसा व्यवहार किया, उसकी भी आप फ़िक्र करते हैं। आप एक मिनट के लिए भी यह समझने के लिए तैयार नहीं हैं कि अगर सामनेवाला कुछ बेवक़ूफ़ी कर रहा है तो उसकी बेवक़ूफ़ी वह भुगते, आप उसकी बेवक़ूफ़ी के बारे में सोचकर अपना कीमती समय क्यों खराब कर रहे हैं?

किसी ने ग़लती की, किसी ने गाली दी तो उसने अपने मन को शिकार बनाया। उसके लिए अपनी शांति गँवाकर उसकी बेवक़ूफ़ी के लिए आप क्यों फ़िक्र करते हैं? आप देखें कि आप किस तरह से जीवन जी रहे हैं। इसलिए मैं कहती हूँ कि आप अपने आप से प्रेम नहीं करते। क्या आप जानते हैं कि अगर आप ख़ुद को प्रेम नहीं करते तो कोई आपसे प्रेम नहीं करेगा। अगर आप ख़ुद को प्रेम करने के क़ाबिल और सक्षम नहीं समझते हैं, तो इसका मतलब यह है कि आप जानते हैं कि आप कितने सड़े हुए हैं। इसलिए अगर सब लोग आपसे दूर भाग रहे हैं तो वे लोग आपके साथ बराबर न्याय कर रहे हैं। अगर आप ऐसी दीन स्थिति में हैं तो आपको इस स्थिति में किसी और ने नहीं, ख़ुद आपने ही डाला है। आपके मन की अगर दुर्दशा हुई है तो उसके लिए आप ख़ुद ही ज़िम्मेदार हैं।

किसी भी रिश्ते को इतनी अहमियत नहीं देनी चाहिए कि वह आपको

विचलित कर सके। मेरी राय में किसी भी रिश्ते को इतना बड़ा स्थान नहीं देना चाहिए, जिसकी वजह से आप अपने मन की शांति को गँवा दें। पर क्या है न कि आप ऐसे ही पारिवारिक वातावरण में पले हैं, जहाँ हर कोई हर एक के लिए और हर चीज़ के लिए चिंता करता रहता है।

मैं आपके सामने एक काल्पनिक दृश्य रखती हूँ। मान लें कि घर में दूध ख़त्म हो गया है। माँ कहती है, "घर में दूध ख़त्म हो गया है और किसी को उसकी फ़िक्र ही नहीं है। सारी ज़िम्मेदारी मेरी अकेली की ही है? आप कुछ नहीं कर सकते?" अब यहाँ 'तुम' माने उस महिला का पति भी हो सकता है, संतान भी हो सकती है या परिवार का कोई भी सदस्य हो सकता है।

अब दूसरा दृश्य देखो। एक आदर्श दृश्य। घर में दूध ख़त्म हो गया है। उस वक़्त आप क्या करेंगे? आप कह सकते हैं, "देखो, आज हम लोग दूध के बग़ैर काम चला लें? एक काम करते हैं, आज अदरक और दालचीनी की चाय पी लेते हैं। वह हमारे स्वास्थ्य के लिए बहुत अच्छी होती है, क्योंकि दालचीनी की चाय पाचनतंत्र के लिए लाभप्रद है। उसकी वजह से पेट में वायु नहीं होती और कहीं पर भी शर्मनाक स्थिति का सामना नहीं करना पड़ेगा। एक दिन के लिए दूध न पीना स्वास्थ्य के लिए अच्छा है।" घर में दूध न हो तो इतना शोर क्यों मचाते हैं? यह तो मैंने एक स्थिति का उदाहरण दिया है।

मैं अपनी ही एक बात करती हूँ। मैं एक बैग में अपनी तीन डायरी रखती हूँ। इन डायरियों में गुरुबानी के शबद, मेरे भजन वग़ैरह लिखे हुए हैं। अमेरिका में मेरा सत्संग था। उस वक़्त सत्संग के स्थान पर जाने से पहले डायरी लेने गई तो वह दिखाई नहीं दी। थोड़ा ढूँढा, पर कहीं मिली नहीं। मेरे साथ जो गए थे, उनसे पूछा तो उन्हें भी डायरी के बारे में कुछ पता नहीं था। सत्संग के हॉल पर पहुँची तो वहाँ पर आयोजकों में भी सब लोग परेशान थे कि 'डायरी कहाँ गई? डायरी कहाँ गई?'

मैंने कहा, 'इतना परेशान होने लायक कुछ नहीं हुआ है। लिखा तो मैंने

ही था न!' वैसे भी, डायरी सामने रखने की थोड़ी बुरी आदत डाल ली है, क्योंकि कभी-कभी ऐसा हो जाता है कि गाते-गाते मस्ती में किसी एक पंक्ति में डूब गए, तो उसके बाद की पंक्ति ध्यान में आ जाए, इसके लिए डायरी सामने रखती हूँ। पर डायरी ग़ुम हो गई तो क्या हो गया? नहीं है तो न सही। वे सारे भजन हमारे अंदर से ही तो आए थे! किताब ग़ुम हो गई पर शायर तो अभी भी यहीं है! मैंने कहा, 'फ़िक्र न करो, छोड़ दो, डायरी गई तो गई। मिलनी होगी तो मिल जाएगी। उसमें चिंता करने की कोई ज़रूरत नहीं।'

अब आप सोचकर देखें, आपकी कोई चीज़ ग़ुम हो जाए तो आप क्या करते हैं? अगर कहीं औरत का गहना या पुरुष का कोई क्लब कार्ड ग़ुम हो तो पूरे घर पर आफ़त आ जाती है। वे कहेंगे कि 'क्या इस घर में भूत बसते हैं? सामान कहाँ गया?' उस समय पर फिर क्या-क्या वचन निकलते हैं। ख़ुद तक़लीफ़ में हैं, ख़ुद भी जल रहे हैं और बोल-बोलकर दूसरों को भी तक़लीफ़ देंगे। आप परेशान सिर्फ़ एक कार्ड के लिए नहीं हो रहे हैं, पर असल में आपको यह मालूम भी नहीं है कि अनजाने में उस कार्ड के बहाने आपके अंदर, जो इतनी परेशानियाँ भरी हैं न, वे बाहर निकल आई हैं।

जीवन में रोज़ एक नई परिस्थिति आपके सामने आएगी, जहाँ कुछ ग़ुम हो जाएगा, कोई चीज़ खो जाएगी, कोई नुक़सान हो जाएगा, कोई मर जाएगा, कहीं किसी के साथ दुर्घटना हो जाएगी, कोई बुरी ख़बर सुनने को मिल जाएगी। कोई गारंटी नहीं कि आपके जीवन में ऐसी ख़बर न आए। आ सकती है, संभावना है। हमारी ज़िंदगी आश्चर्यों से भरी हुई है और ज़िंदगी हमें चौंका देती है। हम उसे अच्छी या बुरी ख़बर कहते हैं। ख़बर सिर्फ़ ख़बर होती है। अचानक जो भी होता है, वह ख़बर है। दूसरी बात, वही खबर एक व्यक्ति के लिए खुशख़बरी होती है, वह दूसरे के लिए अशुभ समाचार हो सकती है। अच्छा या बुरा कुछ नहीं होता, पर उस घटना को आप कैसे देखते हैं, उस पर वह निर्भर होता है। किसी ख़बर के साथ अगर आपका स्वार्थ जुड़ा हुआ है तो हो सकता है कि उस घटना से आप बहुत

दुःखी हो जाएँ या बहुत खुश हो जाएँ।

अभी (सन् 2010 में) आइसलैंड में ज्वालामुखी फटा। उसकी वजह से सभी हवाई कंपनियों को कुल मिलाकर 20 मिलियन डॉलर का नुक़सान हुआ है, ऐसा अंदाज़ है। इस घटना की वजह से हज़ारों लोग एयरपोर्ट पर फँस गए थे। क्या आप इस ख़बर की वजह से उस रात सो नहीं पाए? आपने ठीक से खाना भी खाया, सोए भी। कल शनिवार की रात थी, तो लोगों ने पार्टी की, दोस्तों से मिले। आपने ख़बर सुनी, टेलीविज़न बंद किया, उस ख़बर के बारे में थोड़ी बातचीत की और सो गए। लेकिन मान लें कि आपको फोन आया होता कि आपकी माँ, चाची, मामी या दूर का कोई भाई, बहन, दोस्त या आपका बॉस एयरपोर्ट पर फँस गए हैं। अब क्या आप इतने शांत रह सकेंगे? अब क्या ये ख़बर आपके लिए सिर्फ़ एक ख़बर बनकर रहेगी? बिल्कुल नहीं। अब आप भी इससे चिंतित हो जाएँगे। पूरी दुनिया मर जाए तो आपको ज़रा-सा भी फ़र्क़ नहीं पड़ता, पर आपके परिचित को रसोई में सब्ज़ी काटनेवाला चाकू लग जाए, तो भी आप व्याकुल हो जाते हैं।

क्या अजीब खेल है आपके मन का! चीन के भूचाल में हज़ार से ज़्यादा लोग मर गए, पर आपको कोई परवाह नहीं। कैसे बेदर्द लोग हैं आप, कितने पत्थर दिल! आइसलैंड में इस ज्वालामुखी के फटने के बाद कह रहे हैं कि यह संभावना है कि अगर किसी ग्लेशियर के नीचे विस्फोट हो गया तो बाढ़ आ सकती है। अगर बाढ़ आ गई तो और भी ख़तरनाक स्थिति हो सकती है। लेकिन आपको इससे क्या फ़र्क़ पड़ता है! सारी दुनिया डूब मरे, आपको क्या? कहाँ तो आपका मन इतना विशाल है और कहाँ आपका मन इतना छोटा कि एक छोटी सी बात के लिए परेशान होता रहता है, रोता रहता है।

मैं एक और उदाहरण देती हूँ। एक वृद्ध महिला, जो साठ साल के क़रीब होंगी, अपने पोते-पोती के साथ मुझे आश्रम में मिलने आईं। मेरे पास आकर बहुत रो रही थीं। जब मैंने उनसे पूछा तो उन्होंने बताया कि उनका एक ही बेटा था। पहले उस वृद्ध महिला की बहू की मृत्यु हुई और फिर कुछ

ही समय में बेटा भी मर गया। उसके बेटे के दो बच्चे थे। वह महिला रो रही थीं, "मेरा जवान बेटा मर गया, बहू मर गई और उनके दो छोटे-छोटे बच्चे हैं। अब मैं कैसे जिऊँ?" बहुत देर तक रोती रहीं। फिर मैंने उनसे बात की, उन्हें समझाया और पूछा, "आपको किस बात की परेशानी ज़्यादा है?" उन्होंने कहा, "इन बच्चों को पढ़ाऊँगी कैसे? मेरे पास कमाई का कोई साधन नहीं है। मेरा एक पोता और एक पोती है।" मैंने कहा, "बच्चों को तो हम 'शक्ति' (आनंदमूर्ति गुरुमाँ द्वारा लड़कियों की शिक्षा के लिए चलाया जा रहा एक कार्यक्रम) के अंतर्गत ले लेंगे।" उन्होंने कहा, "बच्चों की पढ़ाई के लिए तो आश्रम से पिछले साल से पैसे आ ही रहे हैं।" मैंने कहा, "चलो, आपकी ये दिक़्क़त तो पहले ही ख़त्म हो गई। अब अपने मन को आप ठीक कैसे करें, उस बात को समझें।" उन्हें बात समझाई और उनको समझ भी आ गई। वे खुश होकर घर चली गईं।

अभी कुछ समय पहले आश्रम में कार्यक्रम था तो उसमें वे बच्चों के साथ आई थीं। बहुत खुश थीं और भीड़ चीरकर आगे आईं और कहने लगीं, "मैं, जब भी आऊँ तो बस, आप मुझे डाँट दिया करें। आपने जो उस दिन मुझे डाँट लगाई थी न, उसके बाद मेरा दिमाग बहुत सही चल रहा है।" जब वह पहली बार आई थीं, उस वक़्त डाँट दिया था; क्योंकि वे रोती ही जा रही थीं और बात ही नहीं सुन रही थीं। थोड़ा डाँटा भी था और समझाया भी था। उन्हें समझाया था, "जन्म और मरण पर किसका अधिकार है? किसी का भी नहीं। अगर बहू-बेटा मर गए हैं तो आप क्या कर सकती हैं? उनको याद कर-करके आप बीमार हो जाएँगी तो इन बच्चों को कौन देखेगा? इन बच्चों की ख़ातिर अपने आपको ठीक रखें। अब एक भी आँसू न बहने दें। अगर आप रोती रहीं तो आपका रक्तचाप बढ़ जाएगा, नहीं तो कम हो जाएगा।"

आप जितनी अधिक चिंता करते हैं, आपका दिल बेचारा आपकी चिंताओं में आपका साथ नहीं दे सकता। इसलिए दिल के रोग होते हैं। उस महिला की स्थिति अब भी वह ही है। वह जवान नहीं हो गई। उसके बेटा-बहू वापस

ज़िंदा नहीं हो गए। अभी भी उस बूढ़ी दादी को अपने पोते-पोती का खयाल रखना पड़ेगा। खाना, कपड़े सबकुछ देखना पड़ेगा। हम तो सिर्फ़ फीस दे रहे हैं। बाकी सबकुछ तो उसको ही देखना पड़ रहा है। स्थिति आज भी वही है, लेकिन मैंने उन्हें कहा कि आप मज़बूत रहें। आप मज़बूत नहीं रहेंगी तो बच्चे क्या सीखेंगे और ये बच्चे कैसे जिएँगे? उनकी ख़ातिर उनके सामने एक भी आँसू मत बहाएँ। और वह जो कुछ बोल रही थीं कि मेरी बुरी किस्मत थी कि मेरा बेटा चला गया, ऐसा कभी मत बोलना।'' ऐसा सब बोलते हुए उन्हें पता भी नहीं था कि वह बच्चों को दोष दे रही थीं, ''इन बच्चों के ही कर्म बुरे होंगे कि इनके माँ-बाप मर गए।'' इनसान है न, बेवकूफ़ी कर जाता है। उसका पोता बारह-तेरह साल का और पोती दस साल की होगी और उनके सामने वह महिला ऐसा सब बोले जा रही थी। मैंने कहा, 'इन निर्दोष बच्चों के सामने ऐसा मत बोलें। उनके मन पर क्या बीतेगी।'

हम लोग बहुत अजीब स्थिति में जी रहे हैं, जहाँ हम अपने शारीरिक स्वास्थ्य के बारे में तो बहुत सजग रहते हैं। हम अच्छा भोजन करते हैं, दूध पीते हैं, सलाद, प्रोटीन, कार्बोहाइड्रेट्स लेते हैं। शारीरिक स्वास्थ्य की तो बहुत चिंता करते हैं, पर अपने मन के स्वास्थ्य की पूरी तरह से उपेक्षा करते हैं। जब भी मन की कोई समस्या हो तो आप उसका सामना नहीं करते हैं, उसका हल ढूँढने का प्रयास नहीं करते हैं, पर उसे अनदेखा कर देते हैं या फिर मन के ध्यान को कहीं और ले जाने की कोशिश करते हुए आप उस समस्या से दूर भागने का प्रयास करते हैं। यह कोई समस्या का हल नहीं है।

आपको एक बात स्वीकार करनी ही होगी कि ज़िंदगी एक संपूर्ण पैकेज है, जहाँ हँसी और आँसू दोनों ही होंगे। जब आप बहुत हँसते हैं तो आपकी आँखों में आँसू आ जाते हैं। कभी आपने देखा कि कभी कोई इतना हँसता है कि अगर उस कमरे में कोई बाहर से आए तो उसके लिए समझना मुश्किल हो जाता है कि वह इनसान हँस रहा है या रो रहा है?

आपने शायद कभी अनुभव नहीं किया होगा, पर ध्यान की कई ऐसी विधियाँ है जिनमें आप ख़ुद को रोने देते हैं और मैंने देखा है कि रोते-रोते

एक समय ऐसा आ जाता है, जब रुदन हास्य में बदल जाता है। हँसते-हँसते रोना आ जाए, ऐसी स्थिति का शायद आप लोगों में से कभी किसी ने अनुभव किया होगा, पर रुदन हास्य में बदल जाए, ऐसा आपने अनुभव नहीं किया होगा। लेकिन ऐसा हो सकता है और उस रोने में आपके मन की परतें खुलती जाती हैं। एक बार शुद्धीकरण की प्रक्रिया पूरी हो जाए तो फिर हास्य निकलता है।

अभी कुछ समय पहले एक महिला ने ध्यान की बैठक के बाद मुझे कहा, 'मुझे एक अजीब अनुभव हुआ।' उसने कहा, 'योगनिद्रा के आख़िर के हिस्से में मुझे लग रहा था कि कोई मुझे अंदर से गुद्‌गुदी कर रहा हो और मैं हँसी रोक नहीं पा रही थी। मुझे ये सब अजीब लग रहा था, क्योंकि योगनिद्रा करने के बाद मुझे शांत, संतुलित और स्थिर होना चाहिए था। लेकिन उसके बदले मैं अपनी हँसी पर काबू नहीं रख पा रही थी और मुझे बहुत शर्मिंदगी हो रही थी। यह क्या हो रहा था, वह मेरी कुछ समझ में नहीं आ रहा था। कृपया आप मेरा मार्गदर्शन करें।'

ऐसा होना संभव है। सुख और दुःख एक-दूसरे के साथ जुड़े हुए हैं। जब भी कोई पीड़ा आए तो याद रखना प्रसन्नता निश्चित पीछे आती ही होगी। जब आपके जीवन में सुख आए तो उसके पीछे दुःख आता ही होगा, यह निश्चित जानना। समस्या यह है कि आप ज़िंदगी को उसकी संपूर्णता में देखने के लिए तैयार नहीं हैं। आप चुनाव करते हैं कि मुझे यह चाहिए पर वह नहीं चाहिए, लेकिन ऐसा नहीं होता, यह आपको स्वीकार करना ही पड़ेगा। परिस्थितियाँ आपको इस मोड़ पर ले आती हैं कि आपको सबकुछ स्वीकार करना ही पड़ता है। आप, मैं और हम सब ऐसी ज़िंदगी जी रहे हैं, जहाँ सबकुछ उलट-पुलटा हो जाता है, अलग-अलग किस्म के मोड़ आते हैं।

हर एक पुरुष और औरत की ज़िंदगी पर एक-एक फिल्म बन सकती है। मैं जब कुछ एक ज़िंदगियों की कहानी सुनती हूँ, तब कहती हूँ, 'वाह! क्या ज़िंदगी है!' पर जो व्यक्ति वह ज़िंदगी जी रहा होता है, वह नहीं कहता कि 'वाह! क्या ज़िंदगी है!' वह तो रो रहा होता है।

एक बार ऐसा हुआ कि मेरे परिचय में ऐसा दम्पति आया, जिसमें पति बहुत कठोर था और उसकी वाणी भी अत्यंत कड़वी थी। वह कई बार पत्नी को बहुत गाली भी देता था। हालाँकि मेरे सामने तो सब अच्छे-अच्छे ही होते हैं। एक दिन मुझे ख़बर मिली कि वह आदमी मर गया। उसकी प्राकृतिक मृत्यु ही हुई थी। जब मुझे ख़बर मिली तो मैंने कहा, 'चलो, उस महिला का छुटकारा हुआ।' मैंने जब यह कहा, तब मुझे पता नहीं था कि वह महिला वहाँ बैठी हुई है, क्योंकि जो व्यक्ति मुझे यह संदेश दे रहा था, उसके पीछे ही वह महिला बैठी हुई थी। जैसे ही वह संदेश देनेवाला व्यक्ति मेरे सामने से हटा, मैंने देखा कि वह महिला वहीं पर बैठी हुई है। एक पल के लिए मैं चुप हो गई। क्या करूँ? स्पष्टवक्ता हूँ! लेकिन मैंने जो कहा था, वह सत्य था। वह स्त्री मेरे नज़दीक आई, मुझे फूलों का गुलदस्ता दिया और धीमी आवाज़ में कहा, 'गुरुमाँ, सचमुच आपने सही कहा। लेकिन पूरा समाज ऐसी अपेक्षा कर रहा है कि मेरे पति की मृत्यु हुई है तो मुझे रोना चाहिए, शोक करना चाहिए। सच कहूँ, तो मुझे भी लगता है कि मैं छूट गई, पर मैं ऐसा बोलने की हिम्मत नहीं कर सकती।'

मैंने कहा, 'चलो, मुझे एक अच्छा चेला मिल गया। मैं जो कुछ कह रही हूँ, वह तू समझ पाई है। और अच्छी बात तो यह है कि जो मैं सिखा रही हूँ, उस पर अमल भी कर रही है।'

मैं सिखाती हूँ कि संबंधों में बँध मत जाओ। पति अच्छा हो या बुरा, पत्नी अच्छी हो या बुरी, पति-पत्नी में से एक तो पहले मरेगा ही। अपने संबंधों में हमें अलविदा कहने के लिए तैयार ही रहना चाहिए। हमें उस बात का झटका नहीं लगना चाहिए या पति या पत्नी की मृत्यु से हमें बिखर नहीं जाना चाहिए कि 'अरे, यह कैसे मर गया!'

मुझे याद है कि मैंने देखा था कि एक गाँव में एक आदमी मर गया। उसकी पत्नी विलाप कर रही थी। बहुत ज़ोर-ज़ोर से रो रही थी और रोते-रोते कह रही थी, 'मैंने तो हर साल इसके लिए करवाचौथ का व्रत रखा था, फिर भी मुवा मर गया। मैंने ईमानदारी से व्रत रखा था, फिर भी यह मर गया।

ये सब झूठ है। पंडित लोग सब झूठ बोलते हैं कि व्रत रखने से पति की उम्र लंबी होती है। देखो, मेरा घरवाला तो मर गया।'

ऐसा मानते हैं कि विवाहित स्त्री करवाचौथ का व्रत करे, यानी कि पूरा दिन कुछ खाए-पीए नहीं और रात को जब चंद्रमा दिखे, तब पूजा विधि करने के बाद भोजन करे तो दंतकथा कहती है कि इस तरह व्रत करनेवाली महिला के पति की आयु बढ़ती है। इसके पीछे कौन सा तर्क है कि पत्नी के न खाने-पीने से पति की आयु बढ़ जाए? मैं हमेशा कहती हूँ और इस बारे में मेरा बहुत दृढ मत है कि सिर्फ़ भारतीय महिला ही क्यों ऐसा व्रत रखती हैं? पति ऐसे व्रत क्यों नहीं रखते? क्या पति ऐसा कहना चाहता है कि कोई बात नहीं, अगर तू मर गई तो मैं दूसरी ले आऊँगा? मैंने अभी तक ऐसा कोई पुरुष नहीं देखा, जो अपनी पत्नी के लिए व्रत-उपवास रखता हो! अगर यह प्रेम की अभिव्यक्ति के रूप में है तो दोनों पक्षों द्वारा होना चाहिए! लेकिन पुरुषप्रधान समाज में महिलाएँ ऐसी माँग कर नहीं सकतीं। सारे रस्म-रिवाज़ सिर्फ़ औरतों के लिए ही होते हैं।

वटसावित्री का व्रत भी ऐसा ही एक व्रत है, जिसमें पत्नी वटवृक्ष की पूजा करती है। वटवृक्ष के चारों ओर धागा बाँधती है और सात चक्कर लगाती है, ऐसी आशा के साथ कि जिस तरह से सावित्री अपने पति के मृत शरीर में प्राण वापस लाई थी, उसी तरह अगर मेरे पति की मृत्यु होती है तो मैं उसे पुनर्जीवित करूँगी। अगर एक उपवास करने से किसी की मृत्यु टाली जा सकती है तो मैं कहूँगी कि यह बहुत सस्ता सौदा है। अगर इस तरह से आयुष्य बढ़ सकता है तो फिर साल में एक बार ही क्यों, हर महीने एक उपवास रखो!

मन मृत्यु को स्वीकार करने को तैयार नहीं है। मन कहता है, मरने की बात न करो। जीवन के बारे में बात करो। सोचकर देखो कि कुछ लोग बैठे हों और शाम का समय हो, बाहर बिजली कड़कड़ा रही हो, बारिश हो रही हो, ऐसे में कोई शुरू हो जाए कि 'वह आदमी मर गया था न तो श्मशान में…' तो दूसरे लोग कहेंगे, 'अरे, क्या पागल हो गए हो? यह कोई समय है ऐसी बातें करने का? ऐसी बातें मत करो।'

आप अपने मृत्यु से, अपने प्रियजनों की मृत्यु से डरते हैं। बहुत से लोग कहते हैं कि मैं ख़ुद की मृत्यु से नहीं डरता, पर मुझे अपने प्रियजनों की मृत्यु का बहुत डर लगता है। मेरा पति नहीं मरना चाहिए, मेरा बच्चा नहीं मरना चाहिए, मेरी पत्नी, मेरे माँ-बाप नहीं मरने चाहिए। अगर मेरे प्रियजन की मौत होती है तो वह मेरे लिए असहनीय हो जाएगा। मैं उनके बग़ैर नहीं जी पाऊँगा। मुझे ख़ुद की नहीं, उनकी मृत्यु का डर है। यह बात सबसे बड़ा और सफेद झूठ है। आप उनके लिए नहीं, अपने आप के लिए डरे हुए हैं और इसलिए उनकी मृत्यु से डरते हैं। आपका वह डर ख़ुद के लिए है, उनके लिए नहीं। आप जब कहते हैं कि आपको आपके प्रियजन की बहुत फ़िक्र है और इसलिए आप उनकी मृत्यु से डर रहे हैं, पर ऐसा कहकर आप ये प्रदर्शित कर रहे हैं कि आप कितना असुरक्षित महसूस कर रहे हैं और आपके मन में कितना अज्ञान है! वरना उसमें डरने जैसा क्या है?

जन्म और मृत्यु, एक-दूसरे के साथ जुड़े हुए हैं। जिस दिन आपका जन्म हुआ, उसी पल से मृत्यु आपके साथ है। जिस दिन आपके इस शरीर का जन्म हुआ, उसी घड़ी से मृत्यु आपके साथ ही है। एक दिन ऐसा आएगा, जब आपका शरीर चला जाएगा। आपका मन यह हक़ीक़त स्वीकार करने को तैयार नहीं है कि जीवन और मृत्यु एक ही सिक्के के दो पहलू हैं। जो जन्मा है, सो मरेगा, जो मरा है, सो जन्मेगा।

ये जो बात मैं कह रही हूँ, वह अगर आपकी समझ में आ गई तो आपका मन बेफ़िक्र होकर जी पाएगा। जब आपका मन बेफ़िक्र रहेगा तो आपका शरीर भी स्वस्थ रहेगा। जब मन बेफ़िक्र होगा तो आपका मन साधना में भी लगेगा।

साधना करने के लिए मन हर प्रकार के बंधन से मुक्त होना चाहिए। चिंता एक बंधन है, कामनाएँ बंधन हैं। अगर आपके मन में बहुत सारी कामनाएँ हैं, आपने अगर अपने मन को बहुत सारे लोगों के साथ बाँधा है, व्यक्ति, चीज़ों के साथ आपकी आसक्ति है तो आप ध्यान नहीं कर पाएँगे। आपके मन को शांति नहीं मिलेगी, क्योंकि जब सभी आपको अलग-अलग

दिशाओं से खींचे जा रहे हैं, तब आप स्थिर कैसे बैठ पाएँगे? अभी आप स्थिर बैठे हैं, पर मान लें कि बहुत सारे लोग आ जाएँ और कोई आपको खिसकने के लिए कहे, कोई आपके एकदम क़रीब आकर बैठ जाए, कोई आपसे कहे कि बाएँ सरको, कोई कहे दाएँ सरको, कोई कुछ कहे नहीं और सीधा धक्का मारे, जिससे वह ख़ुद के लिए जगह बना सके, तो क्या आप स्थिर रह पाएँगे?

मन में बेलग़ाम विचार चलते रहते हैं और उस वजह से आप संताप में रहते हैं। मन एक बार सोचना शुरू कर देता है और नकारात्मक सोचने लगता है, फिर वह ख़ुद ही एक गति पकड़ लेता है, जिसमें आप खिंचते चले जाते हैं और आप फँसते जाते हैं। अगर आप अपने मन को मैनेज करना नहीं जानते हैं इसलिए यह मन आपको बीमार करने में और मौत के क़रीब ले जाने में सक्षम है।

हमारे ऋषि-मुनि सुबह ब्रह्ममुहूर्त में, जब सूर्य उदय भी नहीं हुआ है, उस वक़्त स्नान करके पद्मासन लगाकर पूर्व या उत्तर दिशा की ओर मुँह करके बैठकर, हाथ जोड़कर प्रार्थना करते थे। उन प्रार्थनाओं में सुंदर श्लोक है, जिसमें वे कहते थे कि 'मेरे चरणों में विष्णु का वास है, मेरे हाथ में इंद्र, मेरे पेट में स्वयं अग्नि देवता, मेरे हृदय में रुद्र, मस्तिष्क पर शिव, मेरी शिखा में स्वयं वामदेव बैठे हैं।' इसे न्यास कहते हैं। इन सब देवताओं में इंद्र, वायु और अग्नि पाचनतंत्र के देवता हैं।

जब हम भगवान कहते हैं तो वह किसी व्यक्ति का नाम नहीं। वैदिक शास्त्र में ईश्वर शब्द का अर्थ है—शक्ति। जो शक्ति मेरे पेट में काम कर रही है, वह अग्नि, हृदय में कार्यरत है, वह रुद्र, मेरे मस्तिष्क में जो शक्ति बैठी है, वह है शिव। मेरे सिर पर शंकर, शिखा में वामदेव, मेरे कान में रश्मि, मेरी आँखों में सूर्य और चंद्र का वास है।

अब आप कहेंगे—सूर्य और चंद्र कैसे? अरे! यह सांकेतिक भाषा है। उसके पीछे गहरे अर्थ हैं। प्रकाश के बग़ैर हमारी आँखें देख नहीं सकतीं। आँखों की रोशनी को 'नेत्रज्योति' भी कहते हैं। ये प्रकाश किसका है? सूर्य

का ही तो है। ऋषि कहते हैं कि सूर्य का तेज़ मेरी आँखों में है। सुनने की शक्ति की देवी का नाम है रश्मि। मेरे कान में रश्मि देवी का वास हो। हमारे शरीर में पाँच प्राण कार्यरत हैं और उसके लिए एक शब्द है, वायु। ऋषि कह रहे हैं वायु देवता का मेरे शरीर में वास हो।

यह न्यास गुरुकुल में सिखाया जाता था। गुरु अपने शिष्यों को सिखाते थे। सब विद्यार्थी अपने दिन की शुरुआत क्या खूबसूरत अंदाज़ में करते थे! सुबह स्नान करने के बाद सबसे पहले पद्मासन में बैठकर न्यास करते थे— मेरे पैरों में विष्णु, बाँहों में इंद्र, पेट में अग्नि देवता, हृदय में शिव, शिखा में वामदेव बैठे हैं, ऐसी भावना से कोई इनसान जब दिन की शुरुआत करेगा तो बताएँ, कौन सी कमज़ोरी अब उसे पकड़ सकती है? आप लोग यह सब भूल चुके हैं। आप लोगों को इसके बारे में मालूम भी नहीं और जो मैं कह रही हूँ, इस बात को आप अपने जीवन में शायद पहली बार सुन रहे हैं। आपके छोटे से मन ने ईश्वर को भी एक छोटे से मंदिर, गुरुद्वारा, किसी धर्मस्थान में कैद समझ रखा है। लेकिन, ऋषियों ने सिखाया है कि यह शक्तियाँ तेरे ही शरीर में वास करती हैं, और तू ख़ुद शिवस्वरूप है। सारे देवी-देवता, सब शक्तियाँ तेरे ही देह में वास करती हैं, फिर कोई कमज़ोरी, चिंता, फ़िक्र कहाँ से आ सकती है?

मानव देह उस अनंत परमात्मा का चिह्नरूप है। 'जो ब्रह्मांडे सोई पिंडे, जो खोजे सो पावे।' जो शक्तियाँ इस पूरे ब्रह्मांड में कार्य कर रही हैं, वे सभी शक्तियाँ तुम्हारे देह में भी कार्य कर रही हैं। पर अफ़सोस! तुम्हें अपनी इन शक्तियों का कोई ज्ञान नहीं है, कोई बोध नहीं है।

वह ईश्वर जो आपसे अलग है, आपसे दूर है, जो आपका निर्णायक है, जो आपको दंड देता है या पुरस्कृत करता है, उस ईश्वर को मैं नहीं मानती। ईश्वर कोई इनसान नहीं है कि छोटे मन या दिमाग से काम करे। अगर मुझे पसंद करना हो तो मैं उस परम सत्ता के लिए 'ईश्वरीय चेतना' शब्द को चुनूँगी। जो सर्वव्यापक है, जो आप में, फूलों में, आकाश में, धरती पर, जल और अग्नि में सब जगह है।

समुद्र की सतह पर करोड़ों लहरें हैं और हर एक लहर समुद्र का हिस्सा है। इसी तरह सतह पर करोड़ों-करोड़ों शरीर हैं, मन हैं और फिर भी यह चेतना एक ही है। वही चेतना हमारे मूल स्रोत में है, हम सब में है। जैसे, सागर की हर लहर सागर ही है, वैसे ही हर एक जीव ईश्वर है। लेकिन आप सब भूल चुके हैं और अपनी ही कैद में बंदी हो गए हैं।

आप अपने आपको एक छोटे से शरीर में फँसा हुआ देखते हैं। आप छोटा सा शरीर नहीं हैं, आप एक बेचारा, लाचार जीव नहीं हैं।

ध्यान, योग, प्राणायाम के मार्ग पर चलें। सुमिरन, जप करें और अपना विकास करें, ज़िंदगी को प्रसन्नता से जिएँ। इस दिव्यता में स्थित हो जाएँ, उसके बाद आप मामूली नहीं हैं, आप एक देह नहीं हैं। आप उससे परिचित नहीं हैं आप इसे जानते नहीं हैं, इसलिए जीवन में दु:ख है।

जब आप अपने आपको सीमित देखते हैं तो दु:ख होता है। जैसे ही आप अपने को इस मन से अलग करके समझने लग जाएँगे, तब मन की सब दुविधा, बाधा, सीमा बहुत दूर छूट जाएगी।

अगर अपने स्वरूप और अपने अस्तित्व की इस विशालता को हज़म करना आपके लिए मुश्किल हो रहा है तो मैं फिर आपके लिए दूसरे प्रकार से बात करती हूँ। जैसे, माँ अपने गोदवाले बच्चे को हमेशा अपने साथ रखती है, छोड़ती नहीं है, ऐसे ही परमात्मा ने आपको, अपने बच्चे को हमेशा अपने साथ रखा हुआ है।

आपने देखा होगा कि एक बैग जैसा होता है, जिसमें आजकल माताएँ अपने बच्चे को रखती हैं और फिर उस बैग को अपनी छाती से चिपकाकर रखती हैं। वह बैग उसके शरीर के साथ लगा रहता है और उसे काम करना है, दौड़ना है, भागना है या ट्रेन पकड़नी है तो इसमें आसानी होती है। वरना मुश्किल होती है, क्योंकि वह अपना पर्स पकड़े कि बच्चे को पकड़े। इसलिए किसी समझदार ने ये तरीका ढूँढ निकाला। हिंदुस्तान में और दूसरे गरीब मुल्कों में माँएँ बच्चे को चादर से पीठ में बाँध लेती थीं, पर अब पीठ के बदले सामने बैग में रख लेती है। यह ज़्यादा अच्छा है, क्योंकि बच्चा माँ की

धड़कन सुन सकता है और उस वजह से अपने आपको ज़्यादा सुरक्षित महसूस करेगा। माँ सब काम कर रही है और बच्चा हमेशा साथ रहता है, हो सकता है कुछ समय बाद ये दुनियावी माँ उस बच्चे को बैग से निकालकर, अपने से अलग करके पलंग पर लिटा दे या झूले में लिटा दे और ख़ुद यहाँ-वहाँ कुछ काम करने चली जाए। लेकिन परमात्मा ऐसी माँ है, जो एक पल के लिए आपको अलग नहीं करती है, तो फिर आप अकेले, कमज़ोर या शक्तिहीन कैसे हो सकते हैं?

सैद्धांतिक रूप से यह समझ पाना और उसे हज़म कर पाना मुश्किल लगता है कि मैं 'वही' हूँ—मैं सार्वभौमिक सर्वव्यापक चेतना हूँ। कोई बात नहीं, पर पूर्व का ज्ञान और भक्ति मार्ग यह कहता है कि आप ईश्वर की संतान हैं। आप सागर की लहर हैं और वह लहर सागर में है। इस लहर को सागर ही सँभाल रहा है और उसका होना सागर की वजह से ही है। मतलब आप एक लहर हैं। भले छोटी ही सही, पर सागर की सतह पर हैं और यह लहर सागर से अलग नहीं है।

सूफ़ी कहते हैं कि ईश्वर मेरा यार है, मेरा दोस्त है। गुरुनानक से लेकर रैदास साहब, कबीर सभी आध्यात्मिक गुरुओं ने बार-बार कहा कि 'ईश्वर मेरा यार है'। वह ऐसा दोस्त है, जो कभी मुझे छोड़कर नहीं जाता, मेरे अंदर ही बसता है और मुझे कभी भी अकेला नहीं छोड़ता। फिर मैं तनाव में कैसे रह सकता हूँ? मैं तनाव में रह नहीं सकता, मुझे तनाव में नहीं रहना चाहिए। अगर आपने इस एक बात को समझ लिया तो आप तनावमुक्त हो जाएँगे, आपके किसी भी बात की चिंता नहीं रह जाएगी।

आप जब प्रवास करते हैं, तब बहुत सारे मुसाफ़िरों से मिलते हैं। आप ट्रेन के एक ही डिब्बे में, एक ही सीट पर होते हैं, साथ में समय बिताते हैं। बाद में जब जिनका स्टेशन आता है, वह उतर जाता है। पति-पत्नी, बच्चे सब सह-प्रवासी हो। एक समय तक सब साथ रहते हो और जिस-जिस का स्टेशन आएगा, वह चला जाएगा। उन सबको आपको कहना पड़ेगा 'ओ.के. गुडबाय। अलविदा।' यही बात है।

सूफ़ी हमेशा कहते रहे हैं, बार-बार कहते रहे हैं कि प्रभु मेरे से दूर नहीं। अल्लाह मेरा दोस्त है। वह मुझमें ही रहता है, मेरे साथ ही रहता है। पंजाबी में एक शब्द है—'बेली' जिसका मतलब है दोस्त, मित्र। लेकिन मेरी इस कविता में मैं उसके साथ और ज़्यादा अनौपचारिक हूँ। मैं उसे कहती हूँ 'बेलूआ'

अल्लाह बेलूआ हो, बेलूआ हो
बेलूआ, बेलूआ, बेलूआ हो
अल्लाह मियाँ दिन-राती याद कराँ तैनुं याद कराँ, तैनुं याद कराँ
फरियाद सुने मैं की बात कहवाँ
अल्लाह बेलूआ हो

हर घड़ी, हर पल नाल रवे, मेरे नाल रवे
दिलाँ दी जाने शाला अरज़ सुने

सइयो नी सोहणा हर जाँ वसदा, लूँ लूँ रसदा
की आख सुनावाँ मैं की रूप उसदा
हौले-हौले सुन कोई बंसरी बजे
मीठी-मीठी पूरे दी हवा चले

आपको अपने मन में ऐसे विचार डालने होंगे, ऐसी भावनाएँ जगानी होंगी। इस तरह आप असलामती, कमज़ोरी और एक-दूसरे पर निर्भर होने की भावना को अपने मन से निकाल पाएँगे। उसके बाद कोई कारण नहीं कि आप दुःखी, उदास और परेशान होकर जिएँ। जब आपको ये एहसास हो कि आपका परमेश्वर आपसे दूर नहीं, आपके ही साथ है, आप में ही है, उठते-बैठते, खाते-पीते वह कभी दूर गया ही नहीं। उस परमेश्वर के हम बच्चे हैं। अगर वह साथ है तो कुछ बुरा हो ही नहीं सकता। पर आपका यह पागल, बेवकूफ़ मन है जो बात को जानता है, न इस बात को समझता है, इसलिए फ़िक्र करता है। नहीं तो फ़िक्र करने का कोई कारण नहीं बनता।

मैंने एक कहानी सुनी थी। एक राजा अपने रथ में एक रास्ते से गुज़र रहा था। उसकी नज़र एक वृद्ध महिला पर पड़ी, जो अपने सिर पर बड़ी गठरी उठाकर जा रही थी। वह बेचारी मुश्किल से चल पा रही थी। राजा ने जब यह देखा तो उसके दिल में दया आ गई। उसने वृद्ध महिला से कहा, "माताजी, आप मेरे रथ में बैठ जाइए। आपको जहाँ जाना हो, मैं आपको छोड़ दूँगा।"

वृद्धा बोली, "नहीं, नहीं आप चिंता मत कीजिए मैं किसी तरह चली जाऊँगी। आपने मुझे पूछा, यही मेरे लिए बहुत है। मैं अगर आपके रथ में बैठूँगी तो आपका रथ खराब हो जाएगा, क्योंकि मेरे पाँव गंदे हैं, मिट्टी से भरे हैं।"

राजा ने कहा, "कोई बात नहीं माताजी, आप बैठ जाइए।" राजा ने उसे रथ में बिठा दिया।

रथ आगे चलने लगा तो राजा ने पीछे मुड़कर देखा कि वह वृद्ध महिला ठीक से बैठी तो है न! राजा ने देखा तो वह महिला अभी भी उस भारी गठरी को अपने सिर पर उठाए बैठी थी।

राजा बोला, "अरे माताजी! आप उस गठरी को नीचे क्यों नहीं रख देतीं?"

वृद्धा बोली, "भला मैं ऐसा कैसे कर सकती हूँ? मैं इतनी कृतघ्न कैसे हो सकती हूँ? आपने मुझे रथ में बैठाया, क्या यह कम है और उस पर मैं अपनी गठरी का बोझ भी आपके रथ पर डालूँ! नहीं, उसे तो मैं अपने सिर पर ही रखूँगी।"

अब यह महिला खामख़्वाह अपनी गर्दन तुड़वा रही है। वह चाहे, या न चाहे रथ पर तो बोझ आ ही रहा है। ऊपर से वह बेवकूफ़ अपनी गर्दन पर भी बोझ डाल रही है। इस बात को याद रखना कि परमात्मा ने भी उसके रथ में आपको बिठाया है, लेकिन चिंता करके आप खामख़्वाह अपनी गर्दन तोड़ रहे हैं। फ़िक्र करने की कोई वजह ही नहीं है। इसलिए मेहरबानी करके अपने मन पर के बोझ, तनाव को फेंक दें। चिंता मत करें। जीवन अनिश्चित

है और जीवन अनिश्चितता लाने वाला है। जब आप ज़िंदगी को उसकी समग्रता में स्वीकार करते हैं तो मौत को स्वीकार भी करना ही होगा, क्योंकि वह भी उसका एक हिस्सा ही है। ज़िंदगी को समग्रता से स्वीकार करना मतलब उसमें आँसू और हँसी दोनों आनेवाले हैं तो फिर आँसुओं से डरना क्या और खुशी के पीछे दौड़ना क्यों? आँसू भी ज़रूरी हैं। वह आपकी आँखों को साफ़ करता है। वृद्धावस्था में आँखें इतनी सूखी हो जाती हैं कि आपके डॉक्टर को ऐसी दवाई देनी पड़ती है, जिससे आपकी आँखें गीली रहें।

कभी-कभी आँसू आएँ तो कृपया रो लिया करें। रोना भी अच्छा होता है, पर निराशा में मत रोना। बच्चे की तरह रोएँ। आपने जो आयोजन किया था, उसके मुताबिक नहीं हुआ, इसलिए आँसू मत बहाना। सबसे अच्छी सोच यह है कि कोई सोच ही न हो। वही श्रेष्ठ सोच है।

ज़िंदगी आपके सामने जो पेश करे, उसे स्वीकार करें, फिर चाहे वह कुछ भी हो। आपके साथ जो कुछ भी हो, उससे क्यों डरना? क्योंकि आपकी मालिकी का तो कुछ है ही नहीं। यह शरीर भी कहाँ आपका है? अगर आप उसको बना सकते तो आपने उसे सबसे सुंदर बनाया होता। अगर आपके पास चुनाव का विकल्प होता तो आपने श्रेष्ठ पुरुष या श्रेष्ठ महिला का शरीर ही ऑर्डर किया होता। लेकिन यह शरीर आपका नहीं है, न ही आपने इसे ऑर्डर किया है, न ही किसी ने आपसे आपकी पसंद क्या है, यह पूछा था। आपको किसी ने नहीं पूछा था कि आपकी आँखें कितनी बड़ी चाहिए और उसका रंग आसमानी चाहिए या बादामी? किसी ने आपसे नहीं पूछा था कि आपको कद कितना चाहिए? चार फीट या छः फीट। जो मिला है, वही स्वीकार करना पड़ा।

मुल्ला नसरुद्दीन ने एक दिन अपनी माँ से बहुत लड़ाई की। वह अपनी माँ से इसलिए लड़ रहा था कि 'अम्मी, तूने ये कैसा अब्बा पसंद किया? तुझे कोई ढंग का बंदा नहीं मिला? वह ख़ुद साढ़े चार फीट का है तो मैं भी साढ़े चार फीट का ही हुआ।' मुल्ला ने अपनी माँ से कहा कि अगर

तूने छः फीट के मर्द के साथ शादी की होती तो मैं भी लंबा होता। हालाँकि कभी-कभी ऐसा भी होता है कि माँ-पिता पाँच या साढ़े पाँच फीट के होते हैं, पर बेटा साढ़े छः फीट का होता है।

आपको एक शरीर दिया गया है और किसी ने आपसे पूछा नहीं है कि आपको कैसा शरीर चाहिए या फिर आपको कितने साल जीना है? यह शरीर प्रकृति की मलक़ीयत है, आप उसके चोर या लुटेरे मत बनें। यह शरीर आपको भाड़े पर मिला है और वह कभी भी वापस ले लिया जाएगा। यह करार कभी भी रद्द कर दिया जाएगा। अगर आप ठीक से उसकी देखभाल नहीं करते तो यह शरीर गया समझें।

अगर आप सुबह जल्दी नहीं उठते, योग-प्राणायाम नहीं करते तो आप करार तोड़ रहे हैं और एक दिन आप पकड़े जाएँगे। यह शरीर आपसे ले लिया जाएगा। कोई रोग या अकाल मृत्यु आ जाएगी। यह शरीर हमें थोड़े समय के लिए इस्तेमाल करने को मिला है। उसका आदर करें। न तो आप उसके मालिक हैं, न यह आपकी मलक़ीयत है। अच्छा, क्या आपको ऐसा लग रहा है कि आप इस शरीर के मालिक हैं? तो ये जो फालतू का 30 किलो वज़न लेकर जी रहे हैं, उसे दूर कर दें। अगर आप मालिक हैं शरीर के तो आँखों की रोशनी, जो कम हो रही है, उसे बढ़ा लें।

जब यह शरीर आपका नहीं है तो क्या आपके रिश्तेदारों के शरीर उनके अपने हैं? या फिर क्या उनके शरीर पर आपकी मलक़ीयत है? किसी का भी नहीं। हर एक व्यक्ति अपनी-अपनी ज़िंदगी की यात्रा कर रहा है। जब तक यात्रा चल रही है, मज़े से जिएँ। चिंता किस बात की? फ़िक्र किस बात की, जब मरना निश्चित ही है?

आपने ज़बरदस्ती रिश्ते बना लिये हैं। रिश्ते कहाँ के? रिश्ते कैसे? कोई रिश्ता सच्चा नहीं है। कहाँ है आपके माता-पिता? मर गए। अगर आपके माता-पिता जीवित हैं तो कहाँ गए उनके माँ-पिता? वे नहीं रहे तो क्या आप रहेंगे? फ़िक्र किस बात की? यह मेरी माँ है, यह मेरा बाप है, ये मेरे बच्चे हैं, मेरा घर है, ऐसा जितना मरज़ी हो बोलते रहें, जितना मरज़ी हो

यह राग अलापते रहें; सत्य तो यह है कि न कोई आपका है, न आप किसी के हैं। यही सत्य है और जिस परमेश्वर को आपने अपने से दूर समझा है, वही सिर्फ़ आपका अपना है और तो कोई आपका है ही नहीं। लेकिन आपने बिल्कुल उलटा काम किया है। परमात्मा को छोड़कर बाकी सब को आप अपना समझते हैं, इसलिए तो आपके पास बाकी चीज़ों के लिए समय है, पर अगर समय नहीं है तो ख़ुद आपका ही अंदर बैठे हुए, उस प्यारे के लिए समय नहीं है।

लोग मुझसे पूछते हैं कि क्या करें हम सुबह उठते हैं, काम करते हैं, यह करते हैं, वह करते हैं, घर का काम होता है तो इतना थक जाते हैं कि भजन तो होता ही नहीं। आप हमारी मदद करें। ख़ाक मदद करूँ आपकी? पाँव में कुल्हाड़ी आप मार रहे हैं और मुझे कह रहे हो कि बचाओ! मैं कैसे बचाऊँ? अगर मैं आपसे आपकी कुल्हाड़ा छीनना भी चाहूँ तो वह आप मुझे छीनने भी नहीं देंगे।

अमेरिका में रहती एक महिला ने कहा कि सबका खयाल रखना पड़ता है। बच्चों का, घरवाले का। मैंने कहा, घरवाले को बोल कि तू बच्चों को मायके से नहीं लाई थी, उसने भी पैदा किए हैं, तो वह भी पाले। जितनी तू उसकी माँ है, उतना वह भी तो बच्चों का बाप है, तो वह ज़िम्मेदारी क्यों नहीं निभा सकता? वह क्यों बच्चों को तैयार नहीं कर सकता? वह क्यों खाना नहीं बना सकता, घर की सफ़ाई नहीं कर सकता, क्यों नहीं बरतन माँज सकता है? आधा काम तू करे, आधा काम वह करे, बात ख़त्म। माँ-बाप बनते समय तो आप दोनों की आधी-आधी ज़िम्मेदारी थी, तो यह ज़िम्मेदारी भी दोनों मिलकर निभा लें, उसमें क्या दिक़्क़त है?

उस महिला ने कहा, "वे नाराज़ हो जाएँगे।"

मैंने कहा, "होने दो।"

"तो फिर लड़ेंगे।"

मैंने कहा, "लड़ने दो।"

"फिर मारेंगे।"

मैंने कहा, ''बेलन चला के, कपड़े धो-धोकर तेरी बाँहों में ताकत आ गई होनी चाहिए? हाथ लगाने की ज़ुर्रत कैसे कर सकता है? उसकी बाँह तोड़ देना।''

वह कहती, ''वह तो छः फीट का है और मैं पाँच फीट की। वह तो एक सौ दस पाउंड का है और मैं तो सिर्फ़ साठ पाउंड की। मेरा और उनका क्या मुकाबला?''

मैंने कहा, ''कोई बात नहीं। 911 नंबर मिलाना तो आता है न? एक उँगली चलेगी बस। उस नंबर को स्पीड डायल में डाल देना तो तीन नंबर भी नहीं दबाने पड़ेंगे। एक ही चलाइयो बस!''

वह कहती, ''ऐसे तो रिश्ता टूट जाएगा।''

मैंने कहा, ''रिश्ता है कहाँ? क्या यह रिश्ता होता है?''

रिश्तों के नाम पर रिश्तों की लाशों को ढोते फिरते हो और फिर पूछते हो कि हम सुखी कैसे हों? मेरी यह बात सुनकर कइयों को बड़ा कष्ट होता है। कहते हैं, ''लो जी, ख़ुद तो विवाह किया नहीं, न बच्चे पैदा किए, हमको ऐसी सलाह देते हैं। यह तो हमारा घर उजाड़ेंगे।''

हम तो बहुत साफ़ बोलते हैं, 'हम तो डूबे हैं सनम, आप को भी ले डूबेंगे।' हमने अपने मन से संसार की सब लाग-लपेट को, मैं-मेरी को काटकर फेंका है। वही तुमको सिखा सकती हूँ। और आप यही तो सीखने आए हो। मैं तुम्हें ये तो नहीं सिखा सकती हूँ न कि बच्चे तुम्हें दुःख देते रहें तब भी उनके मोह में पड़े रहना। मैं क्या तुम्हें ये सिखाऊँगी?

कहते हैं कि कृष्ण की सोलह हज़ार एक सौ आठ पत्नियाँ थीं। ये सब अपनी मरज़ी से उनके पास आई थीं, क्योंकि उन स्त्रियों के परिवार उनको रखने के लिए तैयार नहीं थे। एक राजा ने उन स्त्रियों का अपहरण किया था और वह राजा उन्हें रखैल बनाकर रखना चाहता था। श्रीकृष्ण ने उन्हें उस राजा के शिकंजे से छुड़ाया। इन स्त्रियों ने कृष्ण से कहा कि अब हमारे पास जाने की कोई जगह नहीं, इसलिए आपको हमें स्वीकार करना पड़ेगा; क्योंकि हमारा परिवार हमें रखेगा नहीं। हमारे पास दो ही विकल्प हैं—या तो हम

आत्महत्या कर लें या फिर आपके साथ रहें। कृष्ण ने कहा कि कोई बात नहीं, मैं आप सबको स्वीकार करता हूँ।

एक युवा मुझे कह रहा था, ''हे भगवान 16108! हमें तो दो पत्नियाँ रखने की भी अनुमति नहीं। कैसा घोर अन्याय!''

मैंने कहा, ''भाई, तुम्हारे लिए तो एक पत्नी भी तुम्हें भारी पड़ रही है और कृष्ण के लिए तो 16108 भी छोटी संख्या थी! उन्हें पता था कि एक मीठी नज़र से कैसे स्त्री का दिल जीत लिया जाता है! उनका करिश्मा, उनका रूप इतना सुंदर था! वे एक महान् योगी थे, जिन्होंने अपने शरीर और मन पर प्रभुत्व पाया था। अपनी यौगिक शक्ति से वे 16108 शरीर रच सकते थे, जो बिल्कुल उनके शरीर जैसे ही होते थे। कोई उनके साथ तुलना नहीं कर सकता।''

अभी कुछ साल पहले ही परमहंस योगानंद ने उनकी बहुत प्रख्यात हुई पुस्तक 'योगी कथामृत' में बनारस के एक योगी का ज़िक्र किया है, जिनके दो शरीर थे; एक शरीर परमहंस योगानंद के सामने बैठा था और दूसरा शरीर उसी समय पर उनके मित्र को बुलाने गया था कि मुकुंद घोष आपको मिलने आए हैं। ये कोई बहुत असामान्य बात नहीं है।

श्रीकृष्ण का परिवार इतना बड़ा था कि उनको हर एक पत्नी से अनेक संतानें थीं। क्या आप जानते हैं कि उनमें से एक भी श्रीकृष्ण की संतान कहलाने के लायक नहीं थी। वे सब बिगड़ी हुई औलादें थीं।

अगर भगवान कृष्ण को अपने बच्चों से स्नेह न मिला और उनकी संतानें महान् नहीं निकलीं तो आप कौन होते हैं? अगर आपका बच्चा नालायक निकले तो दुःखी मत होना, कृष्ण के बच्चे भी नालायक ही थे। आपस में लड़-लड़कर एक-दूसरे को मार दिया था और इस तरह पूरी कहानी का अंत हुआ था।

एक बार दुर्वासा ऋषि ने श्रीकृष्ण से पूछा था कि आपके बच्चे आपस में लड़ते हैं तो आप कुछ करते क्यों नहीं?

श्रीकृष्ण ने मधुर मुसकान के साथ दुर्वासा को जवाब दिया था, ''ऋषि

दुर्वासा! हर एक कथा जो शुरू होती है, उसका अंत होता ही है और इस कथा का भी अंत आ रहा है।''

श्रीकृष्ण ने कहा था, ''मैं भी साक्षी की तरह मेरी नज़र के सामने हो रहे, इस तमाशे को देख रहा हूँ। मेरी भूमिका उसमें दख़ल देने की या उनको एक-दूसरे को मारने से रोकने की नहीं है। जो जैसे हो रहा है, उसे होने दो।''

दुर्वासा ने कहा, ''लेकिन वे आपकी संतान हैं।''

कृष्ण ने मुसकराते हुए कहा, ''क्या आप भूल गए हैं कि आप किससे बात कर रहे हैं? वे मेरी संतान नहीं हैं। हाँ, उनका जन्म मेरे द्वारा हुआ है, पर वे मेरे नहीं हैं। मेरा मन उनके साथ आसक्त नहीं है।''

इसलिए मैं कहती हूँ कि अगर आप सचमुच कृष्ण से प्रेम करते हैं तो उनसे ये पाठ सीखें और अपने संतानों के प्रति आसक्ति मत रखें। उन्हें उनका जीवन जीने दें। वे थोड़ी ग़लतियाँ करेंगे तो क्या हुआ? उसमें ऐसा होगा कि या तो वे उन ग़लतियों में से सीखेंगे या नहीं सीखेंगे। पूरा समय मालकिन की तरह उनके पीछे छड़ी लेकर मत घूमें। आपको क्या लगता है, वे आपकी बात सुनेंगे? क्या वे आपकी बात सुनते हैं?

मुल्ला नसरुद्दीन ने अपने जवान बेटे को बुलाया और कहा, ''बेटा, अब समय आ गया है कि मैं तुम्हारे साथ एक वयस्क की तरह बात करूँ।''

बेटे ने कहा, ''बोलो अब्बा, क्या कहते हो?''

मुल्ला ने कहा, ''देख बेटा, एक समय में दो लड़कियों के साथ आशिक़ी मत करना।''

मुल्ला की बीवी गुलजान ने कहा, ''अपने लड़के को ये कैसी राय दे रहे हो?''

मुल्ला बोले, ''बिल्कुल सही राय दे रहा हूँ, क्योंकि एक से तो ये इश्क करने ही वाला है। दो लड़कियों से आशिक़ी करने की जो ग़लती मैंने की थी, वह यह न करे। क्योंकि दो में बड़ी परेशानी हो जाती है। एक को ही सँभालना मुश्किल है! बाप होने के नाते मेरा फ़र्ज़ बनता है कि मैं उसे समझाऊँ।''

एक बाप अपने बेटे से कहता है, ''बेटा, सिगरेट पीना लेकिन दिन में

दो से ज़्यादा मत पीना। एक पैकेट पियोगे तो टी.बी. हो जाएगी।'' बाप ऐसी राय दे रहा है! वह ऐसा नहीं कहता कि मैं भी नहीं पीऊँगा और आप भी मत पीना।

आप सिर्फ़ ख़ुद का माइंड मैनेज कर सकते हैं और यह काफ़ी है। दूसरों की ज़िंदगी मैनेज करने का प्रयास मत करें, क्योंकि वह आप नहीं कर सकेंगे। इसका कारण यह है कि हर एक मन को अपना अहंकार है और उनका अहंकार उन्हें दूसरों की सलाह मानने की अनुमति नहीं देता। उन्हें बुरा लग जाता है। उन्हें अपमानित होने का एहसास होता है। किसी का अपमान मत करें और ख़ुद अपना भी आदर करें।

तनाव से भरी इस ज़िंदगी को अच्छी तरह से जीने के लिए आपको अपने जीवन में अनुशासन लाना होगा। जीवन में इतनी सारी परेशानियाँ, चुनौतियाँ हैं, उनमें स्वस्थ रहने के लिए कुछ अच्छी चीज़ें, विधियों को शामिल करना होगा। इनमें से एक है मंत्र-जप। मंत्र-जप करें। मैंने विविध मंत्र दिए हैं। मैं ऐसा नहीं कह रही कि कोई एक मंत्र ही करें। हर एक मंत्र का अपना रंग, सुंदरता है और आप जितने चाहें, उतने मंत्रों का मज़ा ले सकते हैं; पर मैं मानती हूँ कि अगर आप हर रोज़ 'महामृत्युजय मंत्र' का जाप करते हैं तो वह आपके लिए बहुत फ़ायदेमंद होगा। इस मंत्र को कैसे करना है, वह मैंने अपनी सी.डी. में कहा है। उस सी.डी. का नाम है—'महामृत्युजय मंत्र।'

'महामृत्युजय मंत्र' सिर्फ़ शिवजी का मंत्र नहीं है। 'शिव' शब्द का अर्थ सिर्फ़ यह नहीं कि वह भगवान जिनकी जटाएँ हैं और कंठ में सर्प है। 'शिव' शब्द का अर्थ है—दिव्य चेतना। अगर आपकी श्रद्धा आपको ऐसा कहती है कि 'वाहेगुरु मंत्र' ही करना है या आपके मन का भाव इस तरह का है कि आपको वाहेगुरु मंत्र करने में ही आनंद आता है तो उस मंत्र को अलग-अलग तीन तरीके से करने की पद्धतियाँ मैंने दी हैं।

मैं आपको कोई सलाह नहीं दे रही, पर सिर्फ़ सुझाव दे रही हूँ कि दिन की शुरुआत किसी मंत्र से करें। एक मंत्र के साथ बैठें और मंत्र जप करें।

शरीर को स्वस्थ रखने के लिए, जीवन को सुखद बनाने के लिए योगासनों का अभ्यास परम आवश्यक है। प्राणायाम मन का निग्रह करता है, मन को दृढ करता है, एकाग्रता देता है, शक्ति देता है। इसलिए प्राणायाम की विद्या को भी आपको सीखना चाहिए।

अगर आप ये सब सीखेंगे और दैनंदिन जीवन में शामिल करेंगे तो उसके सुंदर लाभ आप अपने जीवन में देख पाएँगे। अपने दिन का आरंभ योगासन के साथ, प्रार्थना के साथ करें। विशेषतः मैंने जिसकी बात कही थी 'न्यास'—जिसमें शरीर के अलग-अलग अंगों में दिव्य चेतना का संचार करें और सुंदर प्रार्थना के साथ उसे जोड़ दें। ध्यान करें और रोज़ योगनिद्रा करें। अगर आप यह सब करेंगे तो आप लंबा, स्वस्थ और शांतिपूर्ण जीवन जी पाएँगे। आपके जीवन में जो चुनौतियाँ आएँगी, उसका मुकाबला कर पाएँगे। इस पूरी श्रृंखला का हेतु यह ही है कि वह आपको आपकी ज़िंदगी आनंदपूर्वक जीने में मदद कर सके।

जीवन एक उत्सव है; बोझ नहीं। ज़िंदगी हँसने के लिए, तितलियों के साथ, बादलों के साथ, फूलों के साथ खेलने के लिए, मुसकराते रहने के लिए है। ज़िंदगी उदास होने के लिए या दुःखी होने के लिए नहीं है। आज ऐसी स्थिति हो गई है कि आप लोग हँसने के लिए टेलीविज़न पर लाफ्टर शो देखते हैं। उसके बग़ैर आप हँस नहीं सकते और रोना हो, तो भी टेलीविज़न कार्यक्रम देखते हैं। अगर आपके घर में से टी.वी. हटा लिया जाए तो न तो आप रोएँगे, न आप हँसेंगे। बिल्कुल भावविहीन चलती-फिरती लाश की तरह घूमेंगे।

आप जितना-जितना योगासन, ध्यान, प्राणायाम करते जाएँगे, आप देख पाएँगे कि जीवन में सुंदर परिवर्तन आने लगा है। आप बेफ़िक्र होने लग जाएँगे, गहरी नींद आने लग जाएगी। छोटी-छोटी बातों पर आप व्यथित नहीं होंगे। बात-बात पर चिढ़ेंगे नहीं, घबराएँगे नहीं, परेशान नहीं होंगे। कितनी भी बुरी ख़बर क्यों न आ जाए, आप विचलित नहीं होंगे।

एक फ़क़ीर के पास एक आदमी रोते हुए आया और बोला, ''साईंजी,

मेरे पिताजी गुज़र गए।''

साईं बोले, ''तो क्या?''

उस आदमी को बहुत गुस्सा आया कि मेरा बाप मर गया तो अफ़सोस जताने के बदले पूछ रहे हैं कि तो क्या? उस आदमी ने उस फ़क़ीर के पास जाना छोड़ दिया। वैसे भी वह और क्या कर सकता था? उसने कहा कि अब हम उस फ़क़ीर के पास नहीं जाएँगे। अगर वह न गया तो क्या फ़क़ीर उदास हो जाएगा! संत तो मस्त होते हैं। आना है तो आओ, नहीं आना तो तुम्हारी मरज़ी। अल्लाह-अल्लाह ख़ैर सल्ला। क्या फ़र्क़ पड़ता है।

फिर उस आदमी के जीवन में एक ऐसा मोड़ आया तो लोगों ने उसे समझाया, तब उसने वापस उस फ़क़ीर के पास जाने का सोचा। कुछ महीनों बाद जब वह गया और जाकर फ़क़ीर के पास बैठा ही था कि एक औरत भागकर आई और बोली, ''साईंजी, आपकी अम्माँ ने प्राण छोड़ दिए।''

फ़क़ीर बोले, ''तो क्या? चलो, कफ़न-दफ़न का इंतज़ाम करते हैं।''

जब उस आदमी ने यह देखा तो उसे समझ आई कि सिर्फ़ मेरे बाप के मरने के बारे में ही फ़क़ीर ने ऐसी बात नहीं कही थी, पर उनका अपना भी कोई मरता है तब भी उनका यही जवाब होता है, 'तो क्या?'

मैं यह नहीं कह रही कि आप असंवेदनशील हो जाएँ। मैं ऐसा नहीं सिखाती, उलटा ध्यान करने से आप सबसे ज़्यादा संवेदनशील हो जाते हैं। कला और सौंदर्य के प्रेमी हो जाते हैं। कोई भी बात आपके दिल को जल्दी से छू जाती, लेकिन वह नकारात्मक परिप्रेक्ष्य में नहीं होती।

इस कला को सीखें और जिस तरह से जीवन जीना चाहिए, ऐसे जिएँ। अभी तो आप जिस तरह से जी रहे हैं, लगता है कि ईश्वर ने, प्रकृति ने आपको जो अवसर दिया है, उसे आप खराब कर रहे हैं। जीवन तो ऐसा होना चाहिए, जहाँ पैरों में एक मस्ती हो, आप अगर चल रहे हैं तो लगना चाहिए जैसे आनंद में नृत्य कर रहे हैं। नाचें, गाएँ, मस्त रहें, शांत रहें। मन को आसक्तिरहित रखें।

□

आप कौन हैं?

'सुन मन मेरे साँझ-सवेरे,
अलख जगाते जाना,
हरि लगन लगाते जाना।

बालपना सब खेल गँवाया,
आई जवानी जी मचलाया,
बीत जाएगी यह ज़िंदगानी,
कुछ तो भजन कर जाना।

देख बुढ़ापा सोचे अब तू,
किया न काम करना था जो,
याद न आई राम दुहाई,
क्या यूँ पछताते जाना।

मुझे यहाँ पर एक दोहा याद आ रहा है।

जाग ले रे मन जाग
कहाँ गाफिल सोया
जो तन उपजिया संग ही
सो भी संग न होय
जाग ले रे मन जाग।'

संत-महात्माओं, ऋषियों, फ़क़ीरों ने बार-बार, जागने पर ज़ोर दिया है। अब प्रश्न यह उठता है कि क्या हम सो रहे हैं कि वे हमको जागने को कह रहे हैं? क्या उनकी नज़र में दोष था कि हम उन्हें सोए हुए दिख रहे थे? हम जाग रहे हैं और फिर भी वे कह रहे हैं कि जागो! लेकिन एक बात तो माननी पड़ेगी कि वे कबीर साहब, रैदासजी, गुरु नानकदेव महाराज, श्रीकृष्ण भगवान, श्रीराम या शिव हों, सब यही एक बात बार-बार कह रहे हैं। सूफ़ियों में जितने फ़क़ीर हुए, वे भी यही बात बोलते हैं। बुद्ध ने 'धम्म-सूत्र' में, महावीर ने 'जिन-सूत्र' में भी यही बात कही कि जागो! अलग-अलग भाषाओं में, शैली में—किसी ने स्रोत, किसी ने श्लोक, किसी ने पंक्ति के रूप में इसे कहा। लेकिन सब ने अलग-अलग तरीके से बात एक ही कही। क्या उन्हें पता नहीं था कि वे क्या बोल रहे हैं? उन्हें बिल्कुल पता था कि वे क्या बोल रहे हैं।

मैंने जिन पंक्तियों से शुरुआत की है—'जाग ले रे मन जाग, कहाँ गाफ़िल सोया'—इस पंक्ति का मतलब है कि ऐ बेहोश इनसान, तू सो क्यों रहा है? जाग। ये पंक्तियाँ सूफ़ी संत बाबा शेख़ फ़रीद की हैं। फ़रीदजी कह रहे हैं, जाग। बेहोश न रह। जाग, क्योंकि जिस शरीर के साथ तू जन्मा है और जिसे तू अपनी पहचान मान रहा है, वह शरीर भी एक दिन तुझे छोड़कर चला जाएगा।

अगर एक हॉल में कुछ लोग बैठे हों और मैं पूछूँ कि यहाँ पर महेश कौन है? महेश अपना हाथ खड़ा करे तो हो सकता है कि अगर वहाँ पर तीन-चार महेश हों तो तीन-चार हाथ ऊपर होंगे। तो फिर मुझे पूछना पड़ेगा कि महेश सिधवानी या महेश आडवाणी या महेश अरोड़ा या महेश सिंह कौन है? ऐसे में मुझे और स्पष्टता करनी पड़ेगी। कहने का मतलब यह है कि हमारा शरीर के साथ ही तादात्म्य है। शरीर को ही हम 'मैं' मानकर बैठ गए हैं।

शीशे में जब अपना चेहरा देखते हैं तो कहते हैं कि यह 'मैं' हूँ। परिवार की एल्बम में अपने चेहरे पर उँगली रखकर कहते हैं, यह 'मैं' हूँ। कभी-

कभी बचपन की ग्रुप फोटो में, जिसमें क्लास के सभी बच्चे और अध्यापक भी हों, तो प्रश्न करते हों कि ढूँढ करके बताओ कि इसमें 'मैं' कहाँ हूँ? यह प्रश्न जो पूछ रहा होता है, वह शायद इस वक़्त 50-55 का हो और फोटो में जो बच्चे बैठे हैं, वे आठ साल के हैं। ऐसे में देखनेवाला कोशिश करता है कि इस वक़्त नाक कैसी है? पकोड़े जैसी है या तीखी नाक है? अगर अभी पकोड़े जैसी है तो तब भी ऐसी ही होगी। आँखों को देखता है, क्योंकि आँखें बदल नहीं जाती हैं? इस तरह पहचानने की कोशिश होती है। अगर देखनेवाला सही अनुमान कर ले तो आप पूछते हैं कि कैसे पहचान लिया? शायद वह कहेगा कि नाक से; क्योंकि नाक अभी भी पोपट जैसी है और तब भी ऐसी ही लगती थी!

हम अपने आपको एक शरीर जानते हैं। हम अपने आपको एक स्त्री या पुरुष, लड़की या लड़का मानते हैं। लेकिन जिसे आप 'मैं' मानते हैं, वह शरीर भी आपका नहीं है। मृत्यु के समय यह शरीर भी वापस ले लिया जाता है। या तो उसका दाह-संस्कार किया जाता है और अगर ईसाई, मुसलिम या यहूदी हो तो उसे दफ़ना दिया जाता है। यह शरीर हमारा नहीं है। हम इस शरीर को 'मैं' मानते हैं, यह बुनियादी ग़लती है।

मैं जानती हूँ कि यह ऐसी बात है, जो आपको चकरा देती है, क्योंकि मैं आपसे आपकी पहचान छीन लूँ तो आप दयनीय स्थिति में आ जाते हैं। इसकी वजह यह है कि आप जानते नहीं हैं कि आप सचमुच कौन हैं? आप तो सिर्फ़ इस शरीर के विषय में जानते हैं कि आप फलाँ-फलाँ दिन, फलाँ महीने में और फलाँ साल में जन्मे हैं। आपका जन्म किस परिवार में हुआ। आपके माँ-बाप का नाम यह है, भाई-बहन का नाम यह है, आप इतना पढ़े हैं। आप जानते हैं कि आपका सोशल सिक्योरिटी नंबर, बैंक अकाउंट नंबर, घर का नंबर फलाँ-फलाँ है।

हम शरीर से शुरू होते हैं और यह सब जानकारी शरीर से संबंधित हैं। अब आपको यह बात समझाई जा रही है कि यह आप शरीर नहीं हैं। अब आप रिवर्स इंजीनियरिंग शुरू करते हैं। अगर यह शरीर आप नहीं हैं तो यह

माता-पिता आपके माता-पिता नहीं हैं। ये भाई-बहन आपके भाई-बहन नहीं हैं। जिस घर में आप रहते हैं, वह आपका नहीं है। फिर तो इस शरीर से संबंधित जितने भी रिश्तेदार हैं, वे आपके रिश्तेदार नहीं हैं, तो आप कौन हैं? आपको इसका पता नहीं है।

जब हम यह सुनते हैं कि हम कौन हैं, इसका ही हमें पता नहीं तो यह बात बहुत कष्ट देती है। यह हमारा दिमाग बहुत चालाक चीज़ है। मनुष्य के शरीर में यह सबसे ज़्यादा पेचीदा और जटिल संरचना है। यह इतना चालबाज़ है कि जैसे ही हम कहते हैं कि हम शरीर नहीं हैं तो आपके पास बना बनाया जवाब होता है कि हम तो आत्मा हैं। हम तो ईश्वर की संतान हैं। फिर पूछना पड़ता है कि अच्छी आत्मा या बुरी आत्मा?

सबके पास रटे हुए जवाब हैं कि हम परमात्मा के अंश हैं। कोई कहेगा, हम जीवात्मा हैं। कितने सारे जवाब हैं आपके पास! पर मैं कहूँगी, ये सब अनुमान है। आपके पास 'आप कौन हैं?', उसके और भी कई जवाब हैं। उदाहरण के तौर पर, मैं देवता हूँ या देवी हूँ या फिर जैसे सेनेटोलॉजी चर्च कहता है कि हम लोग किसी एक ग्रह से कुछ पाठ सीखने के लिए यहाँ आए हैं और उस सच्चे घर के साथ हमारा संपर्क होना ज़रूरी है। हमारा सही घर पृथ्वी पर नहीं, बल्कि कहीं और है।

यह एक अच्छी कहानी है। लेकिन सत्य यह है कि शरीर मैं नहीं, यह बात आपके लिए एक सिद्धांत है। कुछ लोग कहते हैं कि महात्मा लोग ऐसा कहते हैं तो वह सच ही होगा न! वे झूठ थोड़े ही बोलेंगे। अब हमें आपके सच पर यक़ीन है। अब सब इसे पोपट की तरह रटेंगे। फिर जब ऐसी नौबत आए, जैसे कि कोई मर जाए और सब लोग अगर रो रहे हों तो आप तुरंत खड़े होकर प्रवचन कर सकते हैं कि क्यों रो रहे हैं? आत्मा थोड़े ही कहीं गई है? वह तो यहीं है।

मैंने सुना, गिरधारीलाल नाम का एक व्यक्ति मर गया। सबको ही मरना है, वे भी मर गए। जब वे मरे तो उनकी बीवी रो रही थी। बड़े ज़ोर-ज़ोर से रो रही थी। गिरधारीलाल के दोस्त श्यामलालजी आए और कहते हैं, "देखो,

रोओ मत। तुम्हें पता नहीं है, लेकिन मैं तुम्हें एक बात समझाता हूँ, गिरधारीलाल यहीं है।''

गिरधारीलाल की पत्नी चौंक गई और बोली, ''कहाँ हैं?''

श्यामलालजी ने कहा, ''हाँ, बिल्कुल यहीं है।''

उसने कहा, ''क्या तुम्हें दिख रहा है?''

श्यामलालजी बोले, ''मेरी बात का यक़ीन करो, वह यहीं है।''

गिरधारीलालजी की पत्नी यहाँ-वहाँ देखने लगी और पूछा, ''कहाँ हैं? मुझे तो दिख नहीं रहा, तुम्हें दिख रहा है? सच-सच बताओ। और अगर तुम्हें दिख रहा है तो मुझे दिखाओ।''

श्यामलालजी ने कहा, ''मैं दिखा नहीं सकता। आप समझ नहीं रही हो।''

अब समझने की स्थिति में तो वह थी नहीं, इसलिए चीखें मारती हुई घर के बाहर भागी और बोली, ''वह मुआ मरने के बाद भी मुझे छोड़नेवाला नहीं है। कोई पंडित को बुलाओ। जीते जी तो उसने मेरा जीना हराम किया था। मर गया तो भी यहीं पर है। उसका दोस्त श्यामलाल बहुत भक्ति-वक्ति करता है तो उसे शायद दिख रहा है। वह कह रहा है कि गिरधारी यहीं है। कोई कुछ तो उपाय कराओ।''

अगर मैं कह रही हूँ कि हम देह नहीं हैं तो बहुत भरोसा मत कर लें। अच्छा, अगर मैं कहूँ कि इस वक़्त यहाँ पर एक हाथी खड़ा है तो क्या आप मेरी बात मान लेंगे? फिर मैं कहूँ कि स्टेज पर मेरी बाईं ओर हाथी और दाईं ओर ऊँट खड़ा है और सामने दो मोर हैं। क्या आपको वे दिख रहे हैं? क्या आप मेरी बात मान लेंगे? अब अगर मैं कहूँ कि मेरी बात पर श्रद्धा रखते हैं तो मान लें कि मैं सच कह रही हूँ। लेकिन यह हक़ीक़त नहीं है। यहाँ हाथी, ऊँट, मोर नहीं हैं और आपको दिख भी नहीं रहे हैं। (हाथ में डिब्बी, किताब उठाकर और स्टेज पर के फूलों की ओर निर्देश करते हुए) लेकिन आपको यह डिब्बी, किताब, मंच पर लगे हुए फूल दिख रहे हैं। आप सब श्रोतागण 'हाँ' कह रहे हैं, कोई भी 'न' नहीं कह रहा। मुझे किसी को कहना नहीं पड़

रहा कि मेरी बात पर भरोसा करें कि यह डिब्बी है, किताब है, फूल है। आप ये सब मेरे हाथ में देख सकते हैं।

उसी तरह से हमें यह कहने की ज़रूरत नहीं होनी चाहिए कि ऐसी भावना करें कि आप आत्मा हैं; शरीर नहीं। हमें यह कहने की ज़रूरत नहीं होनी चाहिए कि आप रोज़ ध्यान करें और कहें कि मैं आत्मा हूँ, मैं शरीर नहीं हूँ। लेकिन आपको सत्संगों में, कथाओं में यही कहा जाता है कि याद रखें कि आप आत्मा हैं। और आप बोलते भी हैं कि हाँ-हाँ महाराज! हम आत्मा हैं, हम देह नहीं हैं। मैं देह नहीं मैं आत्मा हूँ, ऐसा जब आप रटते हैं और मैं आपको ऐसा कहते हुए सुनती हूँ।

थोड़े दिन पहले न्यूजर्सी में एक सज्जन मिले। उन्होंने कहा, ''हम आत्मा हैं, लेकिन जब मौत आती है तो उसके बाद आत्मा कहाँ चली जाती है?''

मैंने कहा, ''वह तो आपको पता होना चाहिए कि कहाँ जाते हैं?''

उन्होंने कहा, ''नहीं, आप ही बताएँ कि शरीर के अंदर जो आत्मा है, वह इनसान के मर जाने के बाद कहाँ जाती है?''

ये सारे अनुमान हैं। धर्म के नाम पर ज़्यादातर लोग अनुमान ही करते हैं। आज मैं थोड़ी सत्य हक़ीक़त कहने जा रही हूँ तो आप बुरा मत मानना। भगवान है, यह भी तुम्हारा अनुमान ही है। आत्मा है, यह भी तुम्हारा अनुमान है।

आपके लिए सच्चाई क्या है? आपकी सच्चाई आपका शरीर है, आपका घर है, आपकी नौकरी, आपकी बीमारियाँ हैं। आपकी सच्चाई आपकी बढ़ी हुई शुगर है, आपका रक्तचाप, हार्ट-अटैक, कब्ज, सिरदर्द, माइग्रेन—ये सब आपके वास्तविक अनुभव हैं। इन सबके बारे में आप कोई अनुमान नहीं करते।

जो बात मैं कह रही हूँ, उसे समझदारी से, दिमाग पर थोड़ा ज़ोर डालकर समझनी होगी। आप ऐसा मत सोचने लगें कि गुरुमाँ साम्यवादी हो गई हैं और यह साबित करने जा रही हैं कि भगवान नहीं है। मैं यह कहना

चाह रही हूँ कि भगवान है या नहीं, उसके बारे में आपका ख़ुद का अनुभव क्या है? जो आपका अनुभव है, वह ही आपका सत्य है। देखिए, वेदांत कहता है कि परमात्मा है। पतंजलि और अन्य योगियों, ऋषिओं ने कहा कि ईश्वर भी है और प्रकृति भी है। महावीर कहते हैं कि ईश्वर नहीं, सिर्फ़ आत्मा है। बुद्ध कहते हैं कि न आत्मा है, न परमात्मा है। इसमें कौन सच और कौन झूठ, यह निर्णय कैसे हो?

आप कहाँ निर्णय लेते हैं! आपके लिए तो जब आपका जन्म हुआ, तभी निर्णय हो गया। मतलब कि आप जैन घर में पैदा हो गए तो बचपन से ही आपकी तालीम हो जाती है और आप 'नमो अरिहंताणं' बोलना सीख जाते हैं। हिंदू घर में पैदा हो गए जहाँ कृष्ण भक्ति चलती है तो 'ओ३म् श्रीकृष्णाय नमः' यही सुनते हैं। कृष्ण की तसवीर देखते हैं, कृष्ण के मंदिर में जाते हैं। छोटे बच्चे का मन तो जो देखता है, उसे ही मानता है। माँ-पिता, दादा-दादी, चाचा-चाची सब 'जय श्रीकृष्ण-जय श्रीकृष्ण' बोलते हैं तो बच्चा भी सीख जाता है और अपनी तोतली ज़ुबान में 'जय श्रीकृष्ण' बोलने लगता है। यह आपने चुना नहीं है। आपको बना बनाया मिल गया है। अगर आप किसी सिख घर में पैदा हो गए और सुबह-शाम, उठते-बैठते 'वाहेगुरु-वाहेगुरु' सुन रहे हैं तो वही संस्कार आपमें आ जाएँगे। अगर पैदा हो गए किसी मुसलिम घर में तो मसजिद, नमाज़, रोज़ा, मक्का, हज यह सब तालीम हो जाएगी।

अच्छा, मैं आपसे एक बात पूछती हूँ कि क्या आपने चुना था कि मैं एक हिंदू घर में पैदा होऊँगा? आज मैं आपसे बहुत सारे प्रश्न पूछूँगी। मैं चाहती हूँ कि जिन प्रश्नों की सूची दे रही हूँ, उस पर आप सोचें। हालाँकि मैं इन प्रश्नों के जवाब दूँगी, लेकिन मैं आपको रेडीमेड जवाब दूँ, इससे पहले मैं चाहती हूँ कि आप ख़ुद उस पर विचार करें। कभी-कभी सोचना भी चाहिए!

आपने शादी की थी, तब कितना सोच-समझकर पसंद किया था? कितनी सारी लड़कियाँ देखी थीं? कितने रिश्ते आए थे और कितने नामंजूर किए थे? इसकी नाक ठीक नहीं, उसका चेहरा बराबर नहीं, वह बोल कैसे

रही थी, उसकी आवाज़ कौए जैसी थी, इसकी आवाज़ अच्छी थी, पर अक़्ल धेले की नहीं। कभी लड़की देखने कहाँ-कहाँ गए थे? आख़िर में माँ-बाप ने कह दिया कि बस, यही सब से ठीक है, अब इसी से शादी करनी पड़ेगी।

लड़का देखना था तो कितने लड़के देखे? कभी पंडितजी, तो कभी रिश्तेदार रिश्ता लाते हैं, शादी के रिश्तों के लिए मेट्रिमोनियल वेबसाइट्स होती है। मेट्रिमोनी टु मेटरनिटी हॉस्पिटल, हर चीज़ में चुनने के लिए विज्ञापन और एजेंसियाँ हैं और बहुत सारे विकल्प हैं। आपने शादी ऐसे ही नहीं कर ली थी। अच्छा, इतनी खोजबीन करने के बाद शादी करते हैं, फिर भी हर एक शादीशुदा पति-पत्नी के जीवन में कम-से-कम दस मौके ऐसे आते हैं, जब वे माथा पीटकर कहते हैं कि किससे शादी हो गई? कुछ लोग इस बात को बोल देते हैं तो कुछ लोग मन की बात मन में ही रखते हैं, क्योंकि डरते हैं कि काम ज़्यादा खराब हो जाएगा और खाना-पीना बंद हो जाएगा। ख़ैर, आपने सोच-समझकर विवाह किया था। अच्छी बात है। शादी सोच-समझकर ही करनी चाहिए।

समान संस्कार, विचार और रुचियाँ हो और फिर शादी हो तो क्या बढ़िया बात है। नहीं तो ऐसा होता है कि लड़की को घूमना पसंद हो और वह सोचती है कि यहाँ जाएँ, वहाँ जाएँ और लड़का अंतर्मुखी तो बड़ी मुश्किल हो जाएगी। हालाँकि सच कहूँ तो आप लोग आचरण, रुचियाँ मिलाते ही नहीं। ज़्यादा-से-ज़्यादा यह देखते हैं कि लड़के की लंबाई पाँच फीट सात इंच है तो लड़की पाँच फीट की होनी चाहिए। हमारे पास चार कमरों का फ्लैट है तो लड़की के बाप के पास भी उतना ही बड़ा फ्लैट होना चाहिए। आप लोगों के मापदंड हैं आर्थिक स्थिति। लड़का या लड़की दिखने में कैसे हैं, शिक्षा और चौथा मापदंड होता है, जाति। कुछ लोग इसके बारे में बहुत ज़िद्दी होते हैं कि वे अपनी ही जाति के लड़के या लड़की से शादी करेंगे। इन चार मापदंड को मिला करके शादी हो जाती है और बुजुर्ग लोग कहते हैं कि बाकी वे आपस में समझ लेंगे। लड़के की या लड़की की क्या-क्या गंदी आदतें हैं, यह बाद में पता चलता है।

मेरा एक सुझाव है कि मिलना तो विचारों का होना चाहिए। मेरे पास कई बार महिलाओं के और पुरुषों के पत्र आते हैं और वे लिखते हैं, "मेरी पत्नी की सत्संग में कोई रुचि नहीं है। अगर मैं सत्संग का नाम भी लूँ तो कहती है कि तुम्हारा दिमाग खराब हो गया है? साधु बनना चाहते हो? तुम्हें क्या दुःख है कि आप सत्संग में जाना चाहते हो?" ऐसे ही कई स्त्रियाँ लिखती हैं, "पति मानता नहीं और आने नहीं देता। मैं तो आने के लिए बहुत तड़प रही हूँ।" जब ऐसा सुनती हूँ तो उनकी स्थिति देखकर बहुत बुरा लगता है। फिर लगता है कि जब शादी की थी, तब एक-दूसरे से नहीं पूछा था कि सत्संग में रुचि है कि नहीं?

अच्छा, मान लें कि लड़के-लड़की को परिवार ने मिलवाया और लड़का अगर कहे कि हम तो गुरुजी की सेवा में रहते हैं। गुरुजी रात को बारह बजे भी बुलाएँ तो चले जाते हैं। अब अगर लड़की की सत्संग में रुचि न भी हो तो आप तो ईमानदारी से बता देते हैं, फिर उसे क्या करना है, वह तय कर सकती है। शादी हो जाने के बाद एक-दूसरे को गालियाँ दें या एक-दूसरे के साथ चैन से रह न सकें, यह तो अच्छी बात नहीं है। लेकिन मैंने देखा है कि ज़्यादातर लोग इन सारी पसंद का मिलान नहीं करते।

जब आप विवाह करते हैं तो सोच-विचार करते हैं तो आप जीवन को जिस धर्म या आस्था के साथ जी रहे हैं, उसके विषय में आपने खोज की है? स्वयं कुछ अनुभव लिये हैं?

यहाँ मैं इन मुद्दों पर इसलिए बात करना चाहती हूँ कि धर्म लोगों के लिए अनौपचारिक (casual) बात है। जैसे, मंदिर गए तो गए, नहीं गए तो नहीं गए। सुबह उठकर मंत्र-जप किया तो किया, नहीं किया तो नहीं किया। आप लोगों के जीवन का ढाँचा इतना खराब बन गया है और ज़्यादातर आपको तालीम भी ऐसी ही मिली है, ऐसे आदर्श मिले हैं कि पूछें ही मत। हमने जो भजन गाया था (सुन मन मेरे साँझ-सवेरे) उसमें थोड़ी बात कही है। 'बालपना सब खेल गँवाया', बचपन में बुद्धि नहीं होती, अक़्ल नहीं होती तो खेल में खुश, खाने में खुश।

अभी थोड़े दिन पहले की ही बात है। मैं एक पार्क में गई थी। पार्क के गेट पर बच्चों की कतार थी। सब बच्चों को लाइन में खड़ा किया था। वे बच्चे इंतज़ार कर रहे थे कि उनके टीचर इजाजत दें तो वे पार्क में जाएँ। मैं भी वहीं थी तो देख रही थी कि बच्चे वहाँ खड़े-खड़े तड़प रहे थे कि कब अंदर जाएँ! जैसे ही अध्यापक ने इज़ाज़त दी तो बच्चे इतनी तेज़ी से भागे कि मुझे लगा कि अंदर ऐसा क्या होगा कि वे अंदर जाने के लिए इतना तड़प रहे हैं? मैंने अंदर जाकर देखा तो वहाँ पर कोई ऐसी विशेष बात नहीं थी। दो-तीन झूले थे, स्लाइड्स थीं। यानी कि ऐसी कोई राइड्स भी नहीं थी, पर फिर भी बच्चे चिल्लाते-दौड़ते हुए गए। अरे भाई! अगर आपको कोई अभी कह दे कि आपको मिलियन डॉलर की लॉटरी लग गई है तो आप लोग भी चिल्ला उठेंगे या नहीं! बच्चों के लिए पार्क में खेलना मिलियन डॉलर की लॉटरी लगने के बराबर है। वे उसमें खुश हो रहे हैं।

बचपन में बुद्धि नहीं होती। छोटा बच्चा गिर जाए और उसे चोट लग जाए तो वह रोता है। तब माँ आकर कहती है, इस मेज़ ने तुझे मारा? मैं अभी उसे थप्पड़ लगाती हूँ। मैं इस मेज़ को सज़ा दूँगी। बच्चा सरलता से यह बात मान लेता है, लेकिन यह बात तार्किक तो नहीं है। अगर आप चलते-चलते गिर जाएँ और आपकी माँ, पत्नी या और कोई आकर कहे कि मैं इस ज़मीन को मारती हूँ, क्योंकि उसकी वजह से आप गिर गए और आपको चोट लगी तो आप उस व्यक्ति से कहेंगे कि क्या तुम्हारा दिमाग खराब हो गया है? लेकिन बच्चे के लिए तो माँ मेज़ को मारती है, यह बहुत आनंददायक होता है। वह हँस पड़ेगा। बच्चा अभी हँस लेगा, अभी रो लेगा। खिलौना मिल जाए तो खुश, खाना न मिले तो चिल्ला-चिल्लाकर रोएगा। बचपन में अक़्ल नहीं होती।

इस बालपन में कोई सोचे कि ये ध्यान, धर्म जैसे गंभीर विषयों पर बच्चा सोचे, समझे तो यह संभव नहीं। कुदरती क्रम में बालपन के बाद आती है किशोरावस्था और उसके बाद युवा अवस्था। जवानी आते ही शरीर में हॉर्मोंस सक्रिय होने लगते हैं और इस वजह से शरीर में रासायनिक

बदलाव आने लगते हैं। लड़की है तो सजना-सँवरना अच्छा लगता है, लड़के अच्छे लगते हैं और अगर लड़का है तो लड़कियाँ अच्छी लगने लगती हैं। डेटिंग शुरू हो जाती है। ऐसा मत सोचें कि यह डेटिंग वग़ैरह सिर्फ़ अमेरिका में ही हो रहा है, यहाँ भारत में भी हो रहा है।

मेरे पास एक आठवीं कक्षा में पढ़ रहा लड़का आया था। उसका पूरा परिवार सत्संग में, सेवा में आता रहता है। मैं ऐसे ही उसके साथ बात कर रही थी।

मैंने उस लड़के से पूछा, "कौन सी कक्षा में पढ़ते हो?"

उसने कहा, "आठवीं में।"

मैंने कहा, "अब तो तुझे लड़कियाँ अच्छी लगती होंगी।"

उसने कहा, "लड़कियाँ बहुत बुरी होती हैं।"

मैंने पूछा, "ऐसा क्यों कह रहे हो?"

उस लड़के ने कहा, "थोड़े दिन किसी लड़की से बात कर लें तो हमें केमिस्ट के पास भेजती हैं और 'आई-पिल' लाने को कहती हैं।"

'आई-पिल' माने गर्भनिरोधक गोली। इस प्रकार की गोलियों के बहुत सारे विज्ञापन आजकल टेलीविज़न पर आते रहते हैं। यह लड़का दिल्ली के स्कूल में आठवीं कक्षा में पढ़ रहा है। उसकी यह बात सुनकर मैं चौंक गई। आठवीं कक्षा में पढ़ते इस लड़के की दोस्ती ज़्यादा-से-ज़्यादा नौवीं कक्षा में पढ़ती हुई लड़की के साथ हो सकती है।

ख़ैर, मैं जो बात कहना चाह रही हूँ, वह यह है कि किशोर अवस्था और युवा अवस्था आते ही शरीर के अंदर और मन में परिवर्तन आते हैं। कोई किसी को सिखाता नहीं है, लेकिन एक उम्र होने के बाद विजातीय व्यक्ति के प्रति आकर्षण होता है। इस उम्र तक पहुँचने के साथ ही लड़कियाँ ज़्यादा साज-शृंगार करने लगती हैं। लड़के व्यायाम करने लगते हैं, अच्छे कपड़े पहनने लगते हैं, मैचिंग करने लग जाते हैं, नखरे करने लग जाते हैं तो लोग कहने लग जाते हैं कि लड़का जवान हो गया। अब थोड़े दिनों में इसकी शादी करनी पड़ेगी।

कुछ समय पहले न्यूजर्सी में एक लड़के के साथ ऐसे ही सहज बात हो रही थी। मैंने उससे पूछा, "तुम्हारी ज़िंदगी का लक्ष्य क्या है?"

अब अगर हम बहुत ज़ोर से गुरुपना दिखाएँ तो वे अपने मन की बात नहीं करेंगे। इसलिए मैं इस तरह से बात करती हूँ कि जान सकूँ कि उसके मन में क्या चल रहा है। जब हम संकोच और क्षोभ का अनुभव करने लगते हैं, तब हम बात को छुपाने की कोशिश करते हैं। तो हमने ऐसे ही बातों-बातों में पूछा, "तुम्हारे जीवन का लक्ष्य क्या है?"

उसने कहा, "अभी तो मैं अपनी शादी के बारे में सोच रहा हूँ, इसलिए पैसा कमाकर उसमें से बचत करता हूँ। अगर शादी करूँगा तो मेरा खर्चा बढ़ेगा। मैं अच्छी नौकरी मिल सके, उसका प्रयास कर रहा हूँ। शादी होगी तो कुछ समय में बच्चे भी होंगे तो मुझे बड़ा घर लेना होगा।" आनेवाले बीस सालों की पूरी योजना उसने मुझे सुना दी।

मैंने कहा, "वाह-भई-वाह! मैं तेरी उम्र की थी तो मेरे दिमाग में दूर-दूर तक कोई ऐसी बात नहीं आ रही थी।" और यह कितना स्पष्ट है कि आज से बीस साल के बाद की बात भी इसने सोच के रखी है! उसके बच्चे कौन से स्कूल में पढ़ेंगे, यह भी उसने तय करके रखा है। उस लड़के ने मैनेजमेंट की पढ़ाई की है तो उसने पूरी ज़िंदगी की प्लानिंग करके रखी है। अच्छी बात है।

युवा अवस्था में सब ऐसे ही चलता है। आप नहीं सोचेंगे तो आपके माँ-बाप आपको सोचने पर मजबूर करेंगे कि भाई! सोच अपने जीवन के बारे में; सेटल होना है, शादी किसके साथ करनी है, यह सोच। अब सिलसिला शुरू हो जाता है। नौकरी मिल गई, शादी हो गई, सबकुछ हो गया तो कहेंगे अब रिटायरमेंट के बारे में सोचो। बुढ़ापे के बारे में सोचो और बचत करो। ये सारे लक्ष्य पूरे करने के लिए आप काम करते रहते हैं, करते रहते हैं और अपने शरीर की ठीक से देखभाल नहीं करते हैं। उम्र बढ़ जाती है और शरीर में बहुत सारे रोग आ जाते हैं, फिर समझ में नहीं आता कि उन्हें मैनेज कैसे करें?

मुझे एक बात याद आ रही है कि तीन बुजुर्ग पार्क में सैर कर रहे थे। एक की उम्र 75 की, दूसरे की 65 और तीसरा 50 का था। तीनों की दोस्ती थी। तीनों पार्क में सैर करने आया करते थे और एक चौथा आदमी, जो जवान था, जिसकी नई-नई शादी हुई थी और अभी 27-28 साल का था, उसकी भी इनके साथ दोस्ती हो गई थी। ये सब बातचीत कर रहे थे। 75 साल के बूढ़े ने कहा, "आज सुबह उठा और डायबीटीज चेक किया तो एकदम नॉर्मल था। मैं बहुत खुश हूँ।" इसे सुनकर उस जवान आदमी ने कहा, "इसे खुशी थोड़े ही कहते हैं? खुश तो मैं हूँ, क्योंकि आप सब को तो पता ही है कि अभी कुछ दिनों पहले ही मेरी शादी हुई है और हम अभी-अभी हनीमून से लौटे हैं, पर हमारा हनीमून तो अभी चालू ही है। इसे कहते हैं खुशी!" 50 साल के आदमी ने कहा, "अरे, खुशी तो मुझे हो रही है। मैंने कल एक मिलियन डॉलर से भी ज़्यादा की कमाई की और मेरे शेयर के भाव भी बढ़ रहे हैं।" तीसरा, जो 65 साल का था, उसने कहा, "तुम्हारी खुशी की बात छोड़ो। मुझे जो खुशी हुई है, वह तो अलग ही है। चार दिन बाद पेट साफ़ हुआ है और मुझे जो चैन मिला है, जो आनंद आज मुझे हुआ है, उसे आप क्या जानो!"

बूढ़ा हो जाएगा तो दवाइयों के बारे में बात करेगा, शरीर में शक्ति कम हो गई है, उसे कैसे बढ़ाना है, उसकी बात करेगा। जो बीमारियाँ हो चुकी हैं, उन्हें दूर कैसे करना है, उसकी बात करेगा, क्या खाना चाहिए, क्या नहीं खाना चाहिए, उसकी बात करेगा और एक दिन किस्सा ख़त्म। आपके बच्चे कहेंगे, पिताजी सो रहे थे और नींद में ही मर गए या फिर पिताजी गुसलख़ाने में गए थे, वहाँ गिर गए या कुर्सी पर बैठे थे और बैठे-बैठे ही चल बसे। ऐसी कहानियाँ सुनने को मिलती हैं।

बचपन से लेकर ज़िंदगी के आख़िरी दिन तक आप हर चीज़ को बहुत गंभीरता से सोचते हैं, विचार करते हैं, लेकिन एक क्षेत्र, जो छूट जाता है, वह यह कि 'आप कौन हैं और ईश्वर के साथ आपका संबंध क्या है?'

अगर ईश्वर है, तो क्या मैं जानता हूँ कि ईश्वर कौन है? लेकिन जैसे

ही ईश्वर की बात आती है, आप अनुमान करने लग जाते हैं। ज़िंदगी अनुमानों के आधार पर नहीं चलती है। ज़िंदगी ठोस अनुभव माँगती है और जो वास्तविक अनुभव होते हैं, वे ही आपको संतोष और तृप्ति की अनुभूति देते हैं। आपको अगर प्यास लगी हो तो असली पानी चाहिए। पानी के विज्ञापन में दी गई तसवीर से काम नहीं चलेगा! अगर आपको कोई एलर्जी हुई हो, छींक आ रही हो, आँखों में से पानी निकल रहा हो और उस वक़्त आपको कोई दवाई की फोटो या दवाई का खाली डिब्बा दे तो उससे तो एलर्जी ठीक नहीं हो जाएगी। आपके भोजन में मिर्ची आ जाए और जीभ जल रही हो तो उस वक़्त आप किसी से कहेंगे कि जल्दी से कुछ मीठा दे दो। ऐसे समय पर वह व्यक्ति आपको मिठाई की फोटो दे तो इतने से तो आपके मुँह की जलन ठीक नहीं हो जाएगी!

जब शरीर पर कुछ कष्ट आता है, कोई तक़लीफ़ आती है तो उस समय हम अनुमान नहीं लगा रहे होते हैं। उस समय तसवीरों के साथ गुज़ारा नहीं कर रहे होते हैं, तब हम उस असल चीज़ को कैसे प्राप्त करना है, उस विषय में सोचते हैं। सिर्फ़ सोचते ही नहीं, कर लेते हैं। लेकिन धर्म की बात में अनुमान, आत्मा के बारे में अनुमान, परमात्मा की बात आते ही अनुमान करते हैं।

ज़रा सोचें, आज आप हिंदू परिवार में जन्मे हैं तो आपको हिंदू संस्कार मिले हैं, लेकिन अगर आप एक ईसाई परिवार में पैदा हुए होते तो क्या आपको हिंदू संस्कार मिल जाते? क्या यह चुनाव आपका था? बाकी सब चुनाव आप करते हैं, लेकिन यह चुनाव आपने नहीं किया। मेरी यह बात ध्यान से समझिएगा। मैं कहना चाहती हूँ कि दुनिया में 300 से भी ज़्यादा धर्म चल रहे हैं। कभी आस-पास भी नज़र डाल लेनी चाहिए कि बाकी धर्म क्या हैं? वे लोग क्या सोचते हैं? उनका क्या मानना है? उनकी साधना किस प्रकार की है? लेकिन इतना वक़्त किसके पास है? ये सब बातें तो व्यर्थ लगती हैं। लगता है कि किसी को भी मान लें, क्या फ़र्क़ पड़ता है? कुछ लोगों ने तो इससे भी आसान रास्ता ढूँढ लिया है। वे कहते हैं बस, नैतिक

मूल्यों पर आधारित जीवन जियो। जीवन में अच्छे मूल्य रखो। भगवान है या नहीं, मैं आत्मा हूँ या नहीं, ऐसे अजीब प्रश्नों के उत्तर कौन ढूँढता बैठे! वे कहते हैं कि हम हमारे मूल्यों के आधार पर जीवन को जीते हैं। अच्छे बनो और अच्छे कर्म करो, यही उनके जीवन का मंत्र है।

बहुत लोग इस प्रकार अपने जीवन को जीते हैं। मैं यह समझती हूँ कि हर आदमी को वह जैसे जीवन को जीना चाहता है, वैसे जीने का अधिकार है। जिस तरह सोचना चाहता है, वैसी सोच के साथ जीवन को जिए; लेकिन आप अपनी सोच को इतना सीमित तो मत कीजिए कि और कुछ समझने के लिए भी तैयार न हो। अजब बात तो यह है कि जिस चीज़ के साथ आपके जीवन का उद्धार हो सकता है, आप उन्हीं चीज़ों के बारे में कुछ नहीं सोचते।

'मैं देह हूँ' ऐसा आप मान चुके हैं। यही अज्ञान, भ्रम और अविद्या का परदा पड़ा है। मैं देह हूँ, ऐसा मानकर आप देह के साथ जी रहे हैं और यह शरीर की जो ज़रूरतें हैं, उसे पूरा करने में दिन-रात, रात-दिन खपते रहते हैं। मैंने यह बात पहले भी बहुत बार कही है और इसे फिर से कहने के लिए कोई मुझे दंड नहीं देने वाला, सो मैं फिर से कह रही हूँ। आप जब सुबह का नाश्ता खा रहे होते हैं तो दोपहर को क्या खाएँगे, उसका विचार तभी से शुरू कर देते हैं। शाम को क्या खाना है, उसके बारे में भी सोचने लगते हैं। रात का भोजन करते-करते अगले दिन क्या खाएँगे और कहाँ जाएँगे, उसके विषय में आपकी सोच चलती रहती है।

आपने कभी गिनती की है कि आपके जीवन के कितने घंटे इस बात का आयोजन करने में चले जाते हैं कि आप क्या खाएँगे और फिर उस खाने को बनाने में या फिर उसे बाहर से ऑर्डर करने में और उसका इंतज़ार करने में फिर उसे खाने में कितना समय जाता है? क्या कभी आपने इसका हिसाब लगाया है? आपका ज़्यादातर समय इसी में जाता है। बाकी का समय कमाने में जाता है। सात या आठ घंटे की नौकरी होती है, यानी नौकरी-धंधा या व्यवसाय में आपके चौबीस घंटे में से एक बड़ा हिस्सा उसी में जाता है। लगभग चार घंटे का समय ऑफिस या दुकान तक आने-जाने में लग जाता

है। यह सब आप इसलिए करते हैं, क्योंकि आप पैसे कमा सकें, जिससे आप भोजन का प्रबंध कर सकें। सोचो कि कितना समय जा रहा है? और फिर सात-आठ घंटे सोने में जाते हैं।

हम एक हिसाब लगाते हैं। औसत सात से आठ घंटे सोने में जाते हैं। इस सात घंटे को 365 से गुना करेंगे तो होगा 2555। अगर आपकी उम्र 50 साल है तो इस संख्या को 50 से गुना करें। यह जो आँकड़ा आपके सामने आएगा उससे आपको समझ में आएगा कि जीवन का एक चतुर्थांश हिस्सा तो सोने में ही निकल जाता है। उसमें भी शुरू में, यानी कि 3-4 साल की आयु तक तो बच्चा 18 से 20 घंटे सोता है। जैसे बड़ा होता जाता है तो नींद कम होती जाती है। बुढ़ापे में ज़्यादा नींद की ज़रूरत नहीं रहती और ज़्यादा नींद आती भी नहीं है। फिर भी औसतन देखें तो जीवन का लगभग 35 प्रतिशत हिस्सा हम सोने में निकाल देते हैं। एक चतुर्थांश हिस्सा खाने-पीने, नहाने वग़ैरह में चला जाता है।

देखिए, मंदिर तो आप कभी-कभी जाते हैं। शनिवार-रविवार या फिर किसी त्योहार पर, कुछ लोग जन्मदिन पर ज़रूर जाते हैं, कोई शादी की वर्षगाँठ पर भी जाता है। आपके जो भी कोई भगवान हैं, उनके साथ आपकी मुलाकात बहुत कम होती है।

भगवान को भूल जाएँ और वे जहाँ हैं, उन्हें शांति से रहने दो। अभी हम उस वाहन के बारे में बात करते हैं, जिसके द्वारा आप जीवन को जी रहे हैं और जब तक ज़िंदा रहेंगे, वह आपके साथ रहनेवाला है। चलो, जिस शरीर के साथ आप जी रहे हैं, उस शरीर की बात करते हैं। इस मानव शरीर द्वारा आपको जो एक मौका मिला है, उस शरीर की आप कितनी देखभाल करते हैं?

मेरा पहला प्रश्न है कि क्या आप सूर्योदय के पूर्व उठ जाते हैं? अगर यहाँ सूर्य उदय हो रहा हो और वहाँ आप जग रहे हों तो आप ख़ुद को दस में से दस अंक दे दें। जो जल्दी नहीं जागते, उनसे मैं कहना चाहती हूँ कि आपको सचमुच इस विषय में सोचना चाहिए, क्योंकि अगर आप सूर्योदय के

साथ नहीं जागते हों तो आपके शरीर की पूरी प्रणाली ख़तरे में आ सकती है। आपके शरीर को प्रकृति ने इस तरह डिज़ाइन किया है कि जब प्रकृति में ऊर्जा का उदय हो रहा हो, उस समय अगर आप जागते हैं तो आपके शरीर में ठीक ऐसी ही प्रक्रिया होती है और आपको ऊर्जा की एक अतिरिक्त खुराक प्राप्त होती है। ऋषियों ने कहा है कि सुबह सूर्योदय होने के आधे घंटे पूर्व जागकर देखो। जो लोग ऐसा नहीं करते, वे इसको ध्यान से पढ़ें। यह बात आप भी जान लें, समझ लें और अपने बच्चों को भी समझाएँ।

जब आप सूर्योदय के पहले जाग जाते हैं और स्नान करने के बाद उत्तर या पूर्व की तरफ़ मुख रखकर बैठते हैं या खड़े होकर गायत्री मंत्र का जप करते हैं तो आपकी रोगप्रतिकारक शक्ति बढ़ती है। आपको शायद लगता होगा कि जब हम गायत्री मंत्र जप करते हैं तो गायत्री देवी आकर हमारे शरीर में कुछ चमत्कार करती होंगी, जिसकी वजह से हमारी रोग प्रतिकारक शक्ति बढ़ जाती होगी। नहीं भाई नहीं, मंत्र करने से कोई देवी न तो दर्शन देनेवाली है, न ही आकर आपकी रोगप्रतिकारक शक्ति बढ़ा देने वाली है। गायत्री मंत्र मतलब कुछ विशेष शब्दों का समूह। जब आप इसका सही ढंग से उच्चारण करते हैं तो आप ऐसी ध्वनितरंगों का सृजन करते हैं, जिनका असर सीधे आपके मस्तिष्क की कार्यप्रणाली पर होता है।

शब्द क्या है? ध्वनि क्या है? एक तरंग है। हमारा मस्तिष्क, जो हमारे शरीर का कंप्यूटर है, जहाँ से पूरे शरीर का संचालन होता है, उस पर मंत्र का सीधा प्रभाव आता है। हालाँकि कुछ लोगों का मानना है कि जब कोई इष्ट का मंत्र जप करते हैं तो वह हम पर खुश होते हैं और हमें आशीर्वाद देते हैं। बच्चों को सिखाने के लिए यह बात ठीक है, पर आप छोटे बच्चे नहीं हैं! ऐसी काल्पनिक बातों पर भरोसा करेंगे तो बहुत गड़बड़ हो जाएगी। आप जब मंत्र जप करते हैं तो आप ऐसी ध्वनि-तरंगों का सृजन करते हैं, जिनसे आपका मस्तिष्क और अंतर्स्रावीय ग्रंथियों पर सकारात्मक असर आता है। जिसकी वजह से आपका शरीर सुचारू रूप से चलता है।

मैं इसमें एक उदाहरण देना चाहती हूँ। अगर किसी को पथरी हो जाए

तो आजकल लेज़र के द्वारा सर्जरी होती है। डॉक्टर पथरी निकालने के लिए पेट की चीर-फाड़ नहीं करते। वे लेज़र का उपयोग करते हैं। लेज़र में पत्थर को चूर-चूर करने की शक्ति है। यह लेज़र क्या है? प्रकाश की तरंगें। उनकी शक्ति से पथरी दूर की जा सकती है। आजकल चिकित्सा क्षेत्र में ध्वनि, प्रकाश, इन्फ्रा लाइट्स इत्यादि का उपयोग हो रहा है, जिसकी वजह से लोगों की रोगमुक्ति हो रही है, उन्हें स्वास्थ्य मिल रहा है। कुछ ऐसा ही काम मंत्र की तरंगें भी करती हैं।

उदाहरण के तौर पर 'प्रणव' या 'ओ३म्'। यह एक ऐसा शब्द है जिसका हिंदू से कोई लेना-देना नहीं है। इस पर सिर्फ़ अकेले हिंदुओं का ही अधिकार नहीं है। 'ओ३म्' तो एक अद्‌भुत प्रभावशाली ध्वनि-तरंग है, जिसके उच्चारण से सीधे आप अपनी पीयूष ग्रंथि प्रभावित करते हैं। 'ओ३म्' का उच्चारण करने का जो ढंग है, उसकी चर्चा मैंने पहले भी की है। वैसे 'ओ३म्' शब्द आपने जीवन में बहुत बार बोला होगा। आप सब धार्मिक वृत्ति के अच्छे लोग हैं और ऐसा नहीं है कि इस शब्द को आप जीवन में पहली बार सुन रहे हैं, लेकिन जिस प्रक्रिया से इसे करना चाहिए, अगर उसे उस तरीके से नहीं करते हैं तो आपको उसका पूरा लाभ नहीं मिलता।

सबसे पहली बात कि आप रीढ़ की हड्डी सीधी करके बैठिए। आपका शरीर सही आसन में होना चाहिए और श्वास गहरी होनी चाहिए। कुर्सी पर नहीं, पर जब आप ज़मीन पर बैठते हैं, तब आपका शरीर एक पिरामिड आकार में होता है। शरीर आसन में यानी कि अर्ध पद्‌मासन, पद्‌मासन या सिद्धासन में होना चाहिए। जो योग के जानकार हैं, जिन्होंने अपना शरीर लचीला रखा है और जिन्हें इसकी समझ है, उनके लिए तो यह बहुत आसान है, लेकिन जिन्हें इसकी समझ नहीं, वे सुखासन लगाकर बैठ सकते हैं। हालाँकि आप लोगों में से कुछ लोगों के अंग तो इतने कड़े (stiff) हो गए हैं कि पाँच मिनट भी नीचे ज़मीन पर नहीं बैठ पाते हैं। अब यह एक समस्या है। अगर ऐसा है तो मेरा सुझाव है कि आपको अपने शरीर पर काम करना चाहिए। हमारा शरीर रोज़ दस मील चलने के लिए बना है। आप कितने

मील चलते हैं? कमरे से बाहर निकले और चलकर कार तक गए, कार से लिफ्ट, लिफ्ट से कुर्सी और घर वापस आए तो कार से उतरकर घर के सोफे तक। अगर आप रोज़ दस मील नहीं चलते तो शरीर निश्चय ही बीमार होगा। अगर हम इसका ठीक तरह से ध्यान रखते हैं, तभी उसकी क्षमता, उपयोगिता का लाभ ले पाएँगे। उसके लिए आहार भी ठीक हो, व्यायाम, सैर करना और योगासन सबकुछ साथ-साथ चलना चाहिए। अगर आप योगासन नहीं कर रहे हैं तो आपको प्रमाण-पत्र मिलना चाहिए कि आप अपने शरीर को क्या बढ़िया तरीके से बिगाड़ रहे हैं!

अरे भाई! डॉक्टर और महँगी दवाइयों के बग़ैर जीना सीखें। मैं आपको यह सिखा सकती हूँ, लेकिन बाद में आपको इसे करना होगा और आप दवाइयों के बिना जी सकेंगे। लोग कहते हैं कि नशीली दवाइयाँ खराब होती हैं। क्या कोई ड्रग अच्छी भी होती है? कोकेन खराब है तो क्या एलर्जी के लिए जो गोली लेते हैं, वह अच्छी होती है? यह सच है कि हशीश खराब होती है, पर माइग्रेन के लिए आप जो ड्रग लेते हैं, वह अच्छी होती है? ड्रग-तो-ड्रग होती है। ज़हर में अच्छा ज़हर और बुरा ज़हर, ऐसा नहीं होता है, ज़हर-तो-ज़हर होता है। इसीलिए तो दवाइयों पर चेतावनी लिखी होती है कि डॉक्टर की सलाह के बग़ैर मत लें।

कुछ समय पहले अमेरिका में मैं टेलीविज़न पर समाचार देख रही थी, उस वक़्त एक वकील का विज्ञापन बार-बार आ रहा था, जिसमें एक दवाई का नाम आ रहा था और कहा जा रहा था कि इस दवाई को अगर आपने कभी खाया होगा तो हो सकता है, आपको मधुमेह की बीमारी हुई होगी। आपने यह दवाई खाई हो और अगर आपको मधुमेह की बीमारी न भी हुई हो, फिर भी आप मुझे यानी कि उस वकील को फोन करें, क्योंकि हम यह दवाई बनानेवाली कंपनी पर मुकद्मा करनेवाले हैं। जिस कंपनी पर केस किया जानेवाला था, वह अगर हार जाती है तो उसे मुआवज़ा देना पड़ेगा और आपको भी इसमें से हिस्सा मिलेगा, ऐसा वह विज्ञापन बता रहा था। क्या मज़ेदार बात है! शरीर से भी ज़्यादा आपके लिए पैसा महत्त्व रखता है।

सुबह जल्दी उठकर 'ओ३म्' का उच्चारण कीजिए। रीढ़ की हड्डी सीधी करके आसन में बैठिए। श्वास गहरा भरकर 'ओ३म्' का उच्चारण करें। आप ख़ुद इसका प्रयोग करके देखिए। आपकी समझ में आ जाएगा कि यह कितना लाभदायक है और मंत्र की शक्ति क्या है। आपकी ख़ुद की समझ में आएगा कि यह उच्चारण आपको कितना मज़बूत बनाता है। आपके शारीरिक और मानसिक स्वास्थ्य में सुधार होता है। इसका और गहन प्रभाव महसूस करना हो तो उसके लिए अपने हाथ के अँगूठे से अपने कान बंद करें और 'ओ३म्' का उच्चारण करें। अँगूठे को इतने ज़ोर से भी कानों में मत दबाएँ कि खून निकल आए। कोमलता से, सहजता से अँगूठे से कान बंद करें, जिससे बाहर की आवाज़ कान में प्रवेश न कर सके। इस तरह कान बंद करने के बाद हाथ की पहली और दूसरी उँगली आँख पर धीरे से रखें। यहाँ पर भी ज़्यादा दबाव मत दें। तीसरी और चौथी उँगली गाल पर रहेगी। अब गहरी श्वास भरें और 'ओ३म्' का गुंजन करें। 'ओ३म्' बोलना नहीं है, भँवरा जिस तरह से गुंजन करता है, उस तरह गुंजन करना है। थोड़ी देर में अगर हाथ दुःखने लग जाए तो हाथ को हटाकर घुटने पर रखें, लेकिन याद रहे कि गुंजन करते रहें।

इस तरह हर रोज़ सिर्फ़ 15 मिनट 'ओ३म्' का गुंजन करें। कुछ लोगों को 15 मिनट भी ज़्यादा लगते हैं। हमारे ऋषि-मुनियों ने तो कहा कि आपके समय का दसवाँ हिस्सा, यानी कि 24 घंटे में से 2 घंटे 40 मिनट इन प्रक्रियाओं को करने के लिए देने चाहिए। मैं बहुत उदार हो रही हूँ और इसे करने का ढंग सिखा रही हूँ।

इसमें दो-तीन बातें खयाल में रखनी हैं, जिससे आपका 'ओ३म्' का गुंजन ज़्यादा गहन होता। यह करते समय दाँतों को भींचना नहीं है। जबड़ा बंद रखिए, पर ढीला रखिए। जब आप इस तरीके से 'ओ३म्' का गुंजन करेंगे तो इससे जो कंपन पैदा होगा, वह आपके जबड़े तक फैलेगा। आपके मुँह में जबड़े का जो हिस्सा है, वहाँ पर नसें हैं, जहाँ से हमारी सुनने की, सूँघने की और चखने की शक्ति आती है। इस हिस्से में महीन नसों का एक

जाल है, जो पीछे रीढ़ से जुड़ा हुआ है। जब आप 'ओ३म्' का गुंजन करते हैं, तब एक तरह से आप इस पूरे भाग को ऊर्जावान करते हैं। इस तरह से आप जब गुंजन करते हैं तो आपका ध्यान विशेष रूप से माथे पर, आँख, गाल, कान, सिर पर रहे। माथे पर इस तरह ध्यान दें जैसे, एक अँधेरे कमरे में टार्च जला करके घर के एक हिस्से में ही ज़्यादा रोशनी होती है, उसी तरह अपनी चेतना पर ध्यान माथे पर, तालू पर, मस्तिष्क, आँखें, कान, गाल, मतलब चेहरे के पूरे भाग पर और सबसे ज़्यादा ध्यान तालू पर टिकाकर रखें। इस तरह 'ओ३म्' का गुंजन करेंगे तो आपको इतना चमत्कारिक अनुभव होगा कि 15 मिनट कहाँ चले गए, उसका पता ही नहीं लगेगा।

सबसे शुभ समाचार यह है कि अगर आप रोज़ प्रातःकाल में इस तरह गुंजन करेंगे तो उसका गहन प्रभाव आपके तंत्रिका तंत्र (न्यूरोलोजिकल सिस्टम) पर आता है और इससे आपका रक्तचाप सामान्य हो जाता है। अब इसे मैं अतिरिक्त लाभ कहती हूँ। जैसे, खाने के साथ सलाद जैसे कुछ अतिरक्ति व्यंजन भी दिए जाते हैं, पर आप खाना अतिरिक्त व्यंजनों के लिए नहीं खाते हैं।

'प्रणव' का उच्चारण अगर आपके बच्चे करने लग जाएँ, तो उनका मन स्थिर होगा, उनकी एकाग्रता का स्तर बढ़ेगा। जिन्हें रात नींद जल्दी नहीं आती, कुछ लोगों को परेशानी होती है, क्योंकि मन में बहुत सारे विचार चलते रहते हैं और जिस समय चुपचाप लेटकर आराम करना होता है, तब उनका दिमाग आयोजन करता रहता है या फिर दिन में किसने क्या किया और क्या कहा, उन बातों की स्मृति चलती रहती है। जब आप सोने जाएँ, तब बत्ती बंद करके अपने बिस्तर पर बैठकर 'ओ३म्' का गुंजन करें तो बहुत गहरी, मीठी नींद आएगी। किसी भी प्रकार की दवाई की ज़रूरत नहीं रहेगी। अगर हमें मेडिटेशन आता हो तो हमें मेडिकेशन की ज़रूरत क्यों होगी? मैं आपको बिना मेडिकेशन के, यानी कि दवाई के बग़ैर मेडिटेशन मतलब ध्यान के साथ जीना सिखाती हूँ।

आपका मन जितना शांत होगा, उतना आपका शरीर अच्छी तरह से

कार्य करेगा और आप अपनी ज़िंदगी का मज़ा उठा पाएँगे। यह जीवन बहुत कीमती है तो हमें उसका सदुपयोग करना चाहिए। इस ज्ञान के साथ आपके जीवन में आनंद की किरणें बरसने वाली हैं, उन्हें देख-देखकर मैं खुश हो रही हूँ। मैं मानती हूँ कि प्रभु की देन है कि हमें यह जीवन मिला है और इसे हम आनंदपूर्वक बिताएँ। इस जीवन को चिंता, रोग, दुःख में क्यों बिताना? आप अपने दस काम छोड़कर इसे सुन या पढ़ रहे हैं तो मैं मानती हूँ कि आप पर ईश्वर की बहुत कृपा बरस रही है। इसलिए मैं आप सबके लिए प्रार्थना करती हूँ कि आपने जो शब्द सुने या पढ़े उनका आपके मन पर, चेतना पर प्रभाव हो और आपके जीवन में एक शुभ और मंगलमयी शुरुआत हो। सबके मन को विश्राम प्राप्त हो, यही प्रार्थना है।

□

रमन्ति इति रामः

‘रखिए लाज हमारी।
तेरे पथ का मैं बन गया राही,
लेकर आस तुम्हारी।

तेरी कृपा से सब दुःख नासे,
आए विघ्न जो भारी,
निज जन की तू शरण भरोसा,
मात-पिता हितकारी।

दासन की प्रभु बिनती यही है,
दीजो न नाथ बिसारी,
सकल साधन है तोहे मिलन को,
होये सब मंगलकारी।

मन में है राम-राम,
तन में है राम-राम,
रोम-रोम में राम ही राम,
जय जय राम-राम।’

मनुष्य के मन का मूल परमात्मा है। अब अगर आपकी धार्मिक शिक्षा

में परमात्मा शब्द न आया हो तो संभव है कि आपको इस कथन की गहराई का एहसास नहीं होगा, लेकिन सत्य यही है। राम का एक अर्थ तो वह है, जो आप जानते हैं कि श्रीराम जो दशरथ के पुत्र, सीता के पति, लक्ष्मण के भाई, लव-कुश के पिता, गुरु वसिष्ठ जिनके गुरु थे, आदि। यह सूची लंबी है और आप यह सब जानते हैं। इसके बारे में आपने पढ़ा-सुना है और टेलीविज़न धारावाहिक में देखा भी है। लेकिन यह राम का सही स्वरूप नहीं है। राम कौन हैं?

संस्कृत श्लोक कहता है—रमन्ति इति रामः। जो सब में रमण कर रहा है, वही राम है। जो सब में मौजूद है, वही राम है। ये राम, दशरथ के पुत्र से पहले भी थे और उनके चले जाने के बाद भी हैं। दशरथ के पुत्र राम एक बहुत अद्‌भुत व्यक्तित्व, अति सुंदर, अति बुद्धिमान, विवेकशील पूर्ण पुरुष थे। आप शायद नहीं जानते होंगे, लेकिन श्रीराम के चरित्र की जो गाथा तुलसीदास ने लिखी, वह ज़्यादा नहीं, अभी चार सौ साल पुरानी बात है। जो मूल रामायण है, वह ऋषि वाल्मिकीजी की लिखी हुई है और ऐसा माना जाता है कि वह कम-से-कम पंद्रह हज़ार वर्ष पूर्व लिखी गई है। राम का जन्मकाल आठ हज़ार साल पहले का माना गया है, लेकिन राम की जो कथा है, उसे लिखनेवाले ऋषि तो राम के जन्म के पूर्व हुए, उतना ही नहीं जब रामजी इस लीला को जिए तो उस वक़्त भी वे ऋषि वहाँ मौजूद थे।

इसमें हैरानी की कोई बात नहीं, क्योंकि जिसने योगविद्या को समझा है, उनके लिए मृत्यु कुछ नहीं होती। जैसे, आप अपने क़ागज, प्लास्टिक की बोतलों को दुबारा उपयोग करते हैं, वे उसी प्रकार अपना शरीर रिसाइकल कर लेते हैं। आप शायद इस बात को न मानें, लेकिन यह सत्य है। जब तक राइट ब्रदर्स ने हवाई ज़हाज उड़ाया नहीं था, कोई मानने को तैयार नहीं था कि मनुष्य भी पक्षी की तरह आकाश में उड़ सकता है, लेकिन उन्होंने प्रयास किया। हालाँकि राइट ब्रदर्स के पहले भी ग्रीक, इथोपिया, रोम में कई लोगों ने ऐसे प्रयोग किए थे। मोम के पंख बनाकर लगाते थे और पहाड़ों से कूद जाते थे। 'हम भी उड़ेंगे' के चक्कर में कई लोग मर भी गए। लेकिन दो

भाइयों द्वारा किया गया यह प्रयोग सफल हो गया और आज देखिए हम सब आसानी से हवाई ज़हाज में सफ़र करते हैं। रिचर्ड ब्रांडस ने तो ऐसी फ्लाइट शुरू की है, जो आपको सीधे अंतरिक्ष में ले जाती है और आप चंद्र को बहुत क़रीब से देख पाते हैं। उसकी टिकट है सिर्फ़ एक सौ हज़ार डॉलर! अगर कोई मुझे इसकी टिकट देता है तो मैं ज़रूर जाऊँगी।

कौन मानने के लिए तैयार हुआ होगा कि मनुष्य भी पक्षी की तरह उड़ सकता है! इस बात को कौन मानता था कि मनुष्य चाँद और मंगल तक पहुँचेगा, शुक्र को समझ लेगा! इस समय पर बहुत ज़बरदस्त, शक्तिशाली टेलीस्कॉप, सैटेलाइट के द्वारा सूर्य के रोज़-रोज़ फोटो लिये जा रहे हैं। सूर्य की सतह पर क्या हो रहा है, उसे समझने की कोशिश हो रही है। सौ साल पहले क्या कोई जानता था या किसी ने ऐसा अनुमान किया होगा कि ऐसा सब भी संभव होगा? लेकिन यह सब हो रहा है। इसलिए ऐसा न कहें कि जो चीज़ आपके देखने में नहीं आ रही या समझ में नहीं आ रही, वह होती नहीं है।

मैंने कल भी व्यंग्य किया था कि आप सब लोग झूठ में ख़ुद को हिंदू बोलते हैं, गप्प मारते हैं कि जैन हूँ, गप्प मारते हैं जब कहते हैं मैं सिख हूँ; क्योंकि आपको आपके धर्मग्रंथ का कुछ पता नहीं। मैं अमुक धर्म का हूँ, यह सिर्फ़ राजकीय-सामाजिक विधान है। आपको आपके धर्म के बारे में एक चीज़ भी पता नहीं, पर आप अपने धर्म के बारे में बड़ी-बड़ी बातें करते हैं। लोग धर्म के नाम पर लड़ाइयाँ करते हैं, हत्या करते हैं, यह जाने बग़ैर कि धर्म क्या है?

मैं अपनी बात पर वापस आती हूँ। ऋषि वाल्मीकिजी का जीवनकाल बहुत लंबा चला। वाल्मीकिजी ने राम के चरित्र के विषय में लिखा है और फिर जब राम का जन्म हुआ तो राम के जीवन को भी उन्होंने लिखा है। राम के जीवनकाल के बारे में जिस ग्रंथ में हमें राम के मन, स्वभाव, बुद्धि और चरित्र के बारे में ज्ञान होता है। उस ग्रंथ को 'योग वासिष्ठ' या 'महारामायण' भी कहते हैं।

'योग वासिष्ठ' में श्रीराम एक साधारण मनुष्य की तरह एक राजा के

बेटे हैं। वे प्रवास करते हैं, पढ़ते हैं और गुरुकुल से वापस आने के बाद अपने भाइयों के साथ खेलते हैं, खाते हैं, घूमते हैं और नृत्य करते हैं, संगीत सीखते हैं। एक दिन वे अपने पिता दशरथ से कहते हैं कि हम थोड़े दिन तीर्थ यात्रा करना चाहते हैं तो आप हमें अनुमति दीजिए। राम सुंदर थे, युवा थे और सबसे ज़्यादा स्वरूपवान पुरुष थे। कहते हैं कि जब वे विश्वामित्रजी के साथ जनकपुर गए थे और वहाँ पता चला कि सीता का स्वयंवर है तो विश्वामित्रजी ने कहा कि 'चलो, हम भी चलेंगे। राजा ने हमें भी आमंत्रित किया है तो हम भी चलेंगे।' कहते हैं कि राम जब ऋषि के साथ चलते-चलते राजमहल की ओर गए तो रास्ते में जिन कन्याओं ने, लड़कियों ने उन्हें देखा, वे उनकी दीवानी हो गईं। वे उतने सुंदर थे!

कोई सुंदर हो, युवा हो तो मन में कितनी तमन्नाएँ होती हैं। कितनी सारी इच्छाएँ होती हैं। लगता है यह देख लूँ, वह खा लूँ। अपने शरीर से बड़ा प्यार होता है। शरीर को चुस्त रखने के लिए दिन में अगर दो बार दौड़ने जाना पड़े, तो भी चले जाएँ। एरोबिक्स, स्कीपिंग, बॉक्सिंग इत्यादि करते रहते हैं। चर्बीयुक्त भोजन नहीं करेंगे, मीठा नहीं खाएँगे, क्योंकि शरीर को चुस्त रखना है।

एक लड़की से मैंने पूछा कि पहले ही इतनी पतली हो तो फिर इतनी मेहनत क्यों करती हो? उसने जवाब दिया कि अगर मोटी रही तो पार्टी में जाऊँगी, तब बैकलेस चोली कैसे पहन पाऊँगी? मुझे अपने शरीर का प्रदर्शन करना है, इसलिए पतले रहने के लिए इतनी कोशिश करती हूँ, मेरे पेट पर टायर जैसी चर्बी हो तो उससे तो बेहतर है कि मैं मर ही जाऊँ। पतले रहने के लिए लोग गोलियाँ लेते हैं, जो ख़तरनाक होती हैं। एक जमाने में अमेरिका के खाद्य एवं औषधि प्रशासन विभाग ने इन दवाइयों को मान्यता दी थी, पर अब वही प्रशासन विभाग कह रहा है कि ये दवाइयाँ सेहत के लिए अच्छी नहीं हैं। मेहरबानी करके ऐसी गोलियाँ मत खाना, क्योंकि उसके दुष्प्रभाव बहुत भयानक हैं। इन दवाइयों के बाज़ार में आने के चार-पाँच साल के बाद ऐसा पता चला कि इनमें केफिन की मात्रा बहुत ज़्यादा है। इतनी सारी मात्रा में केफिन शरीर

में जाने की वजह से शरीर की सारी प्रणाली खराब हो जाती हैं।

आप अपनी जवानी के दिन याद करें। जवान लड़के को अच्छे कपड़े सिलवाना, दंड बैठक करना, ट्रायसेप्स-बायसेप्स बनाना अच्छा लगता है। दाढ़ी भी होनी चाहिए, गाल एकदम चिकना, चेहरा जैसे हाथ लगाओ तो हाथ फिसल जाए, उतना मुलायम और गोरा होना चाहिए। उसे लगता है मैं हृष्ट-पुष्ट रहूँ, मेरे शरीर के स्नायु एकदम चुस्त हों। इसलिए वह बादाम खाता है, दूध पीता है, दंड पेलता है। रोज़ अपनी छाती नापता है कि कितनी चौड़ी हुई और अपने बायसेप्स नापता है कि कितने बड़े हुए! जवानी में ऐसे शौक़ होते हैं, लेकिन राम को देखो! जवान हैं, सुंदर हैं, राजकुमार हैं; लेकिन उन्हें क्या शौक़ हो रहा है? तीर्थ यात्रा करने का।

मैं बहुत सारे बुजुर्गों को जानती हूँ, जो अब तक तीर्थ यात्रा पर नहीं गए। कइयों को मैं कहती हूँ कि भारत में शिविर में आएँ पर वे कहते हैं कि उनके पास समय नहीं है। उन्हें घर में पोते-पोती को देखना होता है। मैंने कहा, ''मतलब बुढ़ा होकर तू आया बन गया? कितने पैसे बचाने हैं? कितने पैसे जोड़ने हैं? पहले अपने बच्चों को पाला, अब अपने पोते-पोतियों की आया बनकर उनके आगे-पीछे घूमता है।'' उनके पास समय नहीं है। अच्छी बात है। आपका जीवन है, जो मरज़ी करें। मेरा क्या जाता है?

ख़ैर, युवा अवस्था में कौन तीर्थ यात्रा करने जाना चाहता है? लेकिन राम कहते हैं, मैं जाऊँगा। उनके तीनों भाइयों ने कहा कि हम भी आपके साथ चलेंगे। दशरथ ने अनुमति दे दी। पिता की आज्ञा लेकर चारों भाई थोड़ा धन और सामान लेकर निकले। कहते हैं कि पहले उन्होंने उत्तर की तरफ़ यात्रा की, उसके बाद दक्षिण, फिर पूर्व और बाद में पश्चिम में गए। यह जिस समय की बात है, उस समय पर धरती इतने सारे हिस्सों में बँटी हुई नहीं थी। सबकुछ एक-दूसरे के साथ जुड़ा हुआ था। एक समय पर इंडोनेशिया और भारत के बीच में समुद्र नहीं था। समय के साथ पृथ्वी पर परिवर्तन हो रहे हैं। आज ग्लोबल वॉर्मिंग की वजह से ग्लेशियर पिघल रहे हैं, समुद्रों का तल ऊँचा होता जा रहा है। वैज्ञानिकों का तो यहाँ तक कहना है कि अगर हम कुछ नहीं

करते हैं तो जितने शहर समुद्र के किनारे पर बसे हैं, फिर वह चाहे न्यूयॉर्क हो या मुंबई, सब समुद्र में डूब जाएगा। अगर हम पृथ्वी की, पर्यावरण की रक्षा नहीं करते हैं और उसके दुरुपयोग को रोकते नहीं हैं तो प्रकृति हमें बहुत भारी दंड देगी।

रामजी ने सब यात्रा की और यात्रा करते-करते अलग-अलग जगह पर दान देते, जप करते, तीर्थों में स्नान करते। ये सारी चीज़ें अब भूल चुकी हैं। आपके शायद सुनने में भी नहीं आई होंगी।

मंत्रों के विषय में मैंने पहले बात की थी कि जब आप 'ओ३म् नमः शिवाय' का जप करते हैं, तब आप शिवजी को प्रसन्न नहीं कर रहे हैं, शिवजी को मक्खन नहीं लगा रहे हैं। इससे शिवजी खुश नहीं हो जाएँगे। वे ऐसा नहीं कहेंगे कि अच्छा, यह 'ओ३म् नमः शिवाय' का जाप कर रहा है तो मैं इसको वरदान दूँगा और जो नहीं कर रहा है, उसके घर में भूत भेजूँगा। ऐसा नहीं है। जब आप मंत्र-जाप करते हैं तो इस पंचाक्षरी मंत्र से, इस 'ओ३म् नमः शिवाय' की ध्वनि से जो तरंगें उत्पन्न होती हैं, उन तरंगों से आपके मस्तिष्क की ग्रंथियाँ, अंतर्स्रावी प्रणाली, तंत्रिका तंत्र ठीक होता है और उसके अंदर एक ऐसी दिव्य ऊर्जा जाग्रत् होती है, जिससे आपका शरीर भी अच्छा होता है।

सबसे ज़रूरी बात है कि आपका मन। देखिए, आपको आपके घरवालों ने अच्छा खिलाया, पिलाया, पोषण का बहुत ध्यान रखा, समय पर दूध, पालक और सारी सब्ज़ियाँ, फल और जो लोग मांसाहार करते हैं, उन्होंने अपने बच्चों को बहुत सारा मांस भी खिलाया; क्योंकि उन्हें लगता है कि उससे ताकत आती है। वैसे, हाथी सिर्फ़ घास खाता है और उससे बड़ा ताकतवर जानवर और कोई नहीं है। लेकिन लोगों को ऐसी तालीम, ऐसी समझ नहीं हो तो उन्हें वही ठीक लगता है। जिसको जो ठीक लगे उससे हमें कोई आपत्ति नहीं है। आपने अपने बच्चों के शरीर को पुष्ट रखने के लिए तो बहुत मेहनत की, पर मेरा आपसे प्रश्न है कि आपने अपने बच्चों के मन को

पुष्ट रखने के लिए, स्वस्थ रखने के लिए क्या किया? आप कहेंगे स्कूल-कॉलेज भेजा, पर स्कूल-कॉलेज जाने से, शिक्षा लेने से उनके पास ऐसे साधन आ जाते हैं, जिनसे वे कल नौकरी कर सकेंगे, पैसा कमा सकेंगे, पर इससे मन की पुष्टि तो नहीं हुई। पैसा कमाकर भी तो वे खाना-पीना, अच्छा घर, कपड़े यह सब शरीर को ही दे रहे हैं! उनको पालने में आपने ऐसी कौन सी तालीम दी कि जिसकी वजह से उनका मन मज़बूत बने, शक्तिशाली बने और वे कैसी भी मुश्किल या दुर्भाग्यपूर्ण परिस्थिति का वे शांतिपूर्वक सामना कर सकें?

आप शायद जानते नहीं, लेकिन यह बचपन से ही शुरू हो जाता है। पिता दिनभर काम करता है और पैसे कमाकर लाता है। बच्चा माँ को देखता है कि वह दिनभर काम करती है, खाना-पीना चलता है, अच्छे कपड़े पहनते हैं, कभी घूमने जाते हैं, कभी किसी पार्टी में, कभी छुट्टियों में घूमने तो कभी शापिंग के लिए जाते हैं। जन्मदिन या वर्षगाँठ पर कीमती भेंट दे दी जाती है। बस, बात ख़त्म। मन की कोई तालीम ही नहीं होती। यह बात जान लें कि हम सिर्फ़ शरीर से नहीं जीते हैं और अगर आपका मन कमज़ोर है तो आप जीवन में पराजित होंगे। मैं जानती हूँ कि हारना किसी को अच्छा नहीं लगता, पर जिस तरह से आप जी रहे हैं और अपने बच्चों को तालीम दे रहे हैं, जीवन में वे पराजय का सामना करेंगे। जानते हो क्यों? मैं आपको बताती हूँ।

मैं बहुत सारे लोगों से मिलती हूँ। मैं ऐसे सैकड़ों लोगों से मिली हूँ, जो एक समय पर बहुत खुश थे। बहुत सुखी थे। बड़ा घर, अच्छा कारोबार, अच्छे बच्चे और अमेरिकन स्टाइल से रहते थे। जहाँ हिंदी बोलने में शर्म आती थी, पंजाबी, सिंधी या गुज़राती बोलने में शर्म आती थी। मतलब अंग्रेज़ भी क्या अंग्रेज़ी बोलेगा, उससे भी बढ़िया अंग्रेज़ी बोलते थे। सबकुछ बहुत अच्छा चल रहा था। बच्चे स्कूल में पढ़ रहे थे, फिर वे कॉलेज में चले गए। बच्चे घर से बाहर रहने लगे। पहले पढ़ाई के लिए और फिर नौकरी के लिए।

ऐसे ही एक परिवार को मैं जानती हूँ। थोड़े साल बाद मैं उस महिला से फिर से मिली। ऐसे बहुत से केस हैं। उस महिला की बात पर वापस आऊँ

तो वह बहुत दुःखी है। मैंने उससे पूछा कि क्या हुआ? वह कहती है कि बेटा नशीली दवाइयाँ ले रहा है। बेटी का पहले एक प्रेमी था, फिर दूसरा, उसके बाद तीसरा आया और वह भी चला गया। अब चौथा आया है। वह लड़की बहुत परेशान है, डिप्रेशन में है, मन असंतुलित है। वह कहती है कि मुझे कोई प्रेम नहीं करता, हर कोई मुझे इस्तेमाल करता है। वह 12 साल की थी, तब से उसके शारीरिक संबंध शुरू हो गए थे। अभी वह 24 साल की है। उसे शादी नहीं करनी, क्योंकि उसे कोई अच्छा रिश्ता नहीं मिल रहा। उसकी अपेक्षा जिसमें पूरी हो, ऐसा लड़का नहीं मिल रहा। वह लड़की पूरा दिन अपने कमरे में पड़ी रहती है। सिगरेट पीती रहती है, नींद की गोलियाँ खाती है, काम नहीं करती, नौकरी करने नहीं जाती। उस लड़की की माँ मेरे पास रो रही थी कि मैं क्या करूँ? मैं दिन-रात ईश्वर से प्रार्थना करती हूँ। क्या ईश्वर एक माँ की प्रार्थना सुनेगा?

यह कितनी हास्यास्पद बात है! जब वे अपनी और अपनी बेटी की ज़िंदगी बरबाद कर रहे थे, तब उन्हें ज़रा भी खयाल नहीं आया कि वे क्या कर रहे हैं। अब रोते हैं, फ़रियाद करते हैं कि भगवान मेरी बात सुनता नहीं। भगवान क्या करे? भगवान ने आपको दिमाग दिया था, पर आपने कभी इस्तेमाल ही नहीं किया। ईश्वर ने आपको समझदारी दी, पर आपने कभी उसका उपयोग नहीं किया। भगवान ने इस पृथ्वी पर ऐसे व्यक्तियों का सृजन किया, जो आपके मन को तालीम देकर शक्तिशाली बनाने के लिए तैयार हैं, लेकिन आप कभी उनके पास गए ही नहीं।

कुछ लोग तो ऐसे होते हैं, जिन्हें संत शब्द सुनते ही जैसे बिजली का झटका लगता है। कोई मुझे कह रहा था कि उन्होंने अपने दोस्त से कहा कि गुरुमाँ आई हैं और उनका सत्संग है तो आप आ रहे हो न? उनके दोस्त ने कहा, ''तेरा दिमाग खराब हो गया है, मेरा नहीं। मैं ठीक हूँ।'' दूसरे एक सज्जन के रिश्तेदार को पता चला कि ये सत्संग में जा रहे हैं तो सबसे पहला सवाल उन्होंने पूछा, 'वे गणेश मंदिर में सत्संग कर रहे हैं तो क्या वे हिंदू हैं?

दक्षिण भारत के हिंदू हैं या उत्तर भारत के? कृष्णभक्त हैं, रामभक्त हैं, शिवभक्त हैं या देवीभक्त? कौन हैं वे? सगुण भक्त हैं कि निर्गुण, वेदांती हैं कि योगी, कौन हैं? यह पहले बताओ।' उस सज्जन ने कहा कि मेरे उस रिश्तेदार ने मुझसे इतने सवाल-जवाब और इतनी पूछताछ की और मुझे उनके सारे सवालों के उत्तर पता नहीं थे। मैंने उनको आपकी वेबसाइट खोल कर दी, ऐसा सोचकर कि उसे देखकर वे प्रभावित हो जाएँगे। लेकिन उस दिन वेबसाइट में मेरी जो तसवीर थी, उसमें मैं काले रंग के कपड़ों में थी तो उस व्यक्ति ने तसवीर देखकर कहा कि 'अरे, यह तो मुसलमान लगती हैं। आप क्या इनके पास जाएँगे? तुम्हारा दिमाग खराब हो गया है क्या? तुम्हारा धर्म भ्रष्ट नहीं हो जाएगा?'

एक सिख सज्जन कह रहे थे कि मैंने अपने एक दोस्त को आपकी गुरबानी की सी.डी. 'नानक आया' सुनवाई तो उसे सुनकर वह खुश हो गया और उसने सी.डी. का कवर देखने के लिए माँगा। उस कवर पर मेरा जो फोटो था, उसमें मैंने तिलक किया था तो उसे देखकर वह कहने लगा, "यह तो हिंदू लगती हैं, यह सिख नहीं हैं। मैं इन्हें सुनने नहीं आऊँगा।"

अजब बात है यह भी! जब आप बीमार हो जाएँ और कोई आपसे कहे कि अमुक व्यक्ति सबसे अच्छा कार्डियोलोजिस्ट है तो आप कभी नहीं पूछते कि वह कौन से धर्म का पालन करता है? क्या कभी ऐसा पूछते हैं? ऐसा पूछें तो प्रश्न कैसा बेवकूफ़ी भरा लगेगा? आप कभी नहीं पूछते हैं कि वह किस जाति का है? अगर आप ऐसा पूछेंगे तो आपके ऊपर मुकदमा हो सकता है। जब आप किसी के साथ बिजनेस करते हैं, किसी को सामान बेचते हैं, आपके जो ग्राहक हैं, उनसे आप कभी नहीं पूछते कि मैं जैन हूँ, क्या आप भी जैन हैं? तब तो आप ऐसा नहीं कहते कि हम सिर्फ़ जैन धर्म के लोगों को ही सामान बेचते हैं और किसी को भी नहीं। जब बिजनेस करना होता है तो सब शर्म-संकोच एक तरफ कर देते हैं। कोई डॉक्टर, वकील या अकाउंटेंट के पास जाते हैं, तब तो आप उनसे उनका धर्म नहीं

पूछते तो फिर मुझसे मेरा धर्म कौन सा है, ऐसा क्यों पूछते हैं?

मुझे लगता है कि यह सबसे बड़ी बेवक़ूफ़ी और यह अतार्किक सवाल है। आपको क्या और कैसे फ़र्क़ पड़ता है कि मेरा धर्म कौन सा है? एक तरह से देखो तो मेरा मल्टीडिपार्टमेंटल स्टोर है—सूफ़ी, हिंदू, जैन, बौद्ध, सिख और कम्युनिस्ट भी!

आपको यह जानकर आश्चर्य होगा कि एक साम्यवादी नेता ने उत्तर प्रदेश के सारंगपुर में मेरा सत्संग रखा था। इसकी वजह यह थी कि उन दिनों में मैं कर्मयोग पर बहुत ज़ोर दे रही थी और उसके बारे में बात कर रही थी। मैं निष्काम कर्म की बात कर रही थी और उन्हें वह बात बहुत पसंद आई। मुझे पता नहीं उसके पक्ष ने इस बात को किस तरह से लिया, लेकिन उसने सत्संग का आयोजन किया था। उस वक़्त यह बात बहुत चर्चा में रही कि मैं उनके घर में कैसे रह सकती हूँ!

सत्य हमेशा सत्य ही रहता है और सत्संग आपको साधन, मार्ग, पद्धति और विवेकपूर्ण जीवन जीने की शक्ति देता है, जिससे आप सजगता से और जागरूक होकर ज़िंदगी जी सकते हैं। इसमें धर्म की बात बीच में कहाँ से आ गई? आनी तो नहीं चाहिए, पर कोई बात नहीं। मैं कहती हूँ कि आप हिंदू हैं तो चलो, कोई हिंदू संत के पास जाना था। मैंने पहले ही बहुत विस्तारपूर्वक समझाया है कि संत शब्द का अर्थ क्या होता है! संत माने वह व्यक्ति, जिसने सत्य का साक्षात्कार किया है। जो किसी जमाने में आपके जितना ही मूर्ख और अज्ञानी था, लेकिन बाद में उसने अपने ऊपर काम किया और गुरु की कृपा और उनके मार्गदर्शन में वह व्यक्ति धीरे-धीरे उन्नत होता गया और एक ऐसी ऊँचाई पर पहुँच गया कि स्वयं दिव्यता उनके द्वारा अभिव्यक्त हुई।

धर्म का उससे कोई संबंध नहीं है। आप किसी भी धर्म के हैं, आप काले हैं या गोरे हैं, अगर आप एम.बी.बी.एस. कर लें तो आपको पता है कि शरीर का इलाज कैसे करना है। इसी तरह आपका संपर्क, सान्निध्य, संगत किसी संत के साथ होने लगे तो संत आपके मन को मज़बूत करने के सारे

रास्ते सिखा देता है।

मैंने जिस महिला की बात की थी, जिसकी बेटी पेरानोइड है, मानसिक रोगी है, उसकी दशा पर मुझे सिर्फ़ दया आती है और मैं कुछ नहीं कर सकती। उस महिला ने मुझे कहा, ''मैंने अपनी बेटी से कहा कि चल, मैं तुझे गुरुमाँ के पास ले जाती हूँ, लेकिन मेरी बेटी आने को राज़ी नहीं है। अब आप ही कुछ कीजिए।''

मैंने कहा, ''नहीं भाई, हम कुछ नहीं कर सकते। मैं अपने आपको उसके ऊपर थोप नहीं सकती। मैं ऐसा नहीं कर सकती।''

कोई व्यक्ति मेरी पूजा करे, ऐसी मेरी कोई अपेक्षा नहीं है। ऐसी बेवकूफ़ी कोई करे, ऐसा मैं नहीं चाहती, लेकिन हाँ, मेरी अपेक्षा सिर्फ़ इतनी है कि उस व्यक्ति को कुछ जानने की जिज्ञासा होनी चाहिए। मैं ऐसा भी नहीं कहती कि कोई मेरा आदर करे। मैं आपसे सम्मान भी नहीं चाहती। मेरी आपसे ऐसी अपेक्षा भी नहीं कि आप मुझे अपने श्रेष्ठ या महान् गिनें, लेकिन हम इतना तो ज़रूर चाहते हैं कि आपके अंदर जानने की इच्छा हो।

आपके अंदर जानने की, सुनने की इच्छा हुई, इसलिए तो आप यहाँ आए हैं। मुझे इस बात का आनंद है कि आप इसे पढ़ रहे हैं। मुझे बहुत प्रसन्नता है कि मैं आपके साथ बात कर रही हूँ, लेकिन जिन्हें इच्छा नहीं, उन्हें आप मुझे ज्ञान देने के लिए कहें, यह तो अच्छी बात नहीं है। मैं ऐसे बच्चों को, ऐसे लोगों को देखती हूँ कि खाने को बहुत है, पैसा भी है, घर, मकान, कार सबकुछ है; लेकिन फिर भी एक चीज़ गायब हो चुकी है और वह है मन का विश्राम। उनके पास मन की शांति नहीं है। अजब बात यह है कि जब किसी व्यक्ति की ऐसी दुर्दशा हो जाती है तो क्या उसका परिवार उसकी मदद कर पाएगा? हालत ज़्यादा खराब हो गई तो किसी संस्था या पागलखाने में भरती कर देगा। वे भी क्या कर सकते हैं? रोते भी हैं और अस्पताल में भेजते भी हैं। अगर आपका मन शक्तिशाली नहीं है, अगर आपका मन जागरूक नहीं है तो आपके जीवन में हुई छोटी-से-छोटी दुर्घटना या दुःख आपको इतना भारी पड़ सकता है कि

आप अपना मानसिक संतुलन गँवा देंगे।

मैं एक न्यूरोलोजिस्ट डॉ. डेनियल की किताब पढ़ रही थी। उसमें डॉ. डेनियल ने कहा है कि मैं अभी तक किसी सामान्य इनसान से मिला नहीं, क्योंकि जिन्हें मैं सामान्य समझता था, उनके दिमाग को मैंने स्कैन किया तो मुझे पता चला कि किसी का शंख पालि (temporal lobe), किसी का उपवल्कुटीय तंत्र (limbic system) बराबर काम नहीं कर रही थी। देखो, जिनका मूड बार-बार बदलता रहता है, माने अभी गुस्सा, अभी शांत, अभी बहुत बोल रहा था, अभी बिल्कुल चुप। जिनका मूड इस तरह बदलता रहता है तो मतलब उनके उपवल्कुटीय तंत्र (limbic system) में दिक़्क़त है। कोई इनसान अगर बहुत ज़्यादा गुस्सा करता हो या बहुत गालियाँ बोलता हो तो समझिए कि उसका बायाँ शंख पालि (temporal lobe) ठीक से काम नहीं कर रहा है। कोई इनसान अगर एक ही ग़लती बार-बार दोहराने के बाद भी नहीं सीखता तो इसका मतलब उसके दिमाग का आगे का हिस्सा (frontal lobe) ठीक से काम नहीं कर रहा।

डॉ. डेनियल के पंद्रह सौ पन्ने की पुस्तक में उन्होंने अलग-अलग विकृतियाँ और बीमारियाँ ठीक करने के उपाय बताए हैं। उसमें कुछ रोगी और कुछ दवाइयों की बात की है। हालाँकि डॉ. डेनियल ज़्यादा दवाइयाँ देने के पक्ष में नहीं हैं और कहते हैं कि अगर दवाई देनी ही पड़े तो भी बहुत कम मात्रा में देनी चाहिए। आपको आश्चर्य होगा, पर वे सबसे ज़्यादा अगर किसी बात का सुझाव देते हैं तो वह है योग!

यह गोरे रंग का आदमी कहता है तो आप उसे ध्यान से सुनते हैं। हज़ार डॉलर की फीस देकर उससे चिकित्सा लेने जाते हैं। यहाँ मैं वह ही बात मुफ़्त में दे रही हूँ। वे आपको क्या सुझाव देते हैं कि योग करें, एरोबिक्स करें, बाग में एक घंटा सैर करें। ये न्यूरोलोजिस्ट बार-बार इस बात पर ज़ोर देते हैं कि किसी भी किस्म का ध्यान करें। झेन या तायची या फिर योग, कोई नृत्य सीखो, संगीत सुनें। वह इस तरह अपने पास आनेवाले मरीज़ का इलाज

करता है। इस डॉक्टर का कहना है कि उसने 30,000 अमेरिकनों के दिमाग की जाँच की हैं, उसमें से कम-से-कम 10,000 लोग ऐसे थे, जो सामान्य दिख रहे थे, लेकिन जब जाँच की तो पता चला कि उनका दिमाग ठीक से नहीं काम करता था। जब दिमाग ही बराबर काम न कर रहा हो तो मन कैसे ठीक से चलेगा? जब मन सही नहीं चलेगा तो व्यवहार में समस्या होगी।

अब मैं आपसे एक प्रश्न पूछती हूँ कि जब आप दु:खी होते हैं या किसी बात पर किसी से झगड़ा हो गया तो सीधे मॉल पहुँच जाते हैं या गहनों की दुकान पर और कुछ ख़रीददारी करके, पैसा खर्च करके बहुत अच्छा लगता है? लगता है अब ठीक है, अब घर जाते हैं। सत्संग में पति-पत्नी साथ बैठे हों तो मेरे ऐसे कहने से एक-दूसरे के सामने देखते हैं और पति इशारे से कहता है, देख, तेरी ही बात कर रही हैं! एक बार एक सत्संग में मेरी ऐसी ही कोई बात पर पति ने पत्नी की तरफ़ देखकर इशारा किया तो पत्नी ने ज़ोर से चुटकी काटी कि चुप करके बैठ!

मैंने देखा है कि जिस दिन पतियों के बारे में कुछ कड़ी बात बोलती हूँ तो महिलाएँ बहुत खुश हो जाती हैं और जिस दिन औरतों के बारे में ऐसा कहती हूँ तो सारे पति बहुत खुश हो जाते हैं, क्योंकि उन्हें लगता है कि गुरुमाँ के अलावा कोई इन पत्नियों को कुछ कह नहीं सकता।

एक बार ऋषिकेश के मेरे शिविर में गुरुदासपुर से एक पति-पत्नी आए थे। मैंने मौन रहने की बात की थी। उस शाम को हम सब बैठे हुए थे तो उस सज्जन ने मुझसे कहा, "गुरुमाँ, मैं तो हैरान हूँ!"

मैंने पूछा, "क्यों, क्या हुआ?"

वह कहता, "मेरी जनानी आज मौन रही। वरना वह तो इतना बोलती है, इतना बोलती है कि कोई उसे चुप नहीं करा सकता; लेकिन आज आपने उसके मुँह पर ताला लगा दिया।"

मैंने कहा, "यह तो अच्छी बात है न!"

वह कहता, "नहीं जी, मुझे फ़िक्र इस बात की हो रही है कि जब घर

वापस जाएँगे तो चालू हो जाएगी, इसलिए थोड़े दिन अपने पास ही रख लें।''

मैंने कहा, ''मुझे तो कुछ दिन उसे अपने पास रख लेने में कोई एतराज़ नहीं, लेकिन फिर उसने अगर घर वापस आने से इनकार कर दिया तो तू क्या करेगा?''

यह सुनकर और एक सज्जन बोल पड़े, ''वह तो खुश हो जाएगा।'' लगता था कि वह भी दु:खी था अपनी पत्नी से और शायद ऐसी उम्मीद के साथ सोच रहा था कि खराब पत्नी चली जाएगी तो कोई नई ले आएँगे। लेकिन आपको नहीं पता कि लेबल अलग होते हैं, बाकी सबकुछ एक सा ही मिलेगा। तो इस धोखे में मत रहें।

आपके मन की अगर तालीम नहीं हुई है तो ऐसा ही होगा। सौ बार दु:ख सह कर भी संसार के सुख की इच्छा तो वैसे की वैसी ही रहेगी। अपनी आँखों के सामने लोगों का दिवाला निकलते देखने के बाद भी ख़ुद के कारोबार और भविष्य के बारे में आयोजनों के भव्य और सुनहरे सपने चलते ही रहते हैं।

जीवन में हमेशा सुख नहीं रहेगा, जीवन में हमेशा दु:ख भी नहीं रहेगा। हर दिन के अंत में रात है, हर रात के अंत में दिन है। इन बातों को आप मुझसे सुन रहे हैं और मैं उम्मीद करती हूँ कि समझ भी रहे हैं। सोचो, अगर यही बात आपको अपनी बाल्यावस्था या युवावस्था में किसी ने सिखा दी होती कि जो कुछ देख रहे हैं और जो कुछ दिख रहा है, वह सत्य नहीं है, खेल है, माया है, भ्रम है। यह भी अजब बात है कि भ्रांति हमेशा हक़ीक़त लगती है, इसीलिए हम उसे भ्रांति कहते हैं। भ्रांति का अर्थ ही यह है कि जो सत्य जैसा लगता है, पर सत्य नहीं है। होता है असत्य, पर लगता है सत्य जैसा, उसे संस्कृत में 'माया' कहते हैं। सोचकर देखो कि आज इस उम्र में आप यह सब सुन रहे हैं, सीख रहे हैं सुमिरन करना, योग, ध्यान करना। अगर यह सब बचपन में शुरू हो जाता, तो आपके लिए कितना बेहतर होता!

आश्रम में युवा शिविर में मेरे पास छोटे-छोटे बच्चे आते हैं। वैसे युवा

शिविर में आयु सीमा 12 साल की है, लेकिन जो परिवार मेरे साथ जुड़े हुए हैं, वे विनती करते हैं कि कृपा करके हमारे छः साल के बच्चे को भी शामिल कर लें। आपको सुनकर आश्चर्य होगा कि छः साल की लड़की युवा शिविर में आई थी और उसने कहा कि मैं अपने बड़े भाई और बड़ी बहन के साथ आश्रम में रहूँगी। उसने माँ से कहा कि आप घर जाएँ, मैं यहाँ भाई-बहन के साथ रहूँगी। वह छः साल की लड़की युवा शिविर में शामिल हुई और आप मानेंगे नहीं, लेकिन वह लड़की स्थिर और शांत होकर बैठती थी। अगर आप मेरी वेबसाइट पर जाएँगे तो वह वीडियो देख पाएँगे, जहाँ वह छः साल की लड़की युवा शिविर में हिस्सा लेने के अपने अनुभव का बयान कर रही है। जो वह कह रही है, वह इतना प्रसन्नतापूर्ण है, क्योंकि इतनी छोटी बच्ची के मुँह से ऐसी बड़ी-बड़ी बातें सुनकर हँसी भी आती है और ताज्जुब भी होता है। उसने वीडियो में कहा है कि आई लव डुइंग योगा, आई लव डुइंग मेडिटेशन (मुझे योग करना अच्छा लगता है, मुझे ध्यान करना अच्छा लगता है।) और वह बोलती ही जाती है, बोलती ही जाती है। वह अपना आनंद अभिव्यक्त कर रही है। जब मैं इन बच्चों को ये सुंदर बातें सीखते देखती हूँ, तब मुझे यक़ीन होता है कि ये बच्चे बड़े होकर परिपूर्ण व्यक्ति बनेंगे।

ये बच्चे सुबह जल्दी उठना सीख रहे हैं, शांत बैठना सीख रहे हैं, जप कैसे करना है, ध्यान की प्रारंभिक तैयारी जैसे कि त्राटक कैसे करना है, योगासन कैसे करना है, और विशेषतः मानव जीवन हमें क्यों मिला है, ये बातें समझ रहे हैं। हम अपने अज्ञान को दूर करके अपने मूल स्वरूप को जान सकें और वास्तव में हम कौन हैं, यह सब समझ रहे हैं।

आठ साल की एक बच्ची ने मुझसे एक सवाल किया था। उसके परिवार के लोग उसे लेकर आए थे। परिवार के लोगों ने कहा कि यह लड़की कहती है कि मुझे गुरुमाँ से एक सवाल पूछना है। यह सवाल उसने अपने घर के लोगों से बार-बार पूछा था, लेकिन वे उस सवाल का जवाब नहीं दे पाए, इसलिए मेरे पास आए थे।

मैंने कहा, "पूछ बेटा, क्या पूछना है?"

उसने पूछा, "जब कोई मर जाता है तो वह कहाँ जाता है और जब कोई बच्चा पैदा होता है तो वह कहाँ से आता है? हम सब कहाँ से आए हैं और मरने के बाद कहाँ जाएँगे?"

आठ साल की लड़की ने यह सवाल पूछा था। अब हुआ ऐसा कि उसके घर में उसकी दादी की मौत हुई थी। उसने दादी की लाश देखी। जो दादी बोलती थी, हँसती थी, उसके पीछे भागती थी, खिलाती थी, लाड़ करती थी, वे ज़मीन पर पड़ी थीं। उनके ऊपर सफेद चादर डाली हुई थी और सब लोग रो रहे थे। उस छोटी सी बच्ची की समझ में नहीं आ रहा था कि हुआ क्या है? थोड़े दिन तो सब लोग उसे कहते रहे कि दादी गुरुमाँ के पास गई हैं, लेकिन वह कहने लगी कि वे गुरुमाँ के पास गई हैं तो मुझे भी वहाँ ले चलो। मैं दादी से मिलूँगी। मुझे दादी के बग़ैर अच्छा नहीं लग रहा।

मुझे जब इस बात का पता चला तो मैंने कहा कि आपको ऐसा नहीं करना चाहिए। आप उस बच्ची से झूठ क्यों बोल रहे हैं? आप उस बच्ची को उम्मीद दे रहे हैं कि उसकी दादी शरीर से जीवित हैं और वे उससे मिल पाएँगी। जब उसके घर के लोगों ने उससे कहा कि दादी मर गई हैं तो उस लड़की ने पूछना शुरू कर दिया कि दादी मरकर कहाँ गईं और मुझे बताओ कि मैं कहाँ से आई हूँ और मैं कब मरूँगी? क्योंकि दादी कब मरीं, पता नहीं चला। रात सोई और सुबह पता चला कि बिस्तर में ही मर गईं।

उस बच्ची को कुछ समझ में नहीं आ रहा था, इसलिए उसे मेरे पास लेकर आए। मैंने उसके साथ बात की। जब वह मुझे मिलने आई, तब संयोगवश वह अपने हाथ में एक गुड़िया लाई थी। मैंने कहा, "ला, ज़रा तेरी गुड़िया तो देखूँ! यह बहुत सुंदर है। अच्छा, अब बता कि तू इसे कहाँ से ख़रीदकर लाई?"

उसने कहा, "दुकान से।"

मैंने कहा, "अब यह बता कि तेरी गुड़िया बात क्यों नहीं करती?"

उसने कहा, "यह तो अंदर से खाली है। उसके अंदर कुछ है ही नहीं तो बोलेगी कैसे?"

मैंने कहा, "यह किससे बनी है?"

उसने कहा, "प्लास्टिक और रबड़ से।"

मैंने कहा, "जैसे यह गुड़िया प्लास्टिक और रबड़ से बनी है, उसी तरह तू भी एक गुड़िया है, लेकिन तू पंचतत्त्व से बनी है—पृथ्वी, जल, अग्नि, वायु और आकाश। इन पाँच तत्त्व से तेरा शरीर बना है। यह गुड़िया का शरीर तो एकदम खाली है, लेकिन तुम्हारे शरीर में बहुत सारे अंग हैं, नस-नाड़ी हैं और ये सारे अंग कार्यरत हैं।"

आठ साल की यह लड़की बात समझ रही थी। फिर मैंने उसे पूछा, "कार कैसे चलती है?"

उसने कहा, "उसमें पेट्रोल होता है और जब हम उस में चाबी लगाते हैं तो वह चलती है।"

मैंने कहा, "पेट्रोल नहीं होगा तो नहीं चलेगी न? बस, उसी तरह से हमारे शरीर में भी प्राणरूपी पेट्रोल है, जिससे हमारा शरीर चलता है। जिस दिन प्राण ख़त्म हो जाते हैं, उस दिन शरीर चलना बंद हो जाता है। तो तुम्हारी दादी के शरीर में जो प्राण थे, वे ख़त्म हो गए।"

उसने मुझे कहा, "गाड़ी में पेट्रोल डालते हैं तो गाड़ी चलती है तो क्या आप मेरी दादी के शरीर में प्राण नहीं डाल सकते?"

मैंने कहा, "नहीं, प्राण का कोई पेट्रोल-पंप नहीं होता। हमारे शरीर में जो प्राण है, वह उतने समय तक रहेगा, जब तक कर्म का दबाव उसे धक्का मारता रहेगा।"

आठ साल की लड़की को मेरी बात समझ में आ रही थी। तब से वह मेरे पास आती रहती है, मुझे सुनती है और समझकर ग्रहण करती रहती है। आपको शायद पता नहीं कि आप कहाँ से आए हैं, पर वह आठ साल की लड़की जानती है कि वह कहाँ से आई है! ये सारी बातें जानने के लिए आप कितना प्रयास करते हैं? आपने अपना जो घर बनाया है, उसे बनाने के लिए

आपने दिन में दस-बारह घंटे कमरतोड़ काम किया है। अक़्ल लगाई, योजना बनाई। एक नौकरी के बाद दूसरी नौकरी। एक कारोबार के बाद दूसरा कारोबार। फिजूल खर्च नहीं किए, पैसे बचाए और अपने लिए धीरे-धीरे मकान बनाया, बैंक में पूँजी जमा की। ख़ुद के लिए और बच्चों के लिए आयोजन किया। यह इतना करने के लिए आपने दिन के कितने घंटे और कितने साल तक काम किया? लेकिन मुझे यह बताएँ कि अपने मन को मज़बूत करने के लिए, मन के अज्ञान को दूर करने के लिए आपने क्या किया? कुछ भी नहीं।

हम इतने समय बाद यहाँ अमेरिका आए हैं और फिर चले जाएँगे। आप मज़े से अपनी ज़िंदगी जीते रहेंगे, बिना किसी अफ़सोस के, बिना किसी दु:ख के, लेकिन यह जो आपका सुकून है, वह नित्य नहीं है, क्योंकि एक झटका दु:ख का आएगा तो आपका सुकून, चैन सब उड़ जाएगा। शरीर कमज़ोर हो, पर मन मज़बूत हो तो चलेगा; लेकिन मन कमज़ोर हो और शरीर मज़बूत हो तो नहीं चलेगा।

सुख कौन महसूस करता है? आपका मन। दु:ख कौन महसूस करता है? आपका मन। खुशी कौन महसूस करता है? आपका मन। उदास कौन होता है? आपका मन। डर कौन महसूस करता है? आपका मन। आपने कभी अपने मन में कैसे-कैसे और कितने डर हैं, क्या उसके ऊपर नज़र डाली है? नहीं डाली। आपको आपके शरीर की बहुत फ़िक्र है, पर वह सिर्फ़ खाने-पीने तक ही सीमित है, इससे ज़्यादा नहीं है। आपके शरीर में दो इंद्रियाँ सबसे ज़्यादा सक्रिय हैं। बाकी की इंद्रियाँ काम करती हैं, पर इन दो इंद्रियों के सुख के लिए आप बहुत कार्यरत रहते हैं। आप पैसे इसलिए कमाते हैं कि इन इंद्रियों के भोग को भोग सकें। इन दो में से एक इंद्रिय है जीभ। बोलते बहुत हैं, खाते बहुत हैं और खाने के बारे में बहुत ज़्यादा सोचते हैं। अब खाना है तो खाने के लिए कमाने के बारे में सोचना पड़ेगा। जीभ का काम क्या है? बोलना और स्वाद लेना।

दूसरी एक इंद्रिय, जो सबसे ज़्यादा कार्यरत है, वह है आपकी लैंगिकता (sexuality)। सेक्स की भूख सबसे ज़्यादा और सबसे ज़्यादा भोग। सेक्स के सपने देखते रहते हैं। वह आपकी सारी ऊर्जा छीन लेती है। 80 साल के आदमी ने मुझसे एक प्रश्न पूछा था। उसने पूछा था कि अब मैं बूढ़ा हो गया हूँ तो मुझे परिपक्व होना चाहिए और उसी तरह से व्यवहार करना चाहिए, लेकिन आज भी मैं किसी स्त्री को देखूँ तो मेरी नज़र उसके स्तनप्रदेश से हटती नहीं है। मैं वहाँ देखता रहता हूँ और मैं शर्मिंदगी महसूस करता हूँ, लेकिन अपने आपको रोक नहीं पाता। मैं किसी महिला को देखता हूँ तो मुझमें कामुकता जागती है। यह आदमी बहुत ईमानदार था और उसने इस बात को स्वीकार किया। वह मुझसे पूछ रहा था कि मैं इससे मुक्त कैसे होऊँ?

मैंने आपसे कहा था कि मैं गुरु नहीं हूँ, मैं चिकित्सक हूँ। आप मेरे साथ अपने किसी भी रोग या बीमारी के बारे में बात कर सकते हैं। अपनी किसी भी कमी के बारे में बात कर सकते हैं। मैं आप पर आपके डॉक्टर, मानसचिकित्सक या मनोवैज्ञानिक से बेहतर काम कर सकती हूँ।

वह बूढ़ा आदमी मुझसे कह रहा था कि इस उम्र में मुझे ध्यान करना चाहिए, ईश्वर का चिंतन करना चाहिए; लेकिन मेरा मन स्त्री में अटका रहता है। मैं सेक्स के बारे में ही सोचता रहता हूँ। मुझे उसी के सपने आते हैं। यह सब आपको बताने में मैं शर्मिंदगी महसूस करता हूँ, क्योंकि शरीर 80 साल का हो गया है। मैं रीढ़ की हड्डी सीधी करके स्थिर बैठ नहीं पाता हूँ, छड़ी के बग़ैर चल नहीं पाता हूँ और फिर भी मेरा मन मुझे उसी दिशा में धकेलता है। मुझे इस स्थिति से बाहर आने के लिए क्या करना चाहिए?

आपकी ये दो इंद्रियाँ सबसे ज़्यादा प्रवृत्त हैं। बाकी सब सिर्फ़ इन दो इंद्रियों को सहकार देती हैं। जो कुछ खाना है, उसे देखेंगे, तभी तो खाएँगे न! देखेंगे तो खाने की इच्छा होगी। किसी को देखेंगे तो उससे बात करने की इच्छा होगी। इसी तरह किसी को देखेंगे तो उसके प्रति आपको आकर्षण होगा। यानी आँख तो आपकी जननेंद्रिय और जीभ की सिर्फ़ मदद करती है। इसी तरह आपकी नाक आपकी आँखों की मदद करती है, आपकी जीभ की

मदद करती है। आप रसभरे फल देखते हैं, उसकी खुशबू लेते हैं या आइसक्रीम देखते हैं तो आपको खाने की इच्छा जागती है। उसे ख़रीदकर आप खाते हैं। उन चीज़ों का स्वाद लेकर फिर आप अपने दोस्तों को बताते हैं कि वाह, उस जगह क्या बढ़िया खाना मिलता है। फिर वे कहते हैं कि हम भी अगली बार वहाँ खाने जाएँगे। ये दो इंद्रियाँ आपके सारे पैसे, शक्ति और सोच पर कब्ज़ा जमा लेती हैं। देखिए, हर चीज़ अपने समय, जगह और ज़रूरत के मुताबिक हो तो अच्छी ही है।

अब मैं जिस विषय पर बात करने जा रही हूँ, उसे सुनकर मेहरबानी करके चौंक मत जाइए। यह सबसे आवश्यक और महत्त्वपूर्ण विषय है। खाना बुरा नहीं है, लेकिन आपको पता होना चाहिए कि कब खाना और कितना खाना चाहिए। खाना पाप नहीं है। मनुष्य हैं, शरीर है, पेट है, प्राण है तो भूख तो लगेगी। खाना खाएँ, लेकिन खाने के बारे में सोचते ही रहते हैं, यहाँ गड़बड़ है। इसी तरह सेक्स बुरा नहीं है, लेकिन सेक्स के बारे में सोचते ही रहें तो गड़बड़ है।

पूरी दुनिया में भारत इकलौता ऐसा देश है, जहाँ संबुद्ध, प्रबुद्ध, जागरूक विद्वान् ऋषियों ने, आम आदमी ने नहीं, ऋषियों ने ऐसे मंदिर का सृजन किया, जिन मंदिरों में स्त्री-पुरुष के अंतरंग संबंधों को दिखाया गया है। फिर वह खजुराहो हो या सूर्य मंदिर या फिर महाराष्ट्र की अजंता-एलोरा की गुफाएँ हों। इन मंदिरों में आप जितनी भी मूर्तियाँ देखते हैं, ये बनानेवाले संत थे, ऋषि थे, साधक थे। खजुराहो के मंदिर के अंदर शिवलिंग है, शिवालय है; लेकिन मंदिर की बाहर की दीवार पर स्त्री और पुरुष अपनी मैत्री और अंतरंग संबंधों में रत हुए दिखाई देते हैं। है न यह अजब बात! दुनिया के किसी धर्म, किसी देश, किसी संस्कृति में आपको यह चीज़ देखने को नहीं मिलेगी। हमारे भारत के मनुष्य ने कहा कि मानव जीवन चार उद्देश्य की प्राप्ति के लिए है—धर्म, अर्थ, काम और मोक्ष। सभी मनुष्यों को इन चार चीज़ों की प्राप्ति के लिए प्रयास करना चाहिए।

सबसे पहला है—धर्म। अब देख लें आप लोगों ने धर्म को बूढ़ों के साथ जोड़ दिया है। या फिर दु:खी हो जाएँ तो धर्म के बारे में सोचें। जवान हैं, बच्चे हैं तो पढ़ें-लिखें, पैसे कमाएँ, ऐश-एय्याशी करें। धर्म क्या होता है? अपने सत्संग में मैं देखती हूँ कि ज़्यादातर मेरे सामने जो लोग बैठे होते हैं, उनमें मैं उनके बच्चों को नहीं देखती। यह अजब बात है। इन बच्चों को तालीम मिलनी चाहिए, लेकिन वे वहाँ होते नहीं हैं। पूरी ज़िंदगी उलटे-सीधे तरीके के साथ जीने के बाद जब 40-45 के होते हैं, तब धर्म-सत्संग की ओर ध्यान जाता है, लेकिन तब तक मन में इतना कचरा भर चुका होता है कि उस कचरे को निकालने में बहुत मेहनत लग जाती है।

ऋषियों ने कहा कि मानव जीवन के चार लक्ष्य हैं। सबसे पहला—धर्म। धर्म मायने हिंदू, जैन, ईसाई या इसलाम नहीं; इनसान का प्रकृतिदत्त स्वभाव, मूलभूत स्वभाव। हर एक व्यक्ति को अपने धर्म, यानी स्वभाव को जानना चाहिए। धर्म का अर्थ है प्रकृति की कार्यप्रणाली को समझना। हमारे आस-पास की प्रकृति, हमारा अपना शरीर, मन, मस्तिष्क किस तरह से काम करता है, उसकी समझ होनी चाहिए।

दूसरा है—अर्थ, यानी पैसा और उसका शास्त्र, जिसे हम अर्थशास्त्र कहते हैं। आप व्यापारी हैं या नौकरी करते हैं, इस बात के लिए कभी शर्म या संकोच का अनुभव मत करें। वह सिर्फ़ आपका काम नहीं है, अपितु आप अपने जीवन के एक लक्ष्य को पूरा कर रहे हैं। धन आपको वस्तुओं को ख़रीदने का और उसका उपभोग करने की सामर्थ्य और क्षमता देता है। ये सारे भोग भोगने के बाद ही आपमें विवेकपूर्ण समझ आने की संभावना रहती है कि ये सारी भौतिक वस्तुएँ क्षणभंगुर हैं, नाशवान हैं, अनित्य हैं, परिवर्तनशील हैं।

मानव-जीवन का तीसरा लक्ष्य है—काम। काम मतलब कामनाएँ, इच्छाएँ। सेक्स की इच्छा, पैसा, प्रतिष्ठा, कीर्ति वग़ैरह की कामनाएँ। देखें, हमारे ऋषियों की समझ कितनी गहन है! वे कह रहे हैं कि मानव-जीवन इन सारी इच्छाओं की पूर्ति के लिए भी है, और आख़िरी लक्ष्य है मोक्ष। मोक्ष अर्थात् मुक्ति, परम गति।

अब आप ख़ुद को देखें कि आप कैसे जी रहे हैं? अभी आप सिर्फ़ अर्थ और काम के लिए ही जी रहे हैं। धर्म तो दिखावे के लिए रह गया है। एक जमाने में हम मज़ाक करते थे कि ईसाइयों को गॉड सिर्फ़ रविवार को ही याद आते हैं। अब यही बात हिंदू, सिख, बौद्ध सब के लिए लागू होने लगी है। जब उनके पास करने को कुछ नहीं होता, तब वे धर्मस्थान पर जाते हैं। धर्मस्थानों पर ज़्यादातर समय मेला ही लगा रहता है। थोड़े समय के लिए मंत्रोच्चार या पुराण या कथा पढ़ना-सुनना होता है, उसके बाद खाना-पीना, बातें करना, लड़ाई, बच्चों के लिए वर या कन्या ढूँढना चलता रहता है। दूसरे शब्दों में कहें तो धर्मस्थान एक तरह से सोशल क्लब हो जाते हैं। ऐसी सभाओं में धर्म नहीं होता। जीवन का आधार तो धर्म होना चाहिए।

यह शरीर, जिसके साथ आपको आपका जीवन जीना है, उसके प्रति आपकी कोई ज़िम्मेदारी नहीं है? इस शरीर को स्वस्थ रखने के तीन स्वर्णिम नियम आपको देती हूँ। अगर आप इसे अपने जीवन में लाएँगे तो मैं दावे के साथ कहती हूँ कि आप लंबा और स्वस्थ जीवन पाएँगे।

सबसे पहला नियम, सूर्योदय के पूर्व जागें और योगासन करें। सूर्य नमस्कार, पश्चिमोत्तासन, जानुशीर्षासन, अर्धमत्स्येन्द्रासन, सर्वांगासन, भुजंगासन, मंडूकासन बस इतना ही करें। ज़्यादा नहीं। इसे करने में लगभग 45 मिनट लगेंगे। अगर आप इतने आसन करते हैं तो आपको कभी कंधों में दर्द, कमर या पीठ का दर्द, पाचनप्रणाली में दिक़्क़त, सिरदर्द नहीं होगा। इतना करेंगे तो रक्तचाप की बीमारी नहीं होगी। इन आसनों के अभ्यास से इन बीमारियों से आपका रक्षण होगा।

दूसरा स्वर्णिम नियम है—रीढ़ की हड्डी सीधी करके बैठें और प्राणायाम करें। प्राणायाम के साथ मंत्र-जप करें। आपने किसी गुरु से मंत्र नहीं लिया है? कोई दिक़्क़त नहीं है। 'ओ३म्' वैश्विक मंत्र है और उसका जप कोई भी और कभी भी कर सकता है। मंत्र के साथ जो प्राणायाम किया जाता है, उसे 'सगर्भ प्राणायाम' कहते हैं। मैंने पहले भी कहा है कि मंत्र किसी अदृश्य देवी-देवता को प्रसन्न करने के लिए नहीं करना है। मंत्र-जप का अर्थ है कि

आप ऐसी ध्वनि तरंग को उत्पन्न करते हैं, जो आपको शक्ति, स्वास्थ्य, जीवन जीने की ऊर्जा प्रदान करती है। मंत्र की इस ध्वनि-तरंग की वजह से आपकी हॉर्मोनल प्रणाली संतुलित रहती है। क्या आपको यह सब नहीं चाहिए? क्या आप ख़ुद के ही दुश्मन हैं? अगर ऐसा नहीं है तो यह सब आप क्यों नहीं सीखते?

एक ने कहा कि हम तो पचास साल की आयु पार कर चुके हैं। अच्छा, अगर आप पचास पार कर चुके हैं और आपको यह ज्ञान हो गया है तो कम-से-कम दुनिया की दौड़ बंद कर दें। लेकिन वह आपसे नहीं होता। अभी तो पैसे कमाने की, माल बनाने की दौड़ में ज़ोर से लगे हुए हैं। लेकिन योगासन सीखने की बात आती है तो कहते हैं कि अब योगासन सीखकर क्या होगा? हम तो पचास के हो गए हैं, मृत्यु के क़रीब पहुँच गए हैं! अगर आपको लग रहा है कि आप जीवन के अंत तक पहुँच गए हैं तो भीतर से वैराग्य उत्पन्न होना चाहिए। वैराग्य साधना का आधार है। अगर आपको ऐसा लगने लगा है कि अब जीवन और कितने दिन, तो यह तो बहुत अच्छी बात है।

प्राणायाम का मतलब क्या है? प्राण मायने वह शक्ति, जिससे आपका शरीर कार्य कर रहा है, वह शक्ति, जिससे आपका मन और शरीर एक-दूसरे के साथ जुड़े हुए हैं। प्राण वह शक्ति है, जिसने मन और शरीर को एक पुल की तरह जोड़कर रखा है। एक तरफ़ शरीर है, दूसरी तरफ़ मन है और मध्य में है—प्राण। जिस दिन मन और शरीर के बीच से प्राण निकल जाएगा, शरीर गिर जाएगा। मिट्टी हो जाएगा। जिसे हम मृत्यु कहते हैं, वह मृत्यु क्या है? शरीर का प्राणरहित हो जाना। अब जिस प्राण के कारण आपका शरीर चल रहा है, कार्य कर रहा है, क्या आपको उस प्राण को समझना नहीं चाहिए? सोचो, अगर आपको आपके प्राण की समझ आ जाए और वह उसे किस तरह से चलाता है, उस कार्य-पद्धति का ज्ञान हो जाए तो आप अपने शरीर के नियंत्रक हो जाएँगे।

मुझे एक डॉक्टर मिले थे। उन्होंने कहा कि पिछले साल मुझे हार्ट अटैक आ गया। मैंने कहा, "लो, कर लो बात!" पंजाबी में कहते हैं कि

क्या छोले खिलाकर पास हो गया था? मतलब रिश्वत देकर पास हुआ था?

इस डॉक्टर ने कहा, ''ओपन हार्ट सर्जरी करवानी पड़ी, तब जाकर मेरी जान बची। 100 प्रतिशत अवरोध था।''

मैंने कहा, ''तू कितना बेवक़ूफ़ है! आप दूसरों का इलाज करते हो, लेकिन ख़ुद ही बीमार हो और तुम्हें उस बात का पता भी नहीं था! अपने ख़ुद के शरीर का ही आप कितना अनादर करते हो!'' कोई आपको थप्पड़ मारे या उल्लू कहे तो बुरा लगता है। उल्लू शब्द पर से याद आया कि मुल्ला नसरुद्दीन अपने बेटे को डाँट रहा था, ज़ोर-ज़ोर से गाली दे रहा था। उसकी गालियों की आवाज़ सुनकर उसके पड़ोसी शर्माजी यह देखने मुल्ला के घर गए कि क्या हो रहा है? मुल्ला क्यों इतनी गालियाँ दे रहा है? उन्हें लगा कि मैं जाकर मुल्ला को समझाऊँ। शर्माजी वहाँ पहुँचे तो उन्हें पता चला कि मुल्ला का बेटा दसवीं जमात में तीसरी बार फेल हो गया था। मुल्ला बहुत गुस्से में था और बेटे से कह रहा था, ''उल्लू के पट्ठे!''

शर्माजी ने कहा, ''मुल्ला, तुझे अक़्ल भी है, तुझे समझ में आ रहा है कि तुमने अपने बेटे को क्या बोला?''

मुल्ला गुस्से में था, ''जिसे समझ में आ रहा हो, उसी को यह गाली लगे। मैं तो गुस्से में हूँ और अपनी भड़ास निकाल रहा हूँ। समझने का मैंने ठेका नहीं लिया है।''

आप अपनी गाड़ी समयानुसार मरम्मत करवाते हैं, अपने वॉटर फिल्टर की, एयरकंडिशनर की मरम्मत अथवा सफ़ाई नियमित रूप से करवाते हैं तो आपके शरीर की सर्विसिंग भी करवानी चाहिए! 35 वर्ष मैं ज़्यादा ही कह रही हूँ, आजकल तो 32 साल की उम्र में भी हार्ट-अटैक आते हैं। वास्तव में 25 साल के बाद हर साल शरीर की जाँच करवानी चाहिए। कॉलेस्ट्रोल, शुगर, इन्स्यूलिन के स्तर की जाँच करवानी चाहिए। जब आप अपने ये सारी रिपोर्ट देखेंगे, तब आपकी आँखें खुलेंगी और आप अपने शरीर की देखभाल करने लग जाएँगे। अभी तो आप बिना सोचे-समझे गोलियाँ लेते रहते हैं। सिर दर्द हो रहा है तो गोली खाते हैं, कमर, पेट दुःखता है तो गोली खाते हैं।

कुछ नहीं दु:खता, इसलिए गोली खाते हैं, क्योंकि गोली खाने की आदत हो गई है। दवाइयों के सहारे शरीर को चला रहे हैं तो वह अच्छी बात नहीं।

मैंने दो नियम कहे और इन दो नियमों का आप पालन करने लग गए तो आपका शरीर रोगी हो ही नहीं सकता। जो लोग योगासन करते हैं, प्राणायाम और मंत्र-जप करते हैं उनका शरीर हमेशा अच्छा चलता है, उत्तम रहता है।

तीसरा स्वर्णिम नियम है—प्रेम करें। मैं कामुक प्रेम की बात नहीं कर रही। हालाँकि आपका दिमाग वहीं जाता है। मैंने कहा था न कि आपकी वह एक इंद्रिय बहुत सक्रिय है। प्रेम करें और प्रेम को उसकी पवित्रता के साथ, पूरी सच्चाई और पारदर्शिता के साथ आप सिर्फ़ अपने गुरु के साथ अनुभव कर सकते हैं। ऐसे गुरु के साथ, जिसका आप में कोई स्वार्थ नहीं है।

देखो, पति-पत्नी में क्या होता है कि अगर पति अपनी पत्नी को प्रेम करे तो वह खुश होती है और पत्नी प्रेम करे तो पति खुश होता है। पति बहुत मेहनत करके, पैसा कमाकर महँगे ज़ेवरात लाए, तब पत्नी बहुत खुश होती है। परस्पर लेना-देना हो रहा है, किसी को कुछ मिल रहा है और किसी का कुछ जा रहा है।

सुरेश एक दिन शाम को घर लौटा तो उसने देखा कि घर में बहुत अच्छी सज़ावट की है, फूल सज़ाए हैं, मोमबत्ती जलाई है, काँच के बढ़िया बरतन, बोन चायना की प्लेट लगी हैं। खाने की बढ़िया खुशबू आ रही है और खुशबू से ही उसकी समझ में आ गया कि उसकी मनपसंद सब्ज़ी पनीर पसंदा बनी है। वह वहीं रुक गया। इसके दिमाग में खतरे की घंटी बजने लगी। उतने में पत्नी बाहर आई। पत्नी ने सुंदर कपड़े पहने थे और सजी हुई थी। सुरेश डर गया। उसके मन में विचार आया 'दुगना खतरा!'

पत्नी ने कहा, ''बाहर क्यों खड़े हो?''

सुरेश बोला, ''पहले बता कि तेरी क्या फरमाइश है? उसके बाद ही मैं अंदर आऊँगा, क्योंकि तूने यह जो जाल बिछाई है, उस जाल में अब मछली फँसनेवाली नहीं है। पहले बहुत बार फँस चुका हूँ। पहले बता दे तेरी फरमाइश क्या है? यह जानने के बाद ही अंदर आऊँगा और नहीं तो यहीं से

भाग जाऊँगा।''

भाई-भाई के संबंधों में, प्रेमी-प्रेमिका के संबंध में आपस में लेन-देन होता है। ऐसे संबंध होते हैं कि आप मेरी पीठ खुजाएँ और मैं तुम्हारी पीठ खुजाऊँ और अगर तुम मेरी प्रशंसा नहीं करते, मैं तुम्हारी खुशामद नहीं करता। सिर्फ़ शागिर्द और मुर्शद, यानी कि गुरु और शिष्य के बीच परस्पर लेन-देन नहीं होता। वहाँ तो गुरु सिर्फ़ देता है और शिष्य सिर्फ़ ले रहा है। लेने के बाद शिष्य अगर गुरु को गालियाँ दे, फिर भी गुरु तो आनंद में ही रहता है। गुरु को तो गाली भी मंज़ूर है।

आप शायद नहीं जानते, लेकिन कुछ गुरुओं ने जान-बूझकर ऐसी स्थिति निर्माण की, जिससे शिष्य गालियाँ देकर जाए।

जापान में एक बौद्ध आश्रम में एक गुरु अपने शिष्यों के साथ रहते थे। उन सब शिष्यों में एक शिष्य बहुत बुद्धिमान और उन्नत साधक था। गुरु ने एक बार सबके सामने उसे बहुत गालियाँ दीं, बहुत निंदा की। इतनी निंदा की कि वह शिष्य बेचारा रो-रोकर परेशान हो गया। उसे पता ही नहीं चला कि उससे ऐसी क्या ग़लती हो गई कि गुरुजी इतने नाराज़ हो गए! उस दिन से गुरु ने उस शिष्य का बहिष्कार किया और धीरे-धीरे सारे शिष्य उसे चिढ़ाने लगे। किसी को गिरते हुए देखकर सबको मज़ा आता है। गुरु ने एक बार गालियाँ दीं, लेकिन बाकी के शिष्य तो हज़ार बार गालियाँ देने लगे। उसके बाद गुरु ने उसे कहा कि 'तू यहाँ से चला जा।' वह गुरु के घर के द्वार के बाहर बैठा रोता रहा। रात को जब सब अपने-अपने कमरे में चले गए तब थोड़ी देर बाद गुरु ने चुपके से दरवाज़ा खोला और हाथ पकड़कर उसे अपने कमरे में ले गए। गुरु ने उस शिष्य से कहा, 'देख, तू मेरा सबसे प्रिय शिष्य है और मुझे यह भी मालूम है कि तुझे सत्य का बोध हो गया है। मेरी तुझसे बहुत उम्मीद है, लेकिन अगर तू थोड़े दिन और यहाँ रह गया तो बाकियों को भी पता चल जाएगा कि तुझे आत्मज्ञान हो गया है और उन्हें नहीं हुआ। ऐसे में वे कहीं तुझे मार ही न डालें, इसलिए तू अभी यहाँ से चला जा। हमारे बीच यह जो बात हुई है, उसके बारे में कभी किसी से कुछ मत कहना। यहाँ

जितने लोग हैं, वे सब तुझे बहुत गालियाँ देंगे और मैं भी तुम्हें बहुत गालियाँ देता रहूँगा, लेकिन तुम जानते हो और मैं जानता हूँ कि सत्य क्या है! अब तू चला जा।' गुरु ने रात के अँधेरे में उस शिष्य को भेज दिया।

सालों बीत गए और गुरु मृत्युशैया पर थे, तब उनसे पूछा गया कि आपका उत्तराधिकारी कौन होगा? गुरु ने उत्तर दिया कि मुझे कहने की ज़रूरत नहीं है, क्योंकि जो उत्तराधिकारी है, वह ख़ुद इस बात को जानता है। सब चेले पूछते रहे कि हम में से उत्तराधिकारी कौन है? लेकिन गुरु ने जवाब नहीं दिया। उसी मौन में गुरु का शरीर चला गया। गुरु के मरने की ख़बर जब फैल गई तो वह शिष्य, जिसे गुरु ने निकाल दिया था, वह भागकर आया और बहुत रोया। उसको निकाल दिया था, उस घटना और गुरु की मृत्यु के बीच 20-25 साल बीत चुक़े थे, इसलिए वह किसी को याद भी नहीं था। लोग भूल ही गए थे कि वह कभी इनके साथ रहा था। सब लोग परेशान थे और उससे पूछ रहे थे कि तू इनके लिए क्यों रो रहा है? क्योंकि अब तो वह ख़ुद भी बहुत प्रसिद्ध हो चुका था।

उसने जवाब दिया, ''यह मेरे गुरु हैं।'' उन्होंने पूछा, ''हमें तो याद नहीं कि तू कभी यहाँ आया हो और गुरु ने तुम्हें कुछ सिखाया हो। जहाँ तक हम जानते हैं, हमारे गुरु भी तुम्हें नहीं जानते होंगे।''

वह शिष्य और ज़ोर से चीखकर रोया। उसने कहा, ''इसी बात का तो रोना है कि उन्होंने ही सबकुछ दिया, लेकिन धन्यवाद कहने का मौका भी नहीं दिया। मैं उनका धन्यवाद करता, उसके पहले ही उन्होंने मुझे यहाँ से भेज दिया।''

उसे रोते हुए देखकर सब लोग उसे समझाने लगे कि तू तो ज्ञानी है। तू तो जानता है कि शरीर मरता है, लेकिन आत्मा नहीं मरती तो फिर तू क्यों रो रहा है?

उसने कहा, ''मैं जानता हूँ कि आत्मा मरती नहीं, देह मरती है, लेकिन ऐसी प्यारी देह फिर क्या कभी देखने को मिलेगी? यह वह देह है, जिससे परम ज्ञान मिला है। इस शरीर का आख़िरी बार दर्शन कर रहा हूँ। उसके बाद देह राख हो जाएगी, मिट्‌टी हो जाएगी। इसके बाद फिर न कभी उनकी आवाज़

सुन पाऊँगा, न चेहरा देख पाऊँगा। आज भले आप मुझे अज्ञानी साबित कर लें, भले मुझसे गुरु होने की पदवी छीन लें, लेकिन आज तो मुझे अपने गुरुदेव की मृतदेह पर रोना है, क्योंकि मुझे रोना आ रहा है। इतना प्यार, इतनी मोहब्बत दुनिया में कोई किसी को दे नहीं सकता है, जो मेरे गुरु ने दी है।''

अपने जीवन को श्रेष्ठ बनाने के लिए तीसरा स्वर्णिम नियम है—प्रेम। शुद्ध प्रेम का अनुभव होना चाहिए। ऐसे प्रेम के सागर में जब गोता लगेगा तो आपके भीतर एक ऐसी मस्ती, ऐसी बेपरवाही, ऐसा सुकून, चैन, एक ऐसा शरारा उठ जाता है, एक ऐसा शोला आपके अंदर भड़कता है कि फिर आपके पाँव में हमेशा एक नृत्य रहता है। फिर आपकी आँख में हमेशा इंद्रधनुषी रंग और बुद्धि में ज्ञान की मस्ती रहती है।

तीन नियम कहे—सूर्योदय से पहले जागना और योगासन करना। दूसरा प्राणायाम करते हुए मंत्र-जप और तीसरा प्रेम में रहना, प्रेमरूप हो जाना।

‘प्रेम के मारे ऐसे तीर
के हिरदा चीर गए।
ओ री, सखी मैं हुई दीवानी
प्रेम रंग में हुई मस्तानी
समझे न कोई मेरी पीर
के हिरदा चीर गए।

छुप-छुपकर मैं दर्शन करती
दूर ही दूर से मन में भरती
बरबस आ गए सामने
ओ हिरदा चीर गए।

मेरे पिया बसे हृदय के अंदर
किए नैना बंद, हो गए दर्शन
प्रेम न माने जग की रीत

के हिरदा चीर गए।'

इन तीन स्वर्णिम सूत्रों के साथ जब आप जिएँगे, फिर देखें कि ज़िंदगी जीने का क्या मज़ा है! सवाल इसका नहीं है कि आपके बैंक खाते में कितने करोड़ डॉलर हैं? मैंने बहुत करोड़पतियों को रोते देखा है। सवाल यह नहीं है कि आपके पास ऐशो-आराम की कितनी वस्तुएँ हैं? सवाल यह है कि आपके पास कितना ज्ञान है? ज्ञान से मस्ती आती है और कहीं से नहीं आती। जिनके पास ज्ञान नहीं है, वह गरीब है, तो भी रोएगा, अमीर है, तो भी रोएगा, कुँवारा है, तो भी रोएगा, शादीशुदा है, तो भी रोएगा, बच्चे होंगे तो भी रोएगा और नहीं हैं तो भी रोएगा।

आख़िर में आप सब के लिए मैं मंगलकामना करती हूँ और ईश्वर से प्रार्थना करती हूँ—

'ओ३म् सर्वे भवन्तु सुखिनः
सर्वे सन्तु निरामयाः।
सर्वे भद्राणि पश्यन्तु
मा कश्चिदद्दुःखभाग्भवेत॥'
(न्यूयॉर्क, 23 अप्रैल, 2010)

□

यह मृत्यु-घंटा किसके लिए बज रहा है?

'जोगीया लै चल वाही देस
बिना मोल तेरे हाथ बिकानी,
करूँ जो हो आदेस।

तन की डोरी हाथ तुम्हारे,
मन में है परवेश।
दु:ख नहीं जहाँ है सुख कोई
आनंद का कमलेश॥'

यहाँ प्रार्थना है, अर्ज़ है, अरदास है कि जिस देश में तू रहता है, जिस देश की तुझे ख़बर है, उस देश तक मुझको भी ले चलो। जब मन में सत्संग का रंग जमने लगता है तो वैराग्य उत्पन्न होता है। अगर सत्संग सुनकर भी अगर आपके अंदर वैराग्य नहीं आया तो समझें अभी आपने कुछ सुना ही नहीं है। सिर्फ़ किसी एक अच्छी जगह में जाकर एक अच्छा समय बिताया है, लेकिन उस अच्छी जगह का प्रभाव आप तक नहीं आया। सत्संग मनोरंजन नहीं है, सत्संग अच्छा समय बिताने के लिए नहीं है। सत्संग एक यात्रा है, एक खोज है। सत्संग एक प्राप्ति भी है, एक साधना भी है और अगर आपके जीवन में साधना शुरू नहीं हुई, तो आप यह जानिए कि अभी सत्संग शुरू नहीं हुआ है।

किसी चीज़ के बारे में सूचना प्राप्त कर लेने से, उस वस्तु के बारे में सुनकर या पढ़कर जानकारी लेने से वह चीज़ आपको नहीं मिल जाती। आपको वह वस्तु ख़रीदनी पड़ती है, इस्तेमाल करनी पड़ती है, तभी आपको उस चीज़ का सही लाभ मिलता है। वह उत्पादन कोई भी हो सकता है— खाने का, सौंदर्य प्रसाधन का, घर कुछ भी हो सकता है। चीज़ों के बारे में जानकारी देनेवाली पुस्तिका पढ़कर आपको उस वस्तु का लाभ नहीं मिलता है। उसी तरह जब आप किसी संत से मिलते हैं, उन्हें सुनते हैं तो सिर्फ़ सत्संग की जगह पर जाकर बैठ जाने से आपको लाभ नहीं मिलता। आपको सही लाभ तब मिलता है, जब आप उन सुने हुए वचनों को आत्मसात् करें। आपने उन शब्दों को अपने अंतर में उतारा हो और आपके दिल में ऐसी हिलोरें उठने लगें, ऐसी भावना जागने लगे, ऐसे प्रश्न उपस्थित होने लगें कि मैं कौन हूँ? कहाँ से आया हूँ? मेरा ईश्वर के साथ क्या संबंध है? अगर ईश्वर है तो वह कैसा है और कहाँ है? सत्संग का अर्थ है कि अब आप सिर्फ़ शरीर से नहीं जीते हैं, शरीर के लिए नहीं जीते हैं, बल्कि इस शरीर के अंदर जो मन है, उस मन पर भी आपकी दृष्टि जाने लगी है।

जब आप खाते-पीते, सोते, नहाते, कमाते या कहीं आते-जाते हैं तो यह सब लेन-देन, सारा व्यवहार आपके शरीर की वजह से ही होता है और दूसरों के शरीर के साथ होता है। हालाँकि शरीर जब कुछ भी करता है तो उसकी वजह से होनेवाला सुख-दुःख आपका मन महसूस करता है। जैसे, अगर आप सिनेमा देखने गए तो गया तो शरीर ही है, देखा मन ने; लेकिन मज़ा शरीर को नहीं आता। गीत सुना आपके कानों ने, लेकिन कान को मज़ा नहीं आता है? कान जड़ हैं। मज़ा किसको आया? मन को। सुख किसे हुआ? मन को।

जैसे आप कहीं बाहर खाने जाते हैं, तब किसी रेस्तराँ में बैठकर मनपसंद व्यंजन ऑर्डर करते हैं। आप खाते हैं और उसका स्वाद लेते हो। अब खाया किसने? आपके मुँह ने। स्वाद कहाँ आया? आपकी जीभ पर। जब आपने उस चीज़ को मुँह में रखा और उसे चबाया तो जीभ की स्वाद-कलिकाएँ

(taste buds) दिमाग को संदेशा देती हैं। दिमाग फिर उनका विश्लेषण करता है कि वह मीठा, कड़वा, खट्टा, स्वादिष्ट, फीका, सरस या बकवास है। खाने का मज़ा किसको आया? मन को। खाना रखा तो जीभ पर, लेकिन मज़ा मन को आया। मन की यह मजबूरी है कि वह सीधे मज़ा नहीं ले सकता। उसे कोई भी मज़ा लेना हो तो उसे पाँच ज्ञानेंद्रिय की मदद लेनी पड़ती है। इन ज्ञानेंद्रियों द्वारा हम संसार के संपर्क में रहते हैं। पहली इंद्रिय और उसका अवयव है आँख। आँखों से ही आप सुंदर वस्तुएँ, जैसे—आकाश, सूर्य, चंद्र, तारे, तितलियाँ, बच्चे, इन सबको देख पाते हैं। आँखें संसार की ओर जाने का द्वार हैं।

जब किसी को अपनी साधना की शुरुआत करनी होती है तो सबसे पहली चीज़ यही कही जाती है कि आँखें बंद करो। बाहर देखते हैं तो संसार दिखता है और अगर परमात्मा के साथ जुड़ना है तो आँखें बंद करें।

अभी कुछ दिन पूर्व मैं बता रही थी कि योनिमुद्रा कैसे की जाती है। उसमें आप अपने हाथ का उपयोग करते हैं। हाथ के अँगूठे से कान बंद करके, तर्जनी कपाल पर, दूसरी उँगली आँख के कोने पर, तीसरी उँगली नाक के पास और चौथी उँगली होंठ के पास—इस मुद्रा को 'योनिमुद्रा' कहते हैं। अब अगर आँखें खुली हों तो आप अपनी दूसरी उँगली को आँखों के अंदर के कोनों पर कैसे रख सकते हैं?

ध्यान, सुमिरन, जप करने के लिए कहा जाता है कि भाई, सबसे पहले आँखें बंद करो। आँखें बंद होते ही लगभग सत्तर प्रतिशत बाहर की दुनिया से संबंध टूट जाता है। जब आप मुँह खोलेंगे और उसमें कुछ डालेंगे, तब स्वाद आएगा! उसी तरह नाक के पास किसी फूल को या सुगंधित वस्तु को लाएँगे, तब पता चलेगा कि अच्छी है या बुरी है। नाक पूरी समय प्रवृत नहीं रहती। हमारी दूसरी एक इंद्रिय है, जो हमेशा सक्रिय रहती है और वह है कान। आँखें बंद करके बैठ जाएँ तो भी कान तो सुनते ही रहते हैं। मान लें आप आँख बंद करके बैठ गए, लेकिन पड़ोसी के घर में तेज़ संगीत बज रहा हो और आप 'ओ३म् नमः शिवाय' का जप कर रहे हैं तो फिर ऐसी स्थिति

में इनसान मन-ही-मन गुस्सा होता है कि इस दुनिया में अच्छे लोग हैं ही नहीं। यहाँ मैं ध्यान करना चाह रहा हूँ और ये लोग ज़ोर-ज़ोर से गाना बजाते हैं तो पड़ोसी को गालियाँ देते हैं। वैसे ही जप करने में ज़्यादा दिलचस्पी थी ही नहीं, तो फिर एक अच्छा बहाना मिल जाता है। लगता है कि जाने दें, जब मंदिर जाएँगे तब कुछ कर लेंगे, लेकिन मंदिर में लोग पूजा-विधि करने में व्यस्त होते हैं। मैंने मंदिर में लोगों को जप करते नहीं देखा है और कभी-कभी कोई मंत्र कर भी रहा होता है तो आँखें फाड़-फाड़कर इधर-उधर देख रहा होता है। वह देख रहा होता है कि कौन आया, कौन गया, उसने अच्छे कपड़े नहीं पहने, वह आदमी अच्छा नहीं है, ऐसा सब चलता रहता है।

हमारी आँखें जब भी कुछ देखती हैं तो मन उसके बारे में टिप्पणी करना शुरू कर देता है या तो उसके बारे में कुछ अच्छा कहेगा या बुरा कहेगा। ऐसा हो ही नहीं सकता कि आप कुछ देखें और मन में उसके बारे में विचार न चलें। कितनी भी कोशिश कर लें कि मैं नहीं सोचूँगा और सिर्फ़ देखूँगा, लेकिन यह मुश्किल है। दुनिया का सबसे मुश्किल काम है देखना, लेकिन उसके बारे में न सोचना। आप देखते रहें और एक भी विचार न चले, आप सूँघें और एक भी विचार न चले। आपके मन में विचारों का इतना शोर चलता रहता है कि सच बात तो यह है कि आप ठीक से कुछ देखते भी नहीं हैं और सुनते भी नहीं हैं, क्योंकि शब्द कान में आया था, दृश्य आपकी आँखों ने देखा था और आपके मन ने उसके बारे में टिप्पणी करना शुरू कर दिया था।

जैसे, मेरे हाथ में एक डिब्बी है, उसे देखकर आपके मन में क्या विचार आता है? डिब्बी अच्छी है। दूसरा विचार शायद ऐसा आया होगा कि इसमें जो हीरे हैं, वे असली होंगे? फिर शायद ऐसा भी विचार आया होगा कि हर बार गुरुमाँ डिब्बी ही क्यों दिखाती हैं? चौथा विचार आया होगा कि इसके अंदर क्या है? देखो, मैं आपके विचारों को शब्द दे रही हूँ। इसके अलावा भी और विचार आए हो सकते हैं। किसी भी वस्तु को देखकर आपके मन में प्रकाश से भी ज़्यादा तेज़ गति से विचार आ जाते हैं। जैसे कि यह अच्छा है,

अपने लिए भी लाऊँगा। या फिर ऐसा विचार कि गुरुमाँ के लिए यह कौन लाया होगा? इस डिब्बी की कीमत क्या होगी? या फिर ऐसा विचार भी आया होगा कि इस डिब्बी के अंदर क्या होगा?

एक व्यक्ति ने मुझे इसके बारे में प्रश्न किया था कि 'गुरुमाँ, आप बहुत मीठा गाती हैं तो इसका रहस्य क्या है? मैंने कहा कि इसका रहस्य इस डिब्बी में है। इस डिब्बी में एक ऐसी चीज़ है कि जिसे मुँह में डालते ही मैं मीठा-मीठा गाने लगती हूँ। उन्होंने इस मज़ाक को सच समझ लिया और कहने लगे, "हमें भी बता दीजिए न, क्योंकि हम भी गाते हैं।" उन्होंने अपना विजिटिंग कार्ड पकड़ा दिया कि कहा हम भी भजन गाते हैं और कार्यक्रम करते हैं।

मन आपका हमेशा कुछ-न-कुछ सोचता रहता है। ज़रूरी या फिर व्यर्थ के विचार चलते रहते हैं। कई बार तो जैसे मकड़ी जाल बनाती है, वैसे एक विचार से दूसरा, फिर तीसरा, उसमें से चौथा, पाँचवाँ। उदाहरण के तौर पर आपने इस डिब्बी को देखा। उसके ऊपर की चमक को देखा तो याद आया कि जौहरी के पास जाना था। उसके पास सेट बहुत अच्छा है, पर क्या करूँ पति पैसा देता ही नहीं। सारे पैसे अपनी माँ को भेज देता है। यह माँ, यानी कि सास होती ही क्यों है? वह बुढ़िया मरती भी नहीं। दवाइयाँ खाती रहती है, खाती रहती है। मुझे मेरी दवाइयाँ लेने दुकान में जाना था। मेरी दवाइयाँ मँगवाई थीं, वे आ गई होंगी। दवाइयाँ कितनी महँगी हो गई हैं। आजकल अमेरिका में कितनी मंदी चल रही है। अमेरिका तो अब जीने लायक रहा ही नहीं। इससे तो भारत में मेरा शहर अहमदाबाद ही अच्छा है। अहमदाबाद में उस जगह पर पापड़ी-गाठिया अच्छा मिलता है। लेकिन गाठिया खाने से कोलेस्ट्रोल बढ़ जाता है। मेरे डॉक्टर कह रहे थे कि खाने-पीने में ध्यान रखें।

आप समझ रहे हैं कि मैं क्या कहना चाह रही हूँ? एक में से दूसरा, उसमें से फिर तीसरा। पूरी दुनिया बिना टिकट और वीज़ा के घूम लेती है। भारत भी घूम आए, अपने गाँव भी जा आए और सब ख़बर भी ले आए और

फिर अचानक याद आया कि मैं सत्संग में बैठा था!

एक महिला ने मुझसे पूछा कि आपने मुझे गुरुमंत्र दिया था, लेकिन मैं भूल गई तो आप फिर से बताएँगी?

मैंने कहा, "जो चीज़ भूल गई, वह इतनी बेकार की होगी, इसीलिए तो भूल गई! और जो चीज़ इतनी बेकार की है, उसे फिर से सुनना क्यों चाहती हो?"

उसने कहा, "नहीं, नहीं बहुत काम की चीज़ है। आप फिर से बता दें!"

मैंने पूछा, "तेरा नाम क्या है?"

उसने कहा, "सुमित्रा।"

मैंने कहा, "वह कभी भूल जाती हो? अच्छा तेरे घरवाले का नाम क्या है?"

उसने कहा, "श्यामलाल मखीजा।"

"श्यामलाल मखीजा ही होता है न, या फिर तू उसे श्यामलाल धमीजा कर डालती है? तेरा घर कहाँ है, यह कभी तुम्हें भूल जाता है? तुम्हारे कितने बच्चे हैं, यह भूलता है? कितने पैसे हैं, यह भूल जाता है? मंत्र भूल गया। खड्डे में जाओ। अब दूसरी बार मंत्र नहीं देती।"

उसको दुबारा मंत्र नहीं दिया। अगर मंत्र आपके लिए बेकार की चीज़ है तो उसे कूड़ेदान में डाल दें। और गुरु? और गुरु का ज्ञान भी जाए खड्डे में। उसे क्या करना है? जिसकी कदर नहीं, कीमत नहीं आपको, तो फिर वापस क्यों पूछते हैं? सोचने की बात यह है कि उस महिला ने जो प्रश्न पूछा, उसके पीछे बहुत सारी बातें हैं। उसका चरित्र, उसका मन, उसके विचार, उसकी बुद्धि—सबकुछ प्रगट हो रहा है। पहली बात, उसका मन बहुत बिखरा हुआ रहता है। कहाँ तो आप गुरुमंत्र लेने के लिए घर से निकले और गुरु के सम्मुख पहुँचते हैं, वह दिन आपके जीवन का सबसे कीमती दिन होता है। कबीर साहेब की एक बात कहती हूँ।

कबीर अपने माँ-पिता नीरु और नीमा को तालाब के किनारे मिले थे।

कबीरजी उस समय छोटे से बालक थे और उनकी जन्मदात्री माँ ने उन्हें त्याग दिया था। उन्हें उनकी माँ ने क्यों त्याग दिया था, उसके बारे में बहुत सारी कहानियाँ हैं, पर इस वक़्त उसके बारे में बात नहीं करेंगे। उस बालक को नीरु और नीमा ने रोते हुए सुना। उस वक़्त वे नीरु के मायके से वापस लौट रहे थे और बच्चे के रोने की आवाज़ सुनी तो दोनों रुक गए। देखा तो एक अबोध बच्चा पड़ा था। उन्होंने पूछा कि किसका बच्चा है? किसका बच्चा है? बहुत ढूँढा पर कोई दिखाई नहीं दिया। नीरु को ख़ुद को कोई बच्चा था नहीं तो उसने कहा कि ख़ुदा ने मुझे यह बच्चा दिया है, यह मेरे लिए ही है। उस बच्चे को नीरु अपने साथ ले आई और ख़ुद का बच्चा समझकर ही पाला।

कबीर जब दस साल के हुए तो उन्होंने देखा कि उनके आस-पास मंदिर है, मसजिद है। कोई नमाज़ पढ़ रहा है और अपने आपको मुसलिम कह रहा है। कोई राम-राम कहता है। इस काशी शहर में शिवजी के भी बहुत सारे भक्त हैं, जंगम, जोगी, कनफटे जोगी, साधु हैं और सब अपने-अपने मत अनुसार कुछ-न-कुछ करते रहते हैं। छोटा सा कबीर अपनी माँ से पूछता है, ''हम कौन हैं?''

माँ ने कहा, ''हम मुसलिम हैं। बेटा तू अपने अब्बा के साथ मसजिद जाना शुरू कर दे। नमाज़ पढ़ना सीख ले।''

मसजिद जाते-जाते उनकी नज़र मंदिर पर लगी रहती और मन में इच्छा होती कि इसके अंदर क्या है, वह देखूँ, जानूँ और समझूँ। एक दिन मंदिर की सीढ़ियाँ चढ़ गए। उनके कपड़े, लिबास और सिर पर टोपी देखकर सब समझ गए कि यह तो मुसलिम है, इसलिए वहाँ के लोगों ने डाँट-डपटकर वहाँ से भगा दिया। वे तो एक छोटे बालक ही थे, दुःखी हो गए कि मैं अंदर क्यों नहीं जा सकता? हिंदुओं को तिलक लगाए हुए देखते तो उनको भी बहुत शौक़ होता कि वे भी तिलक करें।

एक दिन कबीरजी ने देखा कि एक पीपल के पेड़ के नीचे शिवपिंडी पर लोग पूजा करके गए थे और वहाँ चंदन पड़ा था तो उन्होंने उससे अपने

माथे पर तिलक कर लिया। माँ ने जब देखा तो थप्पड़ मार दिया और कहा कि तिलक क्यों किया, हम हिंदू नहीं हैं? तिलक तो हिंदू लगाते हैं। हम मुसलमान हैं, हम तिलक नहीं लगाते। कबीर की समझ में नहीं आ रहा था, क्योंकि उन्हें तो दोनों पसंद आते थे—हिंदू भी और मुसलमान भी। मसजिदवाले कहते थे कि मंदिर न जाएँ और मंदिरवाले कहते थे कि मसजिद न जाओ।

कबीर ने माँ से पूछा, "मंदिर में कौन हैं?"

माँ ने कहा, "उनके भगवान।"

"मसजिद में कौन हैं?"

माँ ने कहा, "हमारे अल्लाह मियाँ।"

"दोनों भाई हैं? दुश्मन हैं, दोस्त हैं? कौन हैं?"

इस बालक के इतने सारे प्रश्न के उत्तर माँ को आते नहीं थे, तो माँ ने कह दिया, "जा, बाहर जाकर खेल।"

जहाँ प्रेम हो, लगन हो, वहाँ इनसान को रास्ता मिल ही जाता है। कबीर पूरा दिन यहाँ-वहाँ, साधुओं के डेरों में घूमते रहते थे और एक बात उनकी समझ में आ गई थी कि सभी लोग स्वामी रामानंद का बहुत सम्मान करते हैं। कहते थे कि वे बहुत विद्वान, समझदार, ज्ञानी और शास्त्रों की समझ रखते थे। सब बोलते थे कि उनको भगवान के दर्शन भी हुए हैं। ऐसा सब सुनकर कबीरजी रामानंदजी के आश्रम की ओर गए, लेकिन वहाँ भी उन्हें किसी ने दरवाज़े के अंदर जाने नहीं दिया, क्योंकि रामानंदी संप्रदाय में रामभक्ति है और वे छूत-अछूत बहुत मानते हैं। मतलब हिंदुओं में भी शूद्र जाति के हों तो उनको छूते नहीं, ऐसी वह जगह थी।

कबीरजी तो बाहर खड़े-खड़े देखते रहते। एक बार रामानंदजी दिख गए तो मन में बहुत प्रेम आया, बहुत आकर्षण हुआ; लेकिन अंदर जा न सके। वहीं दरवाज़े पर बैठकर इंतज़ार करते रहते हैं कि कभी तो बाहर निकलेंगे। फिर जब रामानंदजी बाहर निकले तो उनका चेहरा नज़दीक से देखा। जब वह चेहरा पहली बार देखा तो वह मूरत कबीरजी के दिल में बस गई। दिन-रात वे रामानंदजी के आश्रम के आस-पास खेलते रहते और

इंतज़ार करते रहते कि कब बाहर निकलें। लेकिन जब रामानंदजी बाहर आते तो उनके शिष्य, चेले सब साथ रहते। ऐसा अवसर न मिलता कि कबीर सीधे उन तक पहुँच सकें। कबीरजी दूर-दूर से उनको देखते रहते और वे उनको बहुत प्यारे लगते, आकर्षक लगते थे। उनका सुंदर व्यक्तित्व, भगवे कपड़े, माथे पर चंदन का तिलक, उनकी मीठी भाषा कबीर सुनते तो उन्हें लगता कि किसी ने कान में मिसरी घोल दी है! रामानंदजी का यह स्वरूप कबीरजी के मन में बस गया, लेकिन कबीर साहेब की मजबूरी यह थी कि उनकी मुसलिम वेशभूषा की वजह से कोई उन्हें रामानंदजी के क़रीब आने नहीं देता था। कबीरजी उनको दूर से देखते और मन-ही-मन में अपने प्यारे, अपने सद्‌गुरु को निहारते रहते, दर्शन करते रहते। ऐसा ही भाव इस भजन में है। कबीर कहते हैं—

‘मेरा प्यारा सजन
मेरा भोला सजन
तू कितना है प्यारा-प्यारा
मैं तुझ पर जाऊँ वारा-वारा
तेरी सुंदर छवि के सदके
तेरी मोहनी मूरत के सदके
लुट जाए जीवन सारा।

तेरे चरणों की धूल बनके
लिपटी रहूँ गोविंद से
भूले मुझे सब संसारा
तू कितना है प्यारा-प्यारा
मैं तुझ पे जाऊँ वारा-वारा।

एक मैं हूँ और एक आप हो
तू जाँ कोई हम में हो

मिले प्रीत को तेरा सहारा
तू कितना है प्यारा-प्यारा
मैं तुझ पे जाऊँ वारा-वारा
मेरा प्यारा सजन
मेरा भोला सजन।'

कबीर की दिन-रात की इस खोज ने एक बात समझा दी कि सुबह के समय पर ब्रह्ममुहूर्त में स्वामी रामानंद स्नान करने के लिए गंगा नदी जाते हैं, उस वक़्त उनके साथ कोई नहीं होता!, पर कबीर इतनी बार ठुकराए गए थे कि उनकी हिम्मत ही नहीं पड़ी कि सामने जाएँ। जहाँ प्रेम होता है, लगन होती है, जहाँ तड़प होती है, वहाँ आदमी को रास्ता भी सूझ जाता है। कबीर ने रास्ता खोजा कि जिन सीढ़ियों से उतरकर स्वामी रामानंद घाट पर जाते हैं, वे उन्हीं सीढ़ियों पर लेट गए। रातभर एक-एक श्वास, एक-एक क्षण कैसे बीता होगा, वह तो वे ही जानें। स्वामी रामानंद अभी आएँगे, अभी आएँगे, ऐसे सोचते हुए इंतज़ार की घड़ियाँ गिन रहे थे। मन में लग रहा था कि आज जब मुलाकात होगी तो मैं अपना प्रेम, अपनी पुकार सामने धर दूँगा। आज हमारे बीच बाधा बनने के लिए, मुझे मारकर भगाने वाला कोई न होगा। आज मैं उनसे पूछूँगा, प्रार्थना करूँगा कि मुझे गुरुमंत्र दें और जिस राम के साथ आप जुड़े हुए हैं, उस राम से मुझे जोड़ दें। ऐसा भाव लेकर कबीरसाहेब सीढ़ियों पर लेटे हुए गुरु का इंतज़ार करते हैं।

एक बहुत सुंदर शब्द आता है 'गुरबानी' में, जिसमें कहा है कि उस रात का नज़ारा कैसा होगा, जब रात जा रही है और दिन आ रहा है। मतलब न अभी पूरी सुबह हुई है, न रात पूरी ख़त्म हुई है। इस आ रही सुबह के वक़्त, ब्रह्ममुहूर्त की बेला में कौन जागता है? जो राम का प्यारा है, जिस पर ईश्वर की दया है, गुरु की कृपा है, वे लोग निद्रा त्याग करके जाग जाते हैं। इन्हीं भावों को अभिव्यक्त करता हुए एक शब्द है—

'भिन्नी रैनडिए चमकन तारे
जागे संतजना, मेरे प्यारे।'

भिन्नी मतलब मीठी खुशबूवाली सुबह हुई है और राम के प्यारे सब जाग गए हैं और अपने-अपने सुमिरन में बैठ गए हैं। इन तारों की छैयाँ में जागनेवालों को ही हम भक्त कहते हैं, खोजी कहते हैं।

ऐसी मीठी सुबह में कबीरसाहेब इंतज़ार कर रहे हैं और इतने में स्वामी रामानंद के पाँव में पड़ी हुई खड़ाऊँ की खट्-खट्-खट् आवाज़ आई तो जैसे कबीर का दिल धड़कना ही भूल गया। स्वामी रामानंद सीढ़ियों से उतरते वहाँ तक आ गए, जहाँ कबीर लेटे थे। जैसे ही उन्होंने पाँव नीचे रखा तो पाँव कबीर पर पड़ा और उन्होंने पाँव पीछे खींचा और बोले, 'कौन है भाई? उठो। अरे भाई, राम बोलो। उठो, राम बोलो।'

कबीर जल्दी से उठे, चरणों को छुआ, प्रणाम किया। सिर ज़मीन पर टेक दिया और धीरे से पीछे खिसक गए। इसके बाद उनके शरीर में तो कोई शक्ति ही न बची कि उठ सकें, जा सकें और कुछ बोल सकें, क्योंकि ऐसा जादू छा गया। कबीर तो इतने भाव-विभोर हो गए कि न कुछ बोल पाए, न कुछ कह सके। उनके मुख से एक शब्द भी निकल नहीं रहा था और जो सुना था, वह ही कान में गूँज रहा था।

रामानंद तो अपने स्नान के लिए चले गए, लेकिन कबीर वहीं बैठे रहे। साँस जैसे रुक गई, दिल जैसे ठहर गया। मन भी ठहर गया और भीतर एक ही शब्द गूँज रहा है—राम, राम, राम। कबीर का यह पहला समाधि का बोध था। यह उनकी पहली समाधि थी, जो भाव से शुरू हुई और निर्विकल्पता तक पहुँच गई। रामानंदजी कब स्नान करके वापस गए, कबीर को पता नहीं। कब दोपहर चढ़ आई कबीर को पता नहीं, कब शाम ढल गई, उसका भी पता नहीं।

कबीर की माँ पागलों की तरह उसे ढूँढती हुई वहाँ पहुँची तो देखा कि कबीर आँख बंद करके बैठे हैं। माँ ने झट से अपने सीने से लगाया और रोने लगी कि तुझे तो हम कब से ढूँढ रहे हैं और तू यहाँ बैठा है! तुझे कुछ होश भी है कि माँ पर क्या बीती होगी, जिसका बच्चा रात से गायब हो और दूसरी शाम तक वापस न लौटा हो! कबीर ने बामुश्किल आँख खोली और माँ से

कहते हैं, ''माँ, मुझे गुरु मिल गए!''

कबीर का जीवन अब चकोर जैसा हो गया। जैसे चकोर चाँद को देखता रहता है, वैसे उनका मन हमेशा अपने गुरु के साथ जुड़ गया; क्योंकि उस निर्दोष अवस्था में कोई पाप-ताप, ईर्ष्या, द्वेष, राग थे नहीं और ऊपर से इस निर्दोष, भोले मन में जो प्रेम की आग लगी, उस लगन की वजह से वे रामानंदजी तक पहुँचे। उन्हें रामानंदजी के चरणों का स्पर्श मिला। उन्होंने जब सिर ज़मीन पर रखा, रामानंदजी के चरणों को छुआ तो जैसे बिजली कौंध गई। जो कुंडलिनी को जगाने के लिए योग किए जाते हैं, जप किए जाते हैं और फिर भी कुछ होता नहीं; लेकिन कबीर के लिए वह परम जागरण का क्षण हो गया।

थोड़े दिन वे अपनी मस्ती में रहे और फिर खुशी के मारे सबको कहते फिरते थे कि मुझे गुरु मिल गए, मुझे गुरु मिल गए। कोई पूछता कि कौन गुरु? तो कहते, 'स्वामी रामानंद।' बात स्वामी रामानंद तक पहुँची, लेकिन तब तक तो पूरा ब्राह्मण समाज, रामानंदी समाज विरोध में खड़ा हो गया। ऐसा कैसे हो सकता है कि एक मुसलिम और वह भी कपड़े बुननेवाली नीच जाति का बालक आपका शिष्य हो!

स्वामी रामानंद ने कहा, ''किसकी बात कर रहे हो? मैं तो उसे जानता तक नहीं।'' तब उनसे कहा गया कि वह पूरे शहर में कहता फिर रहा है कि स्वामी रामानंद मेरे गुरु हैं।

कबीर के घर उनकी माँ को संदेशा आया कि कबीर को लेकर तुरंत पहुँचो। संदेशा देनेवाले ने तो बहुत गुस्से में कहा कि तुरंत पहुँचो और कबीर को इतना ही सुनाई दिया कि गुरुजी ने बुलाया है। बस, वह तो पागलों की तरह दौड़कर जा पहुँचा उनके सामने। वहाँ तो पूरी पंचायत बैठी थी, साधु, ब्राह्मण सब बैठे थे और उन सब साधुओं में चंद्रमा की भाँति स्वामी रामानंद चमक रहे थे। कबीर ने साष्टांग प्रणाम किया और आँखें झुकाए खड़े रहे और बोले, ''गुरुदेव आज्ञा कीजिए।''

स्वामी रामानंद तो इस बालक के व्यवहार को देखकर दंग रह गए।

उनके कितने चेले थे उनके, कितने विद्यार्थी थे, पर इतने भाव से कभी किसी ने प्रणाम नहीं किया और न ही नम्रता से सिर झुकाया है, आँखें नीची की हुई हैं, छोटे से हाथ जोड़े हुए मीठी-सी आवाज़ में पूछते हैं, "कहिए, गुरुदेव मेरे लिए क्या आज्ञा है?" रामानंदजी तो इस बालक के प्रेम की ऊर्जा के प्रभाव में आ गए कि क्या पूछना था, क्या डाँटना था, कुछ याद नहीं रहा। उन्होंने कहा, "मैं तुम्हें पहले कभी नहीं मिला हूँ और आप सबको ऐसा क्यों कह रहे हो कि हमने तुम्हें दीक्षा दी है?" कबीर ने याद कराया कि कुछ दिन पहले गंगाघाट पर सीढ़ी उतरते हुए, जिससे आप टकराए थे, वह मैं ही हूँ।

रामानंदजी बोले, "हाँ वह तो याद है। बिल्कुल सत्य है, पर तुम्हें दीक्षा कब दी?"

कबीर ने कहा, "आप ही ने बोला था, उठ बेटा, राम बोल।"

रामानंदजी हँसे और बोले, "यह दीक्षा होती है? इसको दीक्षा कहते हैं?"

कबीर बहुत हैरान होकर रामानंदजी की ओर देखकर कहते हैं, "अच्छा, गुरुदेव! राम के अलावा कुछ और भी देते हैं दीक्षा में?"

रामानंदजी बोले, "नहीं। 'राम बोल' उतना शब्द सुनकर जिसको राम मिल जाए, ऐसा सद्-अधिकारी, ऐसा सद्-शिष्य तो रामानंद को आज तक कभी न मिला था। ऐसा उत्तम कोटि का जिज्ञासु, ऐसा उत्तम, शुद्ध अंतःकरण!"

गुरु ने तो ऐसा ही बोला कि उठ बेटा, राम बोल और इतना शब्द सुनने मात्र से जिसको समाधि का बोध हो जाता है। सारी पंचायत खड़ी होकर विरोध करने लग गई कि यह झूठ बोल रहा है, ऐसे दीक्षा नहीं होती है। रामानंदजी खड़े हुए, कबीर का हाथ पकड़ा और कहते हैं कि आपको जो समझना हो, वह समझें, जो कहना है, सो कहें; लेकिन मैं स्वामी रामानंद घोषणा करता हूँ कि आज से यह कबीर मेरा शिष्य है। यह मेरा सौभाग्य है कि यह मेरा शिष्य है।

स्वामी रामानंद एक उच्चकोटि के प्रेमी भक्त संत थे। उनको देर नहीं लगी कबीर की इस उन्नत प्रखर बुद्धि को देखते हुए। कबीर के हाव-भाव

में, शब्दों में, उनकी उपस्थिति में, उनका शुद्ध अंतःकरण ऐसे झलक रहा था कि रामानंद ऐसे रत्न को हाथ से जाने देने के लिए तैयार नहीं थे।

कबीर के जीवन की गाथा मैंने इसलिए कही कि आपको समझ आ सके कि दीक्षा का मतलब क्या है? दीक्षा के प्रति कैसी भावना होनी चाहिए? यहाँ तो लोग मिलते और कहते हैं कि हम मंत्र भूल गए। मंत्र भूल गए? आप जीना क्यों नहीं भूल गए? आपकी साँस क्यों रुक नहीं गई? यह खेल नहीं है। यह टाइमपास नहीं है। यह बूढ़े और रिटायर्ड लोगों का टाइमपास नहीं है। यह आपके जीवन की सबसे कीमती, सबसे ज़रूरी, महत्त्वपूर्ण चीज़ है। लेकिन समस्या यह है कि आपके लिए सब महत्त्व का है—पैसा, परिवार, समाज, आपकी नौकरी, आपका काम। भगवान्? कैसा भगवान्? गुरु? वह क्या होता है?

कुछ लोग थोड़ा सुनते हैं, कुछ देर स्थिर और शांत बैठने की कोशिश करते हैं। यह अच्छी बात है, लेकिन जब ये लोग ज़्यादा गहन बातें जानने के लिए मुझसे प्रश्न पूछते हैं तो मैं उनसे कहती हूँ कि आप आश्रम आ जाएँ और थोड़े दिन हमारे पास रहें, तब हम आपको आपके प्रश्नों के उत्तर देंगे। उस वक़्त वे एक लंबी सूची सुना देते हैं। कहते हैं, 'मेरी नौकरी है। मुझे छुट्टियाँ नहीं मिलतीं। यहाँ नौकरी बहुत मुश्किल से मिलती है। हमारी यह समस्या है, हमारी वह दिक़्क़त है।' मैं उनसे कहती हूँ कि ठीक है, तो मत आएँ। लेकिन फिर ऐसी इच्छा भी मत रखें कि धर्म की, ध्यान की ऊँचाइयाँ प्राप्त हो जाएँ। फिर जितना मिल रहा है, उसी से राज़ी हो जाएँ। उन बड़ी बातों की कामना भी छोड़ दें, क्योंकि मूल्यवान वस्तुओं के लिए ऊँचे दाम भी चुकाने पड़ते हैं। आप एक पैसे में कोहिनूर ख़रीद नहीं सकते। आप मेरे पास से कोहिनूर चाहते हैं, लेकिन एक पैसा तक चुकाने को तैयार नहीं हैं।

आपके लिए आपका परिवार का महत्त्व है। अमेरिका में रहते हैं और भारत में कोई पैदा हो, किसी की शादी हो, कोई समारोह हो तो भारत जाते हैं। अभी अगर ख़बर आ जाए कि कोई मर गया तो क्या नहीं जाएँगे? अभी अगर न्योता आ जाए कि भतीजे या भानजे की शादी है तो क्या नौकरी से

छुट्टी लेकर नहीं जाएँगे? लेकिन ख़ुद के उद्धार के लिए, अपनी मुक्ति के लिए अगर आपके पास समय नहीं है तो ऐसे बेपरवाह लोगों के लिए मेरे पास भी कोई समय नहीं है।

हमारा मन अज्ञान की लपेट में इतना आ गया है कि जो करना चाहिए, वह करता नहीं और जो नहीं करना चाहिए, वैसे सब काम आप लोग करते हैं—

'जो कर छड गँवावना लग्गा मन माँहे
जिथे जाए तुद बेसना तिसकी चिंता नाए'

यह घर, जिसके साथ आपकी इतनी आसक्ति जुड़ी है, वह घर-परिवार एक क्षण भी इंतज़ार नहीं करेगा। यहाँ आपकी श्वास निकले और तुरंत ताबूत में डालकर सीधे अंतिम संस्कार के लिए ले जाएँगे। क्योंकि मुर्दे को घर में कैसे रख सकते हैं? मुर्दा तो खराब होने लगता है और इसके पहले कि दुर्गंध आने लगे, कीड़े पड़ने लगें और मुर्दा फट जाए, फूलने लग जाए, लोग कहते हैं, 'निकालो, निकालो।' जिस तरह आज आप निकालते हैं न किसी को घर से, उसी तरह आपको भी निकाला जाएगा।

आपको आपके पिताजी बहुत प्यारे हैं, लेकिन पिता के श्वास निकल जाए तो क्या आप घर में रखेंगे? नहलाएँगे-धुलाएँगे, ताबूत में डालेंगे और इलेक्ट्रिक श्मशान में डाल देंगे। बटन दबाया और बात ख़त्म! फिर पिता को एक कलश में लेकर आएँगे। थोड़े दिन रखेंगे घर में और जब कभी भारत जाएँगे तो उन अस्थिफूल को गंगा में बहा देंगे। कहानी ख़त्म!

जिस घर में, जिस मकान में रहते हैं; उसे छोड़ देना है, छूट जाएगा। छोड़ेंगे नहीं, लेकिन छूट जाएगा। आपसे घर छुड़वा दिया जाएगा और उस वक़्त आपको कोई विकल्प नहीं दिया जाएगा। जब मौत आएगी, तब आपसे पूछेगी नहीं कि आपने अपनी जिम्मेदारियाँ पूरी की हैं या नहीं? आपने अपने मकान के हफ्ते पूरे किए हैं या नहीं? अपने बच्चों का घर बसाया है या नहीं? जब समय आता है और मृत्यु-घंटा बजता है तो वह आपके लिए बजता है।

ऐसा कहा जाता है कि कुछ जगह पर जब उस गाँव में किसी की मृत्यु होती है तो वहाँ के चर्च में घंटा बजता है। उस घंटे के बजाने से यह सूचित किया जाता है कि किसी की मौत हुई है और सब लोग उस व्यक्ति को विदा करने के लिए और उसकी अंतिम-यात्रा में शामिल होने के लिए एकत्रित होते हैं। इस पर से अंग्रेज़ी में रहस्यमयी उक्ति आई कि 'यह मृत्यु-घंटा किसके लिए बजा?' (For whom the bell tolls?)

कौन मरा? किसके लिए घंटा बजा? इसकी फ़िक्र छोड़ो। हर बार जो घंटा बजता है तो वह कह रहा है कि तेरी मौत तेरे सामने आकर खड़ी है। हमें किन बातों को प्राधानता देनी चाहिए? क्या हम उन बातों को प्राधानता देते हैं? नहीं देते। इसीलिए तो लोग पूछते हैं कि जब भजन करने बैठते हैं तो मन नहीं लगता। मैं उनसे पूछती हूँ कि जब फिल्म देखने बैठते हैं तो मन कितना लगता है? हिंदुस्तानी फिल्में तो तीन घंटे की होती हैं। सिनेमा हॉल की असुविधाजनक सीट पर बैठकर भी आपके तीन घंटे कहाँ बीत जाते हैं, पता नहीं चलता। कितना मन लगता है, जब आप अपने पैसे गिनते हैं कि आपके पास कितने पैसे हो गए हैं! कितना अच्छा लगता है, जब आप अपने लिए एक नया ड्रेस ख़रीदते हैं!

एक लड़की मुझे बता रही थी कि वह सिनेमा हॉल में जाती है और नई रिलीज़ हुई फिल्म देखते हुए अपने मोबाइल फोन से हीरोइन का जो ड्रेस पसंद आ जाए, उसका फोटो निकाल लेती है। फिर इंटरनेट पर उस ड्रेस को ढूँढकर वह फोटो अपने डिज़ाइनर को देती है कि मुझे ऐसा ही ड्रेस बना दो। अगर उसे किसी पार्टी में जाना होता है तो कौन सा ड्रेस पहनना है, उसकी तैयारी दो महीने पहले ही कर लेती है। किसी की शादी हो तो उसकी तैयारी चार महीने पहले करती है। वह कहती है कि मेरा ड्रेस सबसे सुंदर होना चाहिए। उसके साथ मेचिंग ज्वेलरी होनी चाहिए, फिर भले वे भाड़े पर लाए हुए गहने क्यों न हों! लोग भाड़े पर कपड़े लेते हैं, कार भाड़े पर लेते हैं; ताकि दूसरों पर प्रभाव डाल सकें, दिखावा कर सकें। जब आप सब ऐसा करते हैं तो आपको मज़ा नहीं आता? जब आप अपनी महँगी कार, गहने,

घड़ी यह सब दिखाते हैं क्या आपको मज़ा नहीं आता? आता है, ज़रूर आता है।

लेकिन क्या आप सोचते हैं कि अपनी आपकी साधना को प्राथमिकता देने की ज़रूरत है? अपने आपके साथ समय बिताना चाहिए, अपने मन पर काम करना चाहिए, मन को समझना चाहिए। अपने मन को समझना, मन में पड़ी हुई गाँठों को खोलना, मन जहाँ अटका है, उन व्यसनों से बाहर लाना आपको ज़रूरी नहीं लगता? आपके पास उसके लिए समय नहीं है। कोई बात नहीं। ज़रूरत भी नहीं है! आप ये सब क्यों करेंगे? जिएँ, जब तक जीवन है तब तक। क्या ज़रूरत है कि आप इन प्रश्नों के उत्तर ढूँढते फिरें! क्योंकि आपको लगता है कि इन सबके साथ आपका कोई संबंध नहीं है। आपको लगता है यह सब दर्शनशास्त्र या तत्त्वज्ञान की बातें हैं, उनसे क्या होता है? हमारा शरीर हमारी सच्चाई है, हमारा घर है और हमारा ध्यान उन पर केंद्रित है। हमें दूसरी किसी चीज़ पर ध्यान देने की क्या ज़रूरत है?

यह अजब माया का, अज्ञानता का परदा मन पर पड़ा है। वह इतनी हद तक कि जब आप अपनी नज़र के सामने किसी को मरता देखते हैं या किसी के मरने की ख़बर सुनते हैं या अख़बार में पढ़ते हैं कि चीन में भूकंप हुआ, हज़ारों लोग मर गए। कहीं बाढ़ आई, बहुत सारे लोग मर गए, कहीं दंगा हो गया और कुछ लोग मर गए, तो यह आपके लिए सिर्फ़ एक ख़बर होती है; क्योंकि जो कुछ हुआ, वह चीन में हुआ और चीन तुम्हारे पड़ोस में नहीं है, इसलिए आपको फ़र्क़ नहीं पड़ता कि कितने लोग मर गए; बल्कि मैंने तो कुछ लोगों को मज़ाक करते सुना है कि अच्छा हुआ प्राकृतिक आपदाओं की वजह से जनसंख्या कम हो रही है। वह आदमी कह रहा था कि अच्छा हुआ कि थोड़े लोग मर गए। उसका कहना था कि और ज़्यादा लोग मरने चाहिए थे। वैसे भी पृथ्वी पर मर्यादित जगह है, तो हम जिएँ और दूसरे मरें। लेकिन मान लें यह भूचाल भारत में आता तो आपको फ़र्क़ पड़ता? और मान लें कि जिस राज्य से आप हैं, उस राज्य में आता तो आपको फ़र्क़ पड़ता? उस शहर में जहाँ आप रहते थे, उस शहर में आया होता तो आपको फ़र्क़ पड़ता?

आपके किसी प्रियजन की मृत्यु उसमें होती तो आपको फ़र्क़ पड़ता? आप अगर मानते हैं कि मैं यहाँ अमेरिका में रहता हूँ और भारत में मेरे रिश्तेदारों को क्या होता है, उससे मुझे क्या लेना-देना। ऐसे असंवेदनशील लोगों के साथ बात करने में मुझे कोई दिलचस्पी नहीं है।

इस बात को समझें कि जीवन लंबा नहीं है; बहुत छोटा है और इस छोटे से जीवनकाल में मन की अज्ञानता पर इतने परदे पड़े हैं। हमारे आस-पास का समाज, परिवार, दोस्त, व्यावसायिक सहयोगी आपको यह बात नहीं कहेंगे, जो मैं आपको कह रही हूँ कि अपनी आगे की यात्रा की तैयारी करो।

मैंने एक कहानी पढ़ी थी। उस कहानी में एक ऐसे देश की बात थी, जहाँ राजा चुना जाता था। वहाँ की परंपरा के अनुसार वह एक साल राज करता था और फिर उसे एक ऐसे द्वीप पर भेज दिया जाता था, जहाँ कोई बस्ती, कोई शहर या गाँव न हो। वह एक साल के लिए राजा है, पर एक साल के बाद खेल ख़त्म हो जाता था और उसे उस द्वीप पर भेज दिया जाता था। ऐसा हमेशा होता था कि जब किसी को राजा चुना जाता तो वह बहुत खुश होता, लेकिन जब जाने का समय आता तो रोते हुए जाता।

एक बार ऐसा हुआ कि एक नया राजा चुना गया और उसे राजगद्दी पर बिठाया गया, उसका राजतिलक किया गया। एक साल के बाद जब उसे निर्जन द्वीप पर भेजने का आदेश हुआ तो लोग हैरान रह गए, क्योंकि यह राजा पहले के राजाओं की तरह रो नहीं रहा था, चिल्ला नहीं रहा था। लोगों को लगा, यह राजा पागल हो गया है। क्या उसे पता नहीं कि उस द्वीप पर मौत उसका इंतज़ार कर रही है? क्योंकि वहाँ पर जंगली जानवर बसते हैं और उस द्वीप पर उसको खाने और रहने के लिए कुछ नहीं है। वहाँ पर कोई मित्र-रिश्तेदार नहीं है, यह जानते हुए भी यह इनसान खुशी से नहीं, बल्कि नाचते हुए जा रहा है।

पता है, वह क्यों नाच रहा था? क्योंकि एक साल में उसने सारे पैसे उस द्वीप पर भेज दिए थे। उसने वहाँ अपने लिए एक महल बनवा लिया था। थोड़ी औरतें, ग़ुलाम, नौकर, किसान, व्यापारियों को भेज दिया था और

वहाँ पर उसने एक अत्याधुनिक कॉलोनी खड़ी कर दी थी। जिस राज्य का वह एक साल के लिए राजा हुआ था, उससे भी अच्छा राज्य उसने उस एक साल में उस द्वीप पर खड़ा कर दिया था। उस द्वीप पर राजा को छोड़कर जब मंत्री वापस लौटे तो देखा कि राज्य का खज़ाना खाली हो गया था। अच्छे कलाकार, संगीतकार, नृत्यांगनाएँ, व्यापारी, अच्छे किसान अब यहाँ कोई नहीं था। उन्होंने पूछा कि यह सब कहाँ गए तो उनको बताया गया कि वे सब तो गए। जब तक वह राजा था, उसका आदेश चलता था। राजा की आज्ञा का पालन सब को करना पड़ता था तो पूरे साल में उसने उन लोगों को और सारा माल उस द्वीप पर भेज दिया। जब जाने का वक़्त आया तो पहले के राजाओं की तरह वह रोता-चिल्लाता नहीं, बल्कि हँसते हुए, मस्ती में गया। उतना ही नहीं, पीछेवाले सब रो रहे थे, क्योंकि अब राजा बनने के लिए कोई तैयार नहीं था। जहाँ कोई खज़ाना नहीं, धन नहीं, वहाँ कोई क्यों राजा बनना चाहेगा? राजकोष हो तो कोई राजा बने, कंगाल राजकोष का राजा कौन बनेगा?

अब आप अपने आपको देखें। यह कहानी जो मैंने कही है, वह आपके जीवन की है। आप अपनी ज़िंदगी किस तरह जीते हैं? एकदम खुश होकर। यहाँ खाने जाएँगे, वहाँ घूमने जाएँगे, यहाँ घर बनाएँगे, वहाँ नई दुकान ख़रीदेंगे। यह करेंगे, वह करेंगे और कितने खुश और व्यस्त, लेकिन आगे की कोई तैयारी नहीं। इसलिए जो भी कोई मरता है, वह ख़ुद भी रो रहा होता है और परिवार भी रो रहा होता है कि यह मर रहा है। संत लोग बहुत समझदार होते हैं। महात्मा लोग इस बात की परवाह नहीं करते कि यहाँ क्या हो रहा है। उन्हें चिंता होती है उस वक़्त की जब समय उनके हाथ से सब छीन लेगा, और इसलिए वे उस क्षण की तैयारी करते हैं। वे अपनी अंतिम-यात्रा के लिए तैयार होते हैं।

यही वजह है कि कबीरजी ने यह बात कही कि बाकी सब लोग रोते हुए जाते हैं और हँसते हुए आते हैं, लेकिन मैं रोते हुए आया था, और हँसते-हँसते जाऊँगा। क्यों? क्योंकि मैंने अपनी चादर रँग ली है। मैंने अपनी तैयारी

पूरी कर ली है। मौत क्या होती है और मौत का रहस्य क्या है, उसे मैंने समझ लिया है। अब मौत मेरे लिए एक खेल है। सिर्फ़ वस्त्र बदलने हैं, बस।

आपको याद है, मैंने एक छोटी सी लड़की की बात कही थी, जो बार-बार पूछ रही थी कि मेरी दादी कहाँ गई? मैं जब उससे बात कर रही थी तो मैंने उससे कहा था कि देखो, अगर तुम्हारी कार पुरानी हो जाए तो क्या करोगी? उसने कहा कि हम पुरानी कार बेचकर नई अच्छी कार ख़रीदेंगे। मैंने कहा कि पुरानी कार बेचकर जब घर में नई कार आती है तो आप सब रोते हैं या खुश होते हैं? मैंने कहा, बस, इसी तरह तेरी दादी का शरीर कार की तरह पुराना हो गया था तो उसे निकाल दिया, अब नया शरीर मिल जाएगा। उस लड़की ने कहा कि यह तो खुशखबरी है। फिर उसने मुझसे दूसरा प्रश्न पूछा कि मेरी दादी इस नई कार, यानी कि नए शरीर के साथ कहाँ होंगी? लेकिन इतनी बात उसकी समझ में आ गई कि पुरानी कार जब बेच देते हैं तो हम बहुत खुश होते हैं। न बिक रही हो और बिक जाए, अच्छे पैसे मिलें तो उससे बहुत खुश होते हैं, क्योंकि उससे अब हम नई कार ख़रीद पाएँगे।

'श्रीमद्भगवद्गीता' में अर्जुन ने यह प्रश्न किया था कि हे कृष्ण! किसी की साधना पूरी न हुई हो और उससे पहले अगर वह मर जाए तो उसका क्या होगा? कृष्ण ने कहा कि ऐसे व्यक्ति का जन्म एक श्रीमान कुल में होगा, एक अच्छे परिवार में होगा। जहाँ पिता भी भक्त है, माता भी भक्त है और उस घर में संत आते हों। ऐसे घर में वातावरण मिल जाएगा, छोटी आयु में सत्संग मिल जाएगा और जब उसकी बुद्धि परिपक्व हो जाएगी, बुद्धि समझने के लायक हो जाएगी, तब उसकी साधना फिर से शुरू हो जाएगी। पिछले जन्म में जहाँ से साधना छूटी थी, वहीं से।

जैसे आप अगर डी.वी.डी. प्लेयर में डी.वी.डी. देख रहे हों, फिल्म देख रहे हों और आपको कुछ काम आ जाए तो आप प्लेयर बंद करते हैं। काम ख़त्म हो गया और वापस आकर फिर से डी.वी.डी. प्लेयर में प्ले का बटन दबाया तो फिल्म कहाँ से शुरू होती है? बराबर वहीं से शुरू होती है,

जहाँ आपने उसे रोका था। अगर आपका डी.वी.डी. प्लेयर बनानेवाले इतने अक़्लमंद हैं तो प्रकृति क्या बेवकूफ़ है? प्रकृति भी बेवकूफ़ नहीं है, इसलिए आपकी साधना एक जन्म में जितनी होती है, वहीं से अगले जन्म में फिर शुरुआत होती है। मौत क्या है? स्टॉप बटन। फिल्म जहाँ पर रुकी थी, उसी जगह से नए जन्म में प्ले का बटन दबता है और आगे की कहानी शुरू होती है।

यह सबसे आशावादी विचार श्रीकृष्ण ने दिया है। यह वचन उन्होंने तमाम भक्तों और साधकों को दिया है कि कभी भी निराश न हों कि 'मेरा क्या होगा?' भरोसा रखें, विश्वास रखें और इस बात के लिए स्पष्ट रहें कि आपको मदद मिल रही है, आपको अपने जीवन का लक्ष्य पूरी करने के लिए सारी शक्ति और क्षमता दी जा रही है। कभी भी ऐसा मत सोचें कि आप अकेले हैं। जहाँ तक आपके अंदर विशुद्ध भाव हो, निष्ठा, ईमानदारी हो, तब तक आपको अलग-अलग व्यक्तियों से सहायता मिलती रहेगी, जिनका ख़ुद का विकास हो चुका हो, जो जाग्रत् हो चुके हों।

भारत में नवरात्रि बहुत ज़ोर-शोर से मनाई जाती है। पिछले कुछ सालों से हम दुर्गा-अष्टमी पर छोटी-छोटी कन्याओं को बुलाते हैं। हमारे आश्रम से नज़दीक एक अनाथाश्रम है, जहाँ पर सिर्फ़ लड़कियाँ हैं, उन्हें भी हम बुलाते हैं। इसके अलावा जो श्रोता हैं, प्रेमी हैं, उनके घर में छोटी कन्याएँ हैं, उन्हें बुलाते हैं। उन सब कन्याओं का पूजन होता है, उनको भेंट दी जाती है और बहुत आनंदपूर्वक यह उत्सव मनाया जाता है। दुर्गा-अष्टमी पर हम दुर्गा की मूर्ति की पूजा नहीं करते। हम ये जो साक्षात् देवियाँ हैं, उनकी पूजा करते हैं। इस दुर्गा अष्टमी पर हमने संकल्प किया था कि कम-से-कम 108 कन्या हों और 108 कन्याएँ आ गई थीं।

इन बेटियों में एक बच्ची आई थी, जो अभी अपनी माँ की गोद में थी। मैं उस बच्ची को ज़्यादा जानती नहीं हूँ, पर उसके बारे में बात कर रही हूँ। वैसे तो उस दिन बहुत सारी कन्याएँ थीं और हमने कहा था कि सब के चरण धोएँगे तो कोई उनके पाँव धो रहा था, कोई खाना खिला रहा था, कोई भेंट दे

रहा था। मैंने कहा कि उन सबको तिलक मैं करूँगी और इसलिए चंदन की कटोरी हाथ में लिये मैं सब लड़कियों को तिलक कर रही थी। वहाँ पर सब अलग-अलग उम्र की लड़कियाँ थीं। दो या छः महीने से लेकर दस-बारह साल तक की कन्याएँ थीं। उन्हीं में से एक बच्ची को हमने तिलक करने के लिए हाथ बढ़ाया तो आगे से उसने मेरी तरफ़ गर्दन आगे कर दी। जैसे मैंने तिलक करने के लिए उसके माथे पर उँगली का स्पर्श किया तो उसने तुरंत आँखें बंद कर लीं। अरे वाह! और जब मैंने तिलक किया तो उसने मेरा हाथ पकड़ लिया। हाथ पकड़कर मेरी ओर देखने लगी। इतनी छोटी थी कि अभी बोल नहीं सकती, पर इतने ज़ोर से मेरा हाथ पकड़ लिया और मेरी ओर देखकर हँसना शुरू कर दिया। उसका हँसना ख़त्म ही नहीं हो रहा था। बस हँसती ही चली जा रही थी। मुझे और कन्याओं को भी तिलक करना था तो मुझे उससे हाथ छुड़ाना पड़ा। मैंने कहा, "मैं तेरे पास बाद में आ रही हूँ।" मैं जितनी देर दूसरी लड़कियों को तिलक करती रही, उतनी देर वह मेरे सामने देखती रही और मैं जिस दिशा में जाऊँ, वहाँ मुड़-मुड़कर मुझे देखती जा रही थी। जैसे, वह सर्विलांस कैमरा होता है, उस तरह मैं जिस दिशा में जाऊँ, उसका सिर उसी दिशा में घूमता रहता था।

उस बच्ची को मेरे प्रति इतना लगाव क्यों था? उसे तो ऐसी कोई तालीम नहीं मिली थी, क्योंकि अभी तो बहुत छोटी है। ऐसा क्या था, जो उसे मेरे इतनी नज़दीक ला रहा था। अभी भी मुझे उस लड़की की याद आ रही है और मैं उसके बारे में बात कर रही हूँ। इस बात का श्रेष्ठ उदाहरण है कि वह पिछले जन्म में साधक थी और अब उस व्यक्ति के यहाँ जनमी है, जो मेरे क़रीब हो।

मैंने उसकी माँ से बात की। उसकी माँ ने कहा, "हमारे घर में कोई सत्संग नहीं सुनता था। जब मैं गर्भवती हुई, उन दिनों में मैंने यूँ ही टी.वी. चालू किया और आपको टी.वी. पर देखा। आपको देखकर मुझे बहुत अच्छा लगा। उस दिन मैंने आपको सुना, बाद में नियमित सुनना शुरू किया। इस बार आश्रम से एस.एम.एस. आया कि दुर्गा-अष्टमी पर कन्याओं को बुलाया

है तो मैं अपनी बेटी को लेकर आई हूँ और आपसे पहली बार मिल रही हूँ।''

अब देखें कि एक साल पहले उसे सत्संग या धर्म में कोई रुचि नहीं थी और गर्भवती होने के बाद टी.वी. देखती है। इसे आप संयोग या आकस्मिक घटना कह सकते हैं या फिर कह सकते हैं कि प्रकृति कैसे रहस्यमय ढंग से काम करती है! वह महिला मुझे देखती है और उसे मुझे सुनना अच्छा लगने लगता है। उसके बाद वह अपने पति को भी देखने को कहती है और दोनों मुझे सुनने लगते हैं। मैंने उनसे कहा, 'आप यहाँ मेरे पास नहीं आए हैं, आपकी बेटी आपको मुझ तक लाई है। यह निर्णय आपने नहीं किया था कि आप मुझे सुनें, यह बच्ची आपको धक्का दे रही थी और उसकी वजह से आपके विचार और आपकी पसंद बदली है।'

यह मन की शक्ति है। अगर हम अपने मन को तालीम देते हैं तो फिर वह उसी तरह चलता है। यह शरीर एक दिन मर जाएगा। यह मिट्टी का बना है और मिट्टी हो जाएगा, लेकिन मन मिट्टी का नहीं बना है, मन पंचतत्त्व का नहीं है। मन ज़्यादा सूक्ष्म है, मन का स्तर उच्च है, शक्ति रूप है। इसलिए मन पर बहुत अच्छी तरह से दृष्टि होनी चाहिए। आपका मन क्या सोचता है, आपको क्या चीज़ अच्छी लगती है और क्यों अच्छी लगती है, उसका विचार करना चाहिए। जो चीज़ करने से आप अध्यात्म से दूर जाते हैं, उस काम से आप ख़ुद ही हट जाएँगे, किसी को कहना नहीं पड़ेगा। जब आप अपने मन पर दृष्टि डालने लग जाएँगे तो किन चीज़ों को करने से आपके अंदर सत्संग की और साधना की भावना अधिक जगती है, उस तरफ़ आपकी रुचि अपने आप होने लग जाएगी।

मैं भी कह रही हूँ और हमारे शास्त्र, संत-महात्मा भी कह गए हैं कि जिन लोगों ने बहुत पुण्य-कर्म किए हों, उन्हें ही सत्संग में जाने की, संत या महात्मा से जुड़ने की इच्छा जागती है। जिन्होंने पुण्य-कर्म नहीं किए, उन्हें ऐसी इच्छा कभी नहीं होगी। उन्हें कभी ऐसा खयाल भी नहीं आएगा। उन्हें अगर आप कहें कि चल, सत्संग सुनने तो वे आपका मज़ाक उड़ाएँगे। वे

कहेंगे, 'पागल हो गए हो क्या? आजकल बहुत सारे लोग गुरु बनकर घूम रहे हैं। यह सब नौटंकी है, ये सब नाटक करते हैं, बेवकूफ़ बनाते हैं, पैसे लूटने के लिए आते हैं, आप यह कौन से चक्कर में पड़ गए हैं! ठीक है, कभी मंदिर हो आए, लेकिन ऐसे गुरु के पीछे-पीछे क्यों घूमते हैं?' दो दिन कोई सत्संग सुनने लग जाए तो रिश्तेदार पूछने लगते हैं, 'क्या साधु बनने लगे हो?' अजब बात है यह। क्या साधु बनना इतना आसान है?

मैंने एक कहानी पढ़ी थी। नरक के बारे में ऐसा कहा जाता है कि वहाँ बड़ी-बड़ी कढ़ाइयाँ होती हैं और लोग पकौड़े की तरह तले जाते हैं। उन तेल की कढ़ाइयों में कितनी तक़लीफ़ होती होगी! ज़रा-सा तेल का छींटा या गरम तवे पर हाथ लग जाए तो कितनी तक़लीफ़ होती है और वे लोग कहते हैं कि गरम तेल से भरी हुई कढ़ाई में लोगों को तला जाता है। इस नरक में एक नए-नए नरकवासी का प्रवेश हुआ तो उसे यह सब दिखाया जा रहा था। एक जगह पर कोड़े मारे जा रहे थे, कहीं आँखों में कीलें चुभोई जा रही थीं। उसने देखा कि बाकी सब जगह पर तो एक यमदूत मार रहा था और दो यमदूत पहरा दे रहे थे, क्योंकि वह आदमी कहीं भाग न जाए। अगर भागे तो उसे पकड़कर वापस लाया जाता था। हर जगह पर सज़ा देनेवालों की तीन-चार की टीम होती है, लेकिन जहाँ तेल की कढ़ाइयाँ थीं, वहाँ पर देख-रेख करनेवाला कोई नहीं था। यहाँ नए आए नरकवासी ने यमदूत से पूछा कि भैया, यह तो बताओ कि यहाँ देख-रेख रखनेवाला कोई क्यों नहीं है? यमदूत ने जवाब दिया, "जिसको हम इसमें डाल देते हैं, उसको अंदर पहले से तले जा रहे जो लोग हैं, वही खींच लेते हैं। अगर कोई कढ़ाई से निकलना चाहे तो दस लोग उसे खींचकर वापस ले आते हैं कि तू कहाँ चला? बचकर कैसे जाएगा? हम मर रहे हैं तो तू भी मर।" यमदूत ने कहा कि इसलिए यहाँ पर हमने किसी को देख-रेख के लिए नहीं रखा। ये पृथ्वीवासी एक-दूसरे को खींच लेते हैं। एक सिंधी को डालो तो चार सिंधी अंदर खींच लेंगे। एक गुज़राती को डालो तो दस गुज़राती, जो पहले से ही अंदर बैठे हैं, वे खींच लेंगे। एक सिंधी, एक पटेल, एक खान, एक रफ़ीक अंदर बैठा हो तो

जो अंदर जाएगा, उसे घेर लेंगे। कोई भाग नहीं सकता, इसलिए यहाँ पर देख-रेख की ज़रूरत नहीं।

दुनियादार भी यही तो काम कर रहे हैं। आप कहें कि मैं सत्संग में जाता हूँ, तो वे सोचते हैं—अरे, सत्संग से ज्ञान मिल जाएगा, मुक्त हो जाएगा। हम यहाँ दुःख, रोग, शोक, मोह में तड़प रहे हैं और यह मुक्त हो जाएगा? वे कहते हैं कि 'चल बेटा, तू भी यहीं बैठ, कहीं जाना नहीं है।' अजब बात है! कोई आदमी शराब पीने शराबखाने में जाए तो पत्नी को कष्ट नहीं होता, लेकिन पति सत्संग में ज़्यादा जाने लग जाए तो शक करने लगती है। क्यों जा रहे हो? घर में बैठकर पाठ नहीं कर सकते हो? घर में बैठकर कर लो जो करना है, बाहर कहीं नहीं जाना है। यही संसार की रीत है। इसलिए भजन करने की बात आपको कौन सिखाएगा, कौन बताएगा, कौन समझाएगा? कोई भी नहीं। इसलिए संत के लिए एक शब्द इस्तेमाल होता है कि संत हमारा मित्र होता है। वह मित्र, जो हमें दुःख, पीड़ा, शोक, रोग, अज्ञान से बचाता है और अपने अंदर टिकने का मार्ग सिखाता है। भीतर आनंद की प्राप्ति के यत्न सिखाता है, साधना सिखाता है। संत से बड़ा मित्र और कोई हो नहीं सकता।

मैंने पहले भी यह भजन गाया था—'अल्लाह बेलूआ'। अल्लाह आपके भगवान का दूसरा नाम है। भगवान के बहुत सारे नाम हैं, उसी में अल्लाह भी उसका ही एक नाम है। 'बेलूआ' शब्द आया है बेली से। पंजाबी भाषा में यार को, मित्र को 'बेली' कहते हैं और डोगरी भाषा में 'बेलूआ' कहते हैं। इस भजन में कहा है कि परमात्मा आपका मित्र है, अन्य कोई आपका मित्र हो नहीं सकता, क्योंकि बाकी सब दोस्त बाहर हैं। यह दोस्त भीतर ही रहता है। बाकी सब दूर हैं तो फोन करना पड़ता है, एस.एम.एस. करना पड़ता है। आप तक़लीफ़ में हों तो दोस्त को बुलाने के लिए मेहनत करनी पड़ती है और वह उपलब्ध न हो, ऐसा भी हो सकता है। संभव है कि नेटवर्क न हो या फोन में बैट्री ख़त्म हो गई हो। ऐसी परिस्थिति हो तो फिर अपने मित्र को कैसे बुलाएँगे? इसलिए मैंने यह गीत लिखा। वैसे तो मुझे ऐसा नहीं कहना

चाहिए कि मैंने लिखा, बल्कि यह गीत मुझ में उतरा। यह गीत कहता है कि मेरा दोस्त मुझमें ही बसता है और मुझे उसे एस.एम.एस. या फोन नहीं करना पड़ता कि मेरे पास आ।

अपने इस परममित्र के साथ आप मैत्री जितनी गहरी करते जाएँगे, उतना ही मन का जागरण और, और अधिक होता जाएगा। जितना-जितना अंतर रस जगता चला जाएगा, उतनी-उतनी बाहर की दौड़ ख़त्म होगी। भीतर जितना टिक जाएँगे, संसार के सब कार्य और व्यवहार आसान होते जाएँगे। फिर तो यह संसार खेल ही है, तो खेल खेलने में आपको क्या तक़लीफ़ है? अभी आप इस खेल को सच समझ रहे हैं, इसलिए तक़लीफ़ है। जिस दिन यह खेल आपको खेल दिखने लग जाएगा, उस दिन हर मुश्किल, हर समस्या, हर बीमारी को एक खेल समझने लग जाएँगे।

मेरे परिचय में एक स्त्री संत थीं। उनका नाम स्वामी आत्मज्योति था। हम यूँ कह सकते हैं कि जब बहुत छोटे बच्चे थे, तब उनकी गोद में बहुत खेले हैं। फिर जब वर्षों बाद मेरी उनसे फिर मुलाक़ात हुई तो वे बहुत बूढ़ी हो गई थीं और बीमार भी थीं। वे बहुत समय से बिस्तर में ही थीं और चल भी नहीं पा रही थीं। वे बहुत सरल थीं और भक्त लोग प्रेम के नाम पर इतना दुराचार कर डालते हैं अपने गुरुओं और संतों के साथ। वे चल नहीं पा रही थीं, लेकिन उनके चेलों ने ज़्यादा ध्यान उनके खाने-पीने में ही रखा था तो उनका शरीर थोड़ा स्थूल हो गया था। जब मैं उनसे मिलने गई तो वे अस्पताल में थीं। उनके फेफड़ों में पानी भर गया था। मुझे देखते ही जैसे उनकी आदत थी, कहने लगीं, 'आओ लालजी, आओ मेरे गोपालजी, आओ मेरे श्यामजी' ऐसे जैसे कोई गीत गाते हों, वैसे स्वागत करती थीं। बहुत प्यार से गले मिलीं और फिर मुझसे कहने लगीं, शरीर बहुत कष्ट में है। उन्होंने कहा कि पिछले छः महीने से बिस्तर पर ही हूँ। मल-मूत्र भी यहीं पर होता है। बिल्कुल खड़ी नहीं हो सकती थी। इतनी तक़लीफ़ में थीं, फिर भी हँसती थीं। हँसते-हँसते मुझसे कहने लगीं, 'हम तो फिर से बालक हो गए हैं। देखो शौच भी बिस्तर में करते हैं, खाना भी बिस्तर में करते हैं'' इस तक़लीफ़ को भी

मज़ाक में ले रही थीं। एक दिन में उन्हें कितने टीके लगाए जा रहे थे, दवाइयाँ चल रही थीं, ग्लूकोज लगा था, लेकिन उनके चेहरे पर ज़रा भी कष्ट, तक़लीफ़ का एक अंश भी मुझे नहीं दिखता था। जितनी देर मैं बैठी, उतनी देर हँसते रहे, मज़ाक करते रहे। उन्होंने कहा, 'अच्छा, कुछ गाकर सुना' तो मैंने भजन सुनाया और उसे सुनकर इतनी खुश हो रही थीं! बिस्तर पर बैठे-बैठे ही झूम रही थीं। जब चल पाती थीं, तब हमने देखा था कि खूब नाचती थीं। अब नाच नहीं सकतीं तो बैठे-बैठे झूम रही थीं।

थोड़ी देर बाद उन्होंने कहा कि 'सब दवाइयाँ हटाओ और मुझे बैठाओ।' पीछे सिरहाने लगाकर उनको बिठाया और वे बहुत देर तक मुझसे बातें करती रहीं। उनका रंग गोरा था और चेहरा लाल था। बीमारी में भी बीमार नहीं लग रही थीं। शरीर भले उनका खराब और रोगी हो गया था, लेकिन मन शक्तिशाली था। उनका मन इतने आनंद में था कि हँस रही थीं, मज़ाक कर रही थीं। अपने चेलों से कह रही थीं कि यह मेरी गोद में खेली है। इसे लोग 'गुरुमाँ' कहकर बुलाते हैं, पर यह मेरी गोद में खेलती थी। इतना प्रेम बरसा रही थीं कि लग रहा था कि सच में ऐसा हो सकता है!

मैं असामान्य और विशिष्ट रही हूँ। पता नहीं क्यों, पर मुझे इतना प्यार संतों से मिला है, जितना रिश्तेदारों ने कभी नहीं दिया। रिश्तेदार तो आपके भी देख लें, वैसे ही हैं। वैसे ही सड़े हुए जैसे हमारे हैं। आपके कोई अलग थोड़े ही हैं! सामने तो मौसीजी-मौसीजी कहेंगे, पर पीछे से कहेंगे आ गई मरदूद! पता नहीं यह काली-कलूटी मेरी चीज़ों को नज़र लगाएगी। सामने तारीफ करते हैं कि 'आइए चाचीजी कैसी हैं?' और फिर तुरंत पूछेंगे, 'वापसी कब है?' अभी तो आए हैं, पर तुरंत पूछेंगे, कितने दिन का कार्यक्रम है? रिश्तेदार तो ऐसे ही होते हैं, लेकिन जितना निश्छल प्रेम, सागर जैसा प्रेम, जितना हमने संतों से प्राप्त किया है, उतना जीवन में कभी किसी और से प्राप्त नहीं हुआ।

लोगों के प्रेम में खोट है, भावनाओं में खोट है, दिल में खोट है। जो ख़ुद खोटे हैं, वे प्यार भी खोटा ही करेंगे न! जो ख़ुद सच्चे होते हैं, उनका

प्यार भी सच्चा होता है। इस सच्चे प्रेम की बरसात में हम भीगे तो साधना सीखनी नहीं पड़ी, यूँ ही आ गई। कुछ करना थोड़े ही पड़ा, सबकुछ यूँ ही हो गया।

जीवन के तीन स्वर्णिम नियम की बात मैंने पहले कही थी, उसमें तीसरा नियम है, अपने गुरु के प्रेम में रहें। अगर आपके जीवन में ऐसा कोई रहबर है तो उन्हें सिर्फ़ सुनें मत, अपना मन उनके साथ बाँध लें। दुनिया के साथ मन को बाँधा तो मन और गिरता है, लेकिन जब संत के साथ मन बँधता है तो मन मुक्त हो जाता है। दोनों बंधन हैं, लेकिन एक बंधन हमें और नीचे गिराता है, पर एक बंधन हमें मोक्ष के मार्ग पर ले जाता है। इसलिए यह बहुत ज़रूरी है कि आप इन तीन स्वर्णिम नियमों का पालन करें, जिनकी बात मैंने विस्तारपूर्वक की है। पहला नियम, सूर्योदय के पूर्व जागें और योगासन करें। दूसरा नियम, मंत्र के साथ प्राणायाम करें और तीसरा नियम, अपने गुरु के प्रेम में रहें।

इस पूरी श्रृंखला द्वारा आपके भीतर दिव्य प्रेम के प्रति आकर्षण और जगाने का मेरा प्रयास था। अगर मैं यह करने में सफल रही हूँ तो आप इस मार्ग पर चल सकें और भीतर यात्रा कर सकें, इसलिए आपको सीखना होगा। उसके लिए आपको साधना शिविर में आना होगा। शिविर में मैं जो सिखाऊँगी, वह आसान नहीं होगा; लेकिन जितना संभव होगा, उतना आसान बनाने की मेरी कोशिश होगी। मैं आपको भरोसा दिलाती हूँ कि अगर छः साल का बच्चा ध्यान करना सीख सकता है तो आप तो निश्चित ही सीख पाएँगे। आप तो सब पढ़े-लिखे, सुशिक्षित लोग हैं तो आपके लिए तो वह मुश्किल नहीं ही होगा।

गन्नौर में मेरे आश्रम में आप आ सकते हैं, लेकिन किसी कारणवश अगर वहाँ तक नहीं पहुँच पाते हैं तो कुछ रिकार्डेड सी.डी. हैं, जिनके साथ आप ध्यान में बैठ सकते हैं। जैसे—प्रणव, ऊर्जा, निष्क्रिय ध्यान। सी.डी. के प्रथम भाग में समझाया जाता है कि कैसे बैठना है, क्या करना है और कैसे करना है! अपना मोबाइल फोन बंद करें, घर के दरवाज़े की घंटी बंद करें

और आसन लगाकर अपने एकांत के जंगल में बैठ जाएँ। सी.डी. शुरू करें और सूचना के अनुसार करते जाएँ।

जिन लोगों का मन बहुत उदास रहता हो, बहुत गुस्सा आता हो, मूड जल्दी बदलते रहते हों, उन्हें 'ऊर्जा ध्यान' करना चाहिए। जिन्हें नींद ठीक से न आती हो, स्रावीय असंतुलन हो, उच्च रक्तचाप रहता हो, वे 'निष्क्रिय ध्यान' या 'योगनिद्रा' से शुरू करें तो बेहतर है। जो विद्यार्थी हैं, पढ़ रहे हैं, जिन्हें एकाग्र होने में मुश्किल हो रही है, उनके लिए 'त्राटक विधि' बहुत उपयोगी होगी। जो अभी मंत्र के साथ काम करना चाहते हैं, उनके लिए 'राम मंत्र', 'कृष्ण मंत्र', 'शिव मंत्र', 'वाहेगुरु मंत्र' है। इनमें से किसी एक मंत्र के साथ बैठें। फिर से कह दूँ, यह बहुत आसान है, क्योंकि सी.डी. में किस तरह मंत्र करना है, उसकी ह्यविधि दी गई है।

सत्संग सुनते रहना भी उतना ही ज़रूरी है। जितना आप सत्संग सुनेंगे, उतनी आपकी उन्नति होगी। हमारी वेबसाइट www.gurumaa.com पर बहुत सारे वीडियो उपलब्ध हैं। भगवद्‌गीता, गुरुगीता, शंकराचार्य का आत्मषट्‌क इत्यादि विविध ग्रंथों और शास्त्रों पर हमने चर्चा की है। फिर भी आपको कुछ समझना हो, कोई प्रश्न हो तो आप ई–मेल से पूछ सकते हैं। हमारी ओर से जो कुछ हो सकता है, हम कर रहे हैं, ज़रूरत है आपकी ओर से हाथ बढ़ाने की। मैं आपको सबसे कीमती, अद्‌भुत और दिव्य भेंट देने के लिए उत्सुक हूँ, पर पता नहीं, आप उसे स्वीकार क्यों नहीं करते?

□□□